Sombre présage

HEATHER GRAHAM

Sombre présage

BestSellers

Titre original : THE DEATH DEALER

Traduction française de JULIE ALBIZZI

HARLEQUIN®
est une marque déposée par le Groupe Harlequin

BEST-SELLERS®
est une marque déposée par Harlequin S.A.

Photos de couverture
Cimetière : © ALIENCAT/ROYALTY FREE/FOTOLIA
Oiseau sur branche : © STEVE SATUSHEK/GETTY IMAGES
Ciel & branchage : © R. IAN LLOYD/MASTERFILE

83/85, boulevard Vincent-Auriol, 75646 PARIS CEDEX 13.
Tél : 01 42 16 63 63
Service Lectrices — Tél. : 01 45 82 47 47
www.harlequin.fr
ISBN 978-2-2802-1690-6 — ISSN 1248-511X

Prologue

Ce n'est pas facile d'être un revenant.

D'abord, on cherche à comprendre les raisons de notre *présence* parmi les vivants.

Bien sûr, nous avons des réponses standard : à cause d'une mort violente, d'une tâche inachevée, pour protéger quelqu'un ou même venger un proche.

Cela dit, la vengeance ne me concerne pas. Mon assassin est mort quelques secondes à peine avant que la dernière étincelle de vie ne quitte mon propre regard. Je laissais derrière moi des gens que je chérissais, mais, heureusement, le grand amour de ma vie, Matt Connolly, était déjà mort. Il était là pour m'accueillir lorsque je suis arrivée. Quand j'ai eu *traversé*, comme ils disent. Sauf que ce n'est pas tout à fait exact. On ne traverse pas vraiment. On subsiste dans un monde vague, noyé d'ombres, où l'on voit régulièrement des événements atroces se préparer sans avoir le moyen de les empêcher.

Je savais alors que quelque chose d'horrible allait se produire. J'avais déjà eu l'occasion de frôler la mort, et j'avais mesuré le pouvoir de cette lueur attirante, magnétique. Incite-t-elle à passer dans l'au-delà ? En fait, je n'en sais toujours rien.

Car, à l'époque, j'ai survécu. Alors qu'aujourd'hui je ne suis plus sur terre qu'en qualité de fantôme. De revenante. Et il existe certainement une raison à cela.

Certains de ceux qui partagent ma situation sont infiniment plus mal lotis que moi. J'ai connu plusieurs d'entre eux, juste après mon expérience de mort imminente, bien avant d'avoir moi-même quitté mon enveloppe terrestre. Le colonel Lawrence Ridgeway, par exemple. Un homme charmant, avec une barbe parfaitement taillée et de superbes favoris. Il n'arrive pas à accepter le fait que la guerre de Sécession soit terminée. C'était un vaillant soldat, envoyé à New York durant les terribles émeutes contre la conscription des années 1860. J'ai beau lui raconter inlassablement l'histoire, il s'obstine à monter la garde devant des prisonniers disparus depuis bien longtemps. Même Matt a essayé de lui expliquer qu'il n'avait plus aucun prisonnier sous sa responsabilité, mais il ne veut rien entendre. J'ai bien peur qu'il ne soit condamné à hanter la demeure historique de Hastings House, ici à Manhattan, jusqu'à la fin des siècles. Pauvre âme en peine incapable de trouver le repos !

Marnie Brubaker, elle, est morte en couches. Cette créature vive et délicieuse adore les enfants. Elle ne peut pas s'empêcher de faire des niches à ceux qui viennent visiter la maison en compagnie de leurs parents. Quand ils s'endorment, elle leur chante une berceuse. De temps à autre, un gamin prend peur en devinant sa présence, et il se met à hurler. Ensuite, Marnie est dans tous ses états pendant des semaines. Elle cherche seulement à faire preuve d'affection et de réconfort, mais certaines personnes n'ont aucune envie d'être consolées par un fantôme.

D'autres, comme d'ailleurs le colonel Ridgeway, répètent éternellement leurs derniers gestes. D'autres encore apprennent à se mouvoir dans le monde matériel. Ils passent à travers les murs, apparaissent et disparaissent à leur gré, déplacent des objets. A la vérité, nous autres fantômes pouvons apprendre énormément de choses, dès lors que nous en avons la volonté et la patience.

J'ai été victime d'un tueur qui avait déjà assassiné plusieurs personnes. Mais, dans le monde où je suis maintenant, on ne connaît pas la souffrance. Je souffre moi-même d'autant moins que Matt est ici, avec moi, et c'est la seule chose qui compte. Il a perdu la vie en essayant de me protéger. Il n'a pas réussi et je suis morte pour sauver Genevieve O'Brien. Elle est toujours vivante aujourd'hui, ce qui veut dire que j'ai bien rempli ma tâche. Mais elle fait partie de ces travailleurs sociaux qui ne peuvent pas s'empêcher d'aider les autres, et, à certains moments, elle est amenée à prendre de gros risques.

Il y a aussi Joe Connolly, le cousin de Matt. C'est un détective privé. Il a du cran et il est super.

Personne, cependant, ne sera jamais assez courageux pour défier la mort. La vie, ce n'est pas comme les films. Dans la réalité, il est rare que les voyous ratent leur cible. C'est pour ça que Joe a besoin d'être protégé, lui aussi. Même s'il ne s'en doute pas.

D'après moi, c'est à cause de Joe ou de Genevieve que Matt et moi sommes encore là. Peut-être même à cause des deux. C'est à nous qu'il revient de veiller sur leur sécurité, et sans doute sur la sécurité de bien d'autres personnes vivantes.

Eh oui, ce n'est pas facile d'être un revenant. C'est même un sacré boulot de protéger des gens qui, la plupart du temps, ne vous voient même pas et ignorent qu'ils ont besoin de protection.

Prenez Joe, par exemple. Il a la manie de venir se recueillir sur la tombe de ceux qu'il n'a pas réussi à sauver, à commencer par Matt et moi. Certains jours, il apporte des fleurs ; d'autres fois il vient juste réfléchir sans bouger, pendant des heures. Il lui arrive de parler à voix haute et, ensuite, il regarde autour de lui pour vérifier que personne ne l'a entendu car si quelqu'un se mettait à raconter qu'il perd la boule, il aurait du mal à garder ses clients. En fait, chacun a sa propre méthode pour faire face au deuil. Celle de Joe, c'est de venir sur les tombes bavarder avec les morts.

C'est comme ça que nous avons eu vent des crimes du maniaque d'Edgar Poe.

Et c'est aussi comme ça que Joe a renoué avec Genevieve.

Elle est née avec une cuiller en argent dans la bouche, mais ce n'est pas l'essentiel. Ce qui la définit le mieux, c'est son obstination à résoudre tous les problèmes. Y compris les meurtres. Et le fait de frôler la mort ne lui a même pas servi de leçon.

1

L'accident se produisit sur l'autoroute FDR que Joe avait empruntée pour traverser l'East Side de Manhattan. Curieusement, à l'instant même où il s'étonnait qu'il n'y ait pas plus d'accidents sur cette voie encombrée et vétuste, il vit l'une des voitures qui le précédaient s'encastrer brutalement dans une autre. Il y eut des crissements de pneus, un fracas de verre brisé, des grincements de tôle froissée, et une succession de chocs sourds signala un carambolage. Une voiture qui avait réussi à ralentir après le premier choc se retrouva propulsée sur la voie de gauche. Le conducteur qui arrivait derrière n'eut pas le temps de l'éviter : il la percuta violemment, fut projeté sur la troisième voie, puis embouti par une autre voiture que le choc propulsa encore plus loin et qui retomba dans le flot du trafic filant vers le sud.

Joe parvint tant bien que mal à se garer sur le bas-côté. Il appela les urgences, expliqua ce qui se passait, où il se trouvait, puis laissa tomber son portable et se précipita à l'extérieur.

La première voiture touchée était assez loin, mais la file de véhicules accidentés arrivait presque jusqu'à lui. Il dépassa une première voiture où les occupants n'avaient rien. Ceux de devant étaient indemnes, eux aussi, et le troisième automobiliste semblait n'avoir qu'un bras cassé.

En revanche, une entêtante odeur d'essence émanait du véhicule qui avait franchi la ligne jaune. C'était mauvais signe.

Tout autour, des gens discutaient, criaient, tandis que d'autres, restés au volant, essayaient obstinément de contourner le désastre.

— Attention, ça va exploser ! lança quelqu'un à l'intention de Joe qui s'approchait de la voiture projetée sur l'autre file.

Joe fit signe qu'il avait compris, sans s'arrêter pour autant. Il ne jouait pas les superhéros : simplement, il avait connu beaucoup de scènes d'accident quand il était flic, et une voix intérieure lui affirmait qu'en dépit du danger, même mortel, il avait le temps de porter secours aux passagers.

La voiture s'était retournée. La tête du conducteur s'inclinait bizarrement et du sang coulait de son crâne. Il avait les yeux clos.

— Hé, il faut revenir à vous ! Vous devez sortir de là. Je vais vous aider, lui dit Joe.

— Ma nièce, répondit l'homme. Il faut aider ma nièce.

Il agrippa Joe d'une poigne étonnamment ferme.

— Trish, reprit-il.

Joe aperçut alors la fillette, assise à l'arrière. Trop fluette pour la ceinture de sécurité, elle avait glissé et gisait sur le plafond de l'habitacle qui tenait maintenant lieu de plancher. Des larmes silencieuses roulaient sur ses joues.

— Viens, mon petit, lui dit Joe avec un calme contrôlé. Donne-moi la main.

Elle avait de grands yeux bleus, larges comme des soucoupes, et ne devait pas avoir plus de sept ou huit ans. Elle était petite pour son âge, songea Joe.

— Trish, donne-moi la main, reprit-il d'un ton impérieux.

Il soupira de soulagement lorsqu'elle lui obéit, et il parvint à la faire sortir du véhicule en la faisant ramper avec précaution sur le verre brisé. Il la prit ensuite dans ses bras. Puis un homme jaillit de la foule pour le soulager de son fardeau.

— Ecartez-vous tout de suite ! s'écria l'homme. Ça va exploser d'une minute à l'autre.

— Il y a quelqu'un dans la voiture, répliqua Joe.

— Il est mort.

— Non ! Il est encore vivant. Il m'a parlé.

Il se rendait vaguement compte que des hurlements de sirènes déchiraient l'air et que la nuit commençait à tomber. Il savait également qu'il ne lui restait que très peu de temps pour agir.

Il se mit à plat ventre tout en criant à l'homme qui avait recueilli la fillette :

— Faites reculer tout le monde… En arrière, tous !

— Trish ? demanda le conducteur.

— Elle est saine et sauve. Maintenant, préparez-vous. Je vais détacher votre ceinture. Il faut essayer de m'aider.

Il défit la ceinture, puis s'arc-bouta de toutes ses forces pour soutenir l'homme et l'empêcher de tomber. Comme la voiture était retournée sur le toit, il avait peu de prise, et l'explosion imminente rendait la tâche encore plus ardue.

Il réussit malgré tout à extraire le conducteur, en priant le ciel de ne pas avoir aggravé ses blessures.

— Aidez-moi ! hurla-t-il à la cantonade.

Le bon Samaritain qui lui avait déjà prêté main-forte se précipita, et ils entreprirent tant bien que mal de mettre l'homme en sécurité.

Ils y parvinrent de justesse.

Le véhicule s'embrasa d'un coup, faisant jaillir sur l'autoroute des flammes immenses, assez hautes pour être visibles de Brooklyn et peut-être même de Manhattan.

Le souffle de la déflagration fut aussi brûlant que violent. Joe eut soudain l'impression qu'une main géante et très chaude les soulevait tous les trois pour les rejeter avec brusquerie sur l'asphalte, quelques mètres plus loin.

Il roula sur lui-même afin d'amortir l'impact.

L'air parcouru de flammes était tellement bouillant qu'il dut retenir sa respiration un bon moment.

Puis il prit conscience que toutes ses articulations le faisaient souffrir. Le sol, sous lui, était dur.

— Tout va bien ? demanda-t-il à l'homme qui l'avait aidé.

— Ça va. Et vous ?

— Ça va.

Au même instant, un jeune secouriste s'accroupit devant lui. Joe essaya de se relever.

— Allez-y doucement, monsieur, dit le jeune homme. Ne bougez pas avant d'être certain que vous n'avez rien de cassé.

— Je n'ai rien, j'en suis sûr, assura Joe. L'homme qui m'a aidé…

— On s'occupe de lui.

— Et le conducteur de la voiture ? Je pense qu'il était gravement blessé, reprit Joe.

— Nous l'avons… nous l'avons pris en charge, répondit le secouriste.

Puis il ajouta avec douceur :

— La petite fille est indemne. Les gens ne parlent que de la façon dont vous lui avez sauvé la vie.

— Très bien, tant mieux, dit Joe. Mais le conducteur…

— Il est mort. Je suis navré.

— Je pensais qu'il restait un espoir…

Le secouriste garda le silence un moment avant de reprendre d'une voix feutrée :

— Vous avez eu la bonne réaction, monsieur. Mais cet homme était déjà… il est mort sur le coup. Le choc lui a cassé les vertèbres.

— Impossible ! Il m'a parlé.

— Peut-être vous l'êtes-vous imaginé, monsieur ? En tout cas, il n'a pas pu vous parler. Je suis sûr que sa famille vous sera très reconnaissante d'avoir sorti son corps de la voiture, mais il est bel et bien mort sur le coup. Je peux vous le jurer. Le choc lui a brisé la nuque. Il n'a pas souffert.

Tout en parlant, le jeune homme avait sorti un stéthoscope.

Joe, qui avait repris son souffle, repoussa l'instrument et se redressa. Comment ce jeune homme pouvait-il se montrer aussi affirmatif ? Il n'était pas coroner, après tout.

— Le conducteur était vivant, répéta Joe. Il m'a

parlé. Je n'aurais pas vu la petite fille s'il ne m'avait pas dit qu'elle était dans la voiture.

— Certainement.

On essayait de l'amadouer, c'était clair.

— Je me sens très bien, je vous l'ai dit, lança-t-il.

Il comprenait que le secouriste était plein de bonnes intentions, mais il se savait parfaitement capable de juger de son propre état. Et il n'avait rien.

— Laissez-moi vous aider, monsieur.

— Si vous voulez m'aider, sortez-moi d'ici, et en vitesse !

— Juste le temps d'aller chercher un brancard.

— O.K., répondit Joe en se disant que tout était bon pour éloigner le garçon.

Aussitôt après, il prit une profonde inspiration et se mit debout. Bon sang, qu'il avait mal ! Il avait encaissé un sacré choc, sur le macadam. Et il n'avait plus vingt ans.

Il se rendit compte qu'il n'arriverait jamais à quitter les lieux avec sa propre voiture. Comme elle ne gênait personne, il la laissa là et partit à pied.

Cela s'avéra plus facile qu'il ne l'aurait cru. Il est vrai qu'il s'éloignait d'une véritable scène de chaos et que personne ne prêtait attention à un piéton. Tout le monde s'affairait. Des voix soucieuses, alarmées ou simplement excitées s'entrecroisaient. Des voitures de police et des ambulances de plus en plus nombreuses le dépassaient.

Il longea la rambarde de l'autoroute en direction du sud, puis emprunta une rampe d'accès jusqu'à une rue où il héla un taxi. Il indiqua au chauffeur un itinéraire qui évitait l'autoroute FDR pour atteindre Brooklyn.

Il regagna enfin ses pénates, prit une douche, se changea, puis entra dans le salon et alluma la télévision pour regarder les informations.

L'accident faisait les gros titres.

— On dénombre douze blessés qui ont été transportés dans les hôpitaux voisins, dit la jolie présentatrice, le visage grave. On déplore, par ailleurs, un mort : Adam Brookfield. L'homme a été tué quand son véhicule s'est trouvé déporté sur l'autre voie. D'après le médecin légiste, il est mort sur le coup, mais un sauveteur anonyme qui a malheureusement disparu a sorti son corps de la voiture juste avant qu'elle n'explose. Ce même inconnu a sauvé la nièce de M. Brookfield, Patricia, une fillette de six ans. L'enfant a été amenée à l'hôpital Saint-Vincent où ses parents veillent sur elle. Ses jours ne sont pas en danger.

La présentatrice se tourna vers une autre caméra. Un sourire guilleret remplaça aussitôt son air grave et elle enchaîna :

— Le Centre Kennedy accueille ce week-end la chorale All American. Nous rappelons, par ailleurs, à ceux d'entre vous qui ont des places que le Metropolitan Museum of Art expose ce soir des objets manufacturés de l'Egypte ancienne. Les fonds réunis grâce à la vente des billets d'entrée vont permettre le lancement de nouvelles fouilles archéologiques ici même, à New York. Et maintenant…

Joe n'écoutait plus. Il était agacé.

C'était parfaitement faux d'affirmer que le dénommé Adam Brookfield était mort sur le coup. Juste après l'accident, il était vivant. Joe l'avait très bien entendu lui parler.

Il consulta sa montre. Quand allait-il pouvoir récupérer sa voiture ? La police de la route allait certainement la transporter à la fourrière… Merde !

A l'origine, avant de se retrouver au milieu du carambolage, il se rendait à la réception organisée par le Metropolitan. Maintenant, il n'avait plus aucune envie d'y aller. Ce qu'il lui fallait, c'était Manhattan, et en particulier un bar qui était devenu l'un de ses favoris.

— Félicitations, sénateur ! Il est magnifique, dit Genevieve O'Brien à ses interlocuteurs, le sénateur James McCray et sa femme.

Ces derniers venaient de lui montrer des photos de leur petit-fils qui venait de naître : Jacob. Genevieve s'était dûment répandue en « Oh ! » et en « Ah ! » d'admiration même si, pour l'instant, le bébé n'avait pas l'air très intelligent. Bref, c'était un nouveau-né.

Seulement, le sénateur McCray était un bienfaiteur de la Société historique. Il avait payé très cher pour avoir droit au dîner et à une visite du musée. Genevieve se devait de lui adresser tous les compliments d'usage sur son petit-fils.

« Au diable les appareils photos numériques ! » se dit-elle.

Car le sénateur n'avait pas qu'une seule photo de Jacob : il en avait pris une centaine.

— Vous devriez vous marier et avoir des enfants, jeune dame, lui dit-il.

Sa femme blêmit et lui donna un coup de coude.

Genevieve soupira en s'efforçant de dissimuler son agacement. Elle en avait assez que le thème de la sexualité soit devenu tabou en sa présence, même si elle avait été la proie d'un maniaque qui s'en prenait aux prostituées new-yorkaises, celles-là même avec lesquelles elle travaillait comme assistante sociale. Tout le monde savait ce qu'elle avait enduré, et c'était un miracle qu'elle soit restée en vie.

A vrai dire, elle s'était rapidement rendu compte que son agresseur était impuissant, et elle avait joué de ce handicap pour lui fournir les assurances dont il avait besoin et booster son ego flageolant. Ainsi, bien qu'ayant été prisonnière et victime d'abus, elle n'avait pas été marquée par l'expérience aussi profondément que les gens l'imaginaient. Le vrai traumatisme qu'elle avait conservé de l'épisode, c'était la mort de son amie, l'exceptionnelle Leslie MacIntyre.

— J'aimerais beaucoup avoir des enfants un jour, madame McCray, dit-elle gaiement. Quand le candidat adéquat pour être leur père se présentera. Profitez bien de cet adorable bébé. Maintenant, je vais devoir vous prier de m'excuser…

Sur ces mots, elle fila rapidement vers une autre salle qu'on avait ouverte à l'intention des organisateurs de la réception, et s'assit avec soulagement sur une banquette.

Il n'était pas venu.

Elle poussa un soupir en se demandant ce qui avait bien pu retenir Joe. C'était un type fascinant, curieux de tout. Il n'était pas né riche, mais elle-même était bien placée pour savoir que l'argent ne pouvait pas tout. Joe faisait partie de ces gens qui savouraient pleinement l'existence, et il s'était bien débrouillé professionnellement. Dans un costume de bonne coupe, il avait un look d'enfer. Oui, c'était vraiment un homme séduisant.

En outre, il était son ami.

Sauf quand il la fuyait.

Elle se sourit à elle-même. Elle savait que si jamais elle avait des ennuis, il serait là et il volerait à son secours. Seulement, en ce moment, elle n'avait nul besoin de secours.

Son sourire s'évanouit.

Si, en fait, elle avait besoin d'aide.

Et c'était précisément parce qu'elle voulait lui parler de ce qui la préoccupait qu'elle espérait tant le voir, ce soir-là.

Il s'agissait d'un meurtre.

Les médias parlaient du « maniaque d'Edgar Poe » parce que la victime, Thorne Bigelow, était le président de l'Association new-yorkaise des amis d'Edgar Poe, un groupe de lecteurs et d'auteurs dont les membres se passionnaient pour la vie et l'œuvre de l'écrivain. Ils s'étaient surnommés « Les Corbeaux », en hommage au célèbre poème de Poe, et le criminel avait laissé chez sa victime une note qui y faisait allusion.

Genevieve parcourut la pièce du regard.

La plupart des Corbeaux jouaient un rôle dans la vie littéraire ou universitaire de New York. Plusieurs d'entre eux, comme d'ailleurs la propre mère de Genevieve, Eileen, étaient présents à la soirée, car ils assuraient également des activités de mécénat dans les domaines de l'histoire et de l'archéologie.

La jeune femme remarqua dans la foule le chroniqueur Larry Levine, venu couvrir l'événement. Elle vit aussi Lila Hawkins, une blonde exubérante et très, très riche. Pour être tout à fait franc, Lila était odieuse, mais elle apportait un concours précieux à la vie culturelle locale. Quelques instants plus tôt, Genevieve l'avait vue en compagnie d'un autre Corbeau, Barbara Hirshorn, aussi sauvage que Lila était extravertie et incapable de parler avec plus d'une seule personne à la fois.

Même Jared Bigelow avait fait une brève apparition, avec à son bras Mary Vincenzo, sa tante. Mais il était parti avant que Genevieve n'ait eu l'occasion de lui parler. Il portait encore le deuil de son père et avait simplement fait acte de présence pour marquer son soutien à la levée de fonds qui accompagnait la réception.

De sa banquette, Genevieve entendit la voix sonore de Don Tracy, le Corbeau qui, sur scène, avait fait connaître Edgar Poe au grand public. Il était acteur, et même bon acteur, même s'il n'avait jamais connu une grande notoriété. Il aimait le théâtre et avait adapté pour la scène plusieurs œuvres de Poe.

Thorne Bigelow, lui, était un homme fortuné qui, de son vivant, faisait déjà la une des journaux. Sa mort tragique était de celles qui appâtent les médias, comme tous les meurtres auxquels une intrigue était attachée. On avait trouvé dans la pièce où le crime avait été commis une note mystérieuse faisant référence à un écrivain — Edgar Poe — mort depuis longtemps.

Ce n'était pas grâce à sa fortune que Thorne Bigelow avait intégré le club des Corbeaux. Cette association ne tenait pas compte des revenus, pas plus qu'elle n'exigeait de ses membres qu'ils aient écrit des essais sur la vie ou l'œuvre de Poe. On ne leur demandait pas non plus d'être célèbres, même si certains l'étaient : il suffisait de se passionner pour Edgar Poe. Thorne Bigelow avait, cependant, publié une étude sur l'auteur, laquelle faisait référence. Sa réputation d'expert dépassait les frontières.

Et il avait été empoisonné. Avec un poison contenu dans une bouteille de vin à mille dollars.

Bigelow aimait le bon vin, peut-être même un peu trop. Il en était mort.

A la manière de Poe.

Comme dans la nouvelle *Le Chat noir.*

Ou *La Barrique d'Amontillado.*

Le fait que l'assassin ait laissé une carte sur place signalait clairement son intention de faire référence à Poe.

Une carte sur laquelle on pouvait lire :

« Meurs, dit le corbeau. »

La police était dans l'impasse. Genevieve se demandait d'ailleurs pourquoi les médias harcelaient autant les enquêteurs. La mort de Thorne Bigelow ne remontait qu'à une semaine, et la jeune femme était bien placée pour savoir que l'assassin pouvait encore frapper. Si elle n'avait pas été elle-même kidnappée, et si sa famille n'avait pas été assez fortunée pour agir, bon nombre d'autres crimes auraient pu rester longtemps impunis.

En tout cas, l'assassinat de Bigelow suscitait une immense émotion.

— Ma chérie, te voilà !

Genevieve leva les yeux. Eileen se tenait devant elle. Elle avait encore du mal à la considérer comme sa mère, alors qu'elle avait cru toute son enfance que cette femme était sa tante.

Eileen, la quarantaine à peine passée, restait éblouissante. Elle aimait tellement Genevieve et elle s'était tellement battue pour lui sauver la vie qu'on lui pardonnait facilement ses mensonges de jeunesse. En devenant elle-même adulte, Genevieve avait pu mesurer à son tour le poids des pressions familiales auxquelles Eileen, tombée enceinte quand elle était très jeune, n'avait pas eu la force de s'opposer.

Eileen Brideswell avait cependant fini par se dire qu'une ville comme New York ne lui tiendrait pas rigueur d'avoir eu une fille bien avant d'être mariée.

Et puis, après tout, Genevieve avait toujours eu beaucoup d'affection pour elle.

— Oui, je suis là !

— Il n'est pas venu ?

— Non.

Eileen réfléchit. Elle était très mince, et ses traits classiques promettaient de rester aussi beaux à quatre-vingts ans qu'ils l'étaient maintenant, mais son expression, en cet instant, était inquiète.

— Qu'y a-t-il ? demanda Genevieve, troublée par le désarroi qu'elle lisait dans les yeux de sa mère.

— Il y a eu un terrible accident sur l'autoroute FDR.

Genevieve bondit sur ses pieds.

— Quand ? C'est par là que Joe…

— Il y a une heure, environ. L'information vient juste de tomber. Il y a un mort et plusieurs blessés. Mais il ne s'agit pas de Joe.

Genevieve se rassit et fouilla dans la poche de sa jupe de soie noire pour sortir son portable.

— Il a intérêt à me répondre, ce crétin ! marmonna-t-elle.

Joe décrocha après trois sonneries. On entendait de la musique irlandaise en arrière-plan. Il devait être chez O'Malley's, se dit Genevieve.

— Joe, c'est Genevieve.

— Oh, salut ! Vous êtes toujours à votre raout ?

— Oui. Vous deviez venir, il me semble.

— J'ai été retenu par les embouteillages.

Elle laissa échapper un soupir. Bon, d'accord, l'excuse était recevable.

— Ah !

— Je suis chez O'Malley's.

— Oui, c'est ce que j'ai cru entendre.

Joe ne répondit pas, et un silence gênant s'installa. La trouvait-il casse-pieds ? Inquisitrice ?

« Stop ! se dit-elle. Prudence. » Il ne fallait pas trop attendre de Joe. Après la disparition de Leslie, quand elle-même avait survécu, Genevieve s'était dit que Joe et elle allaient forcément se rapprocher. Mais, au lieu de cela, il semblait avoir érigé un mur entre eux.

Elle serra les dents. En ce moment précis, elle avait besoin de lui pour des raisons professionnelles. Joe était détective privé, et elle voulait l'engager, voilà tout.

— Amusez-vous bien ! lança-t-elle.

Et elle raccrocha sans lui laisser le temps de répondre.

Eileen la scruta.

— Ne t'inquiète pas, ma chérie.

Elle s'assit sur la banquette et lui tapota le genou.

— Tout va s'arranger, j'en suis sûre.

— Maman…

Le mot paraissait étrange, mais Genevieve aimait l'employer.

— Maman, c'est *pour toi* que je m'inquiète. Tu fais partie des Corbeaux, et…

— Ne t'en fais donc pas, ma chérie, dit Eileen en soupirant. Je ne suis pas un membre influent, tout compte fait. Pauvre Thorne ! Tu sais, j'aime bien aller aux réunions, écouter les lectures, les discussions, mais, honnêtement, je ne m'inquiète pas.

— Mais, maman, il a été *assassiné* !

— Je sais.

— Et par quelqu'un qui, apparemment, n'appréciait pas beaucoup ses travaux sur Edgar Poe…

— Moi, je n'ai jamais rien écrit, assura Eileen.

Genevieve soupira, elle aussi, tout en se levant.

— Oui, mais tu es un Corbeau.

— Ça et beaucoup d'autres choses !

— Malgré tout, je ne peux pas m'empêcher de me faire du souci. C'est Henry qui te raccompagne, n'est-ce pas ?

Eileen fronça les sourcils.

— Oui, bien sûr. Et toi ? Tu veux partir aussi ?

— Je vais faire un saut chez O'Malley's.

— Ah bon ? fit Eileen d'un air préoccupé.

— Je ne risque rien, affirma Genevieve. Le gardien va descendre au parking avec moi et, en partant, je demanderai à quelqu'un de m'accompagner jusqu'à ma voiture. Je ferai très attention, je t'assure. Tu as une telle aura chez O'Malley's qu'ils demandent pratiquement ton autorisation avant d'embaucher qui que ce soit.

Eileen eut un sourire un peu gêné.

— Tu exagères ! J'ai toujours apprécié cet endroit et les propriétaires sont des amis, mais c'est tout.

— Et moi, je suis en sécurité là-bas, ajouta Genevieve avec douceur.

Mais Eileen n'était pas entièrement rassurée. D'ailleurs, depuis quelques mois, elle était folle d'inquiétude dès que Genevieve faisait un pas dehors. Ce qui n'avait pas empêché la jeune femme de retourner vivre dans son propre appartement. Elle adorait Eileen, elle adorait son immense maison, mais elle aimait par-dessus la liberté.

Il y avait une triste ironie dans le fait que, depuis quelques jours, elles avaient peur l'une pour l'autre. Juste au moment où elles étaient devenues si proches.

Genevieve se tourmentait pour sa mère à cause de l'assassinat de Thorne. Car même si la police semblait écarter l'idée, la jeune femme ne pouvait s'empêcher de penser que Thorne avait été tué parce qu'il était un Corbeau. Tout comme Eileen.

Indubitablement, l'ouvrage de Thorne avait pu attirer sur lui l'attention du ou des tueurs, et il était exact qu'Eileen n'avait jamais rien écrit. Elle se consacrait plutôt à des œuvres de charité. N'empêche que son appartenance au club inquiétait beaucoup Genevieve. Elle voulait que Joe s'en occupe.

C'est tout ce qu'elle lui demandait.

Vraiment tout ?

Est-ce qu'elle ne se mentait pas à elle-même ? N'avait-elle pas envie de voir Joe pour d'autres raisons ? Il était si drôle, si généreux, tellement intelligent, sexy, attentionné… Bref, un type irrésistible.

Mais il était amoureux d'une disparue.

Elle s'efforçait de ne pas y penser. Joe et elle étaient devenus amis justement à la suite de ces tragiques événements. Ils s'étaient prêté main-forte, et ça les avait rapprochés.

Oui, d'accord, un tourbillon d'émotions variées s'emparait d'elle quand elle pensait à lui. Il n'en restait pas moins que si elle avait autant besoin de le voir, c'était pour la sécurité de sa mère.

Elle embrassa Eileen et lui dit :

— Je vais chez O'Malley's. Je t'appellerai quand je repartirai, et aussi quand j'arriverai chez moi, d'accord ?

Eileen opina en souriant.

— D'accord. L'exposition t'a plu ?

Genevieve hocha la tête.

— Je crois que nous avons réuni beaucoup d'argent, dit-elle. Leslie aurait été très contente.

Leslie, qui possédait des dons paranormaux, était archéologue. Elle adorait tout ce qui touchait à l'histoire. La réception, ce soir-là, avait été organisée en son honneur, et une partie des fonds collectés allait servir à enterrer dignement les ossements qu'elle avait mis à jour pendant ses dernières fouilles, celles qui lui avaient finalement coûté la vie.

Après un dernier baiser à sa mère, Genevieve fonça vers la sortie.

La soirée était un peu fraîche et elle se félicita d'avoir pris une veste au lieu d'une étole plus habillée. Non seulement la veste était plus chaude, mais elle serait beaucoup moins déplacée chez O'Malley's.

Le portier alla lui chercher sa voiture et, quelques minutes plus tard, elle roulait vers le sud de New York.

Tout en conduisant, elle alluma l'autoradio.

C'était pile l'heure des informations. On y parlait de l'accident sur l'autoroute FDR, où les opérations de secours se poursuivaient. Des survivants témoignaient. En entendant le nom de l'un d'eux, Genevieve sursauta.

On parlait de Sam Latham.

2

Sam Latham…

Un autre Corbeau.

Coïncidence ?

Combien la métropole comptait-elle d'habitants ? Des millions ?

Gen fronça les sourcils en entendant le reporter évoquer l'homme qui était mort dans l'accident. Dieu merci, un inconnu avait sauvé une fillette en la sortant du véhicule, ainsi d'ailleurs que le corps de son oncle, juste avant l'explosion. Ensuite, l'inconnu s'était éclipsé.

Pouvait-il s'agir de Joe ?

Elle se moqua d'elle-même : pourquoi lui, justement, parmi des millions d'habitants ?

Non, la coïncidence serait par trop extraordinaire.

Cela dit, Joe avait fort bien pu se trouver sur l'autoroute FDR à ce moment-là, puisqu'il était en chemin pour venir au Met.

En approchant de O'Malley's, elle se réjouit de voir des rues noires de monde et brillamment éclairées. Elle trouva une place juste devant le bar et se gara.

Une fois devant la porte, elle fit une pause.

Elle fréquentait cet endroit depuis des années. C'était

un pub authentiquement irlandais, et elle venait elle-même d'une famille américano-irlandaise. O'Malley's était aussi le premier endroit où on l'avait amenée juste après son sauvetage, et c'était l'un des rares lieux publics où elle se sentait vraiment bien. Un des seuls où les gens ne l'avaient pas dévisagée comme une bête curieuse, où elle n'avait pas été obligée de raconter son épreuve dans le détail, où ses interlocuteurs s'étaient plus apitoyés sur le sort des femmes qui étaient mortes que sur le sien.

Non, elle ne craignait absolument rien chez O'Malley's.

C'était la perspective d'affronter Joe qui la mettait mal à l'aise.

Ce n'était peut-être pas à cause des embouteillages qu'il avait fait faux bond à la soirée. Et s'il était en compagnie d'une femme ?

Eh bien, dans ce cas, elle s'assoirait au bar et prendrait un soda en bavardant avec le barman. Quoi que Joe Connolly puisse faire, elle passerait un bon moment.

Elle poussa la porte.

Joe était seul, adossé au bar, les manches de chemise roulées, la cravate dénouée.

— Hello, Joe ! dit-elle en s'avançant.

Lui aussi était un habitué. Il restait souvent de longues heures chez O'Malley's car il aimait bien l'endroit, elle le savait. Bonne bière, bonne nourriture, prix raisonnables… Mais elle était plus chez elle que lui, dans ce pub. Même si Joe allait très bien avec l'ensemble.

Il était en train de jouer aux fléchettes avec Paddy O'Leary et Angus MacHenry, deux vieux clients octogénaires qui ne buvaient pas d'alcool mais du soda ou du thé.

Elle les salua.

Ils firent une pause pour l'embrasser sur la joue, le sourire aux lèvres.

— Ça boume ? lui demanda Angus.

— Du tonnerre ! répondit-elle.

— T'es sûre de ça, ma grande ? insista Paddy en cherchant à croiser son regard.

— Oui, je vais très bien.

Elle répétait ça inlassablement depuis un an, mais avec Angus et Paddy, ça ne l'ennuyait pas. Ils lui posaient la même question chaque fois qu'ils la voyaient, et ils passaient à autre chose.

Joe lança une fléchette et manqua le cœur de cible de un centimètre. Il s'approcha d'elle, l'embrassa sur la joue. Mais il semblait mal à l'aise, comme s'il jouait un rôle écrit à l'avance.

Ils étaient amis, rien d'autre, se dit-elle une fois encore. Au même titre qu'elle était l'amie de Paddy et d'Angus.

Sauf que Paddy et Angus auraient pu être ses grands-oncles, alors que Joe était jeune, en pleine forme, et qu'il représentait à peu de chose près l'homme idéal.

Au point que c'en était agaçant.

— Tu n'étais pas censée être à une réception ? lança Paddy.

— J'en viens, répondit-elle. Et j'ai décidé de finir la soirée ici.

Elle sourit pour éviter d'avoir l'air sarcastique.

— Une belle réception, j'imagine ? dit Angus en caressant la barbe blanche qui lui ornait le menton.

— Magnifique, répondit-elle.

Elle s'interrompit, hésitante, puis enchaîna :

— J'ai besoin de parler avec Joe. Mais je ne voudrais pas interrompre votre partie…

— Ne dis pas de bêtises ! fit Paddy.

— Allez donc vous asseoir tous les deux ! ajouta Angus. Joseph Connolly, tu pourras revenir mettre une pilée à tes vieux potes un peu plus tard.

Joe ne protesta pas. Il attrapa sa veste en répondant :

— Entendu, messieurs. Je suis toujours ravi de bavarder avec Genevieve. Quel que soit le moment.

Il se montrait courtois, presque galant, mais ça ne voulait rien dire car il était toujours ainsi.

En même temps, il avait l'air distant. Ils s'assirent l'un en face de l'autre et, dès l'arrivée de la serveuse, Joe commanda « une autre bière ». Genevieve demanda un soda en fronçant les sourcils. Apparemment, Joe n'en était pas à sa première pinte.

— Vous êtes en voiture ? lui demanda-t-elle.

Il secoua la tête.

— Non. Ne vous inquiétez pas. Je suis venu en métro. Vous me connaissez.

« Est-ce que je le connais vraiment ? » se demanda-t-elle.

— Alors, comment c'était ? reprit-il.

— Très bien. Je pense que ça vous aurait plu.

— Désolé, fit-il en haussant les épaules. J'avais vraiment l'intention de venir.

Elle hocha le menton.

— Ma mère voulait vous voir.

Aussitôt, elle s'en voulut de le culpabiliser alors même qu'elle savait à quel point il appréciait Eileen.

— Comment va-t-elle ?

— Bien. Elle n'est pas aussi inquiète qu'elle devrait l'être, à mon avis.

Joe haussa les sourcils.

— Ah, vous parlez du maniaque d'Edgar Poe ?

— Vous ne semblez pas très soucieux, vous non plus !

Il eut un nouveau mouvement d'épaules. Genevieve était troublée de le voir aussi lointain.

— Je sais que tous les événements atroces qui se produisent devraient m'empêcher de dormir, mais ce n'est pas le cas. Nous avons tous besoin de garder nos distances pour nous préserver. C'est le secret de la santé mentale et de la survie.

— Je veux vous charger de l'enquête, Joe.

Il tambourina des doigts sur la table pendant un instant.

— Gen, dit-il à voix basse, enfin attentif à ce qu'elle disait, votre mère n'est pas un membre éminent de l'association. Elle n'a jamais écrit sur Poe. Elle appartient à des dizaines de clubs différents dont la plupart ont une vocation altruiste. Je ne vois vraiment pas pourquoi on la prendrait pour cible.

Ses arguments étaient parfaitement rationnels, et c'étaient d'ailleurs les mêmes que ceux d'Eileen.

— On ne peut pas en être sûr, répliqua la jeune femme.

Il inspira profondément, le regard ailleurs.

— En fait, Gen, je songe à m'installer à Las Vegas.

Pendant un instant, elle resta éberluée. Puis elle dut admettre que cette annonce brutale lui faisait extrêmement mal. Elle tenta néanmoins de se raisonner.

Cet homme était plein de charme, d'accord. Mais la vie qu'elle s'était choisie n'avait pas prévu de place pour des liaisons de hasard. C'était volontaire. Si elle l'avait voulu, les candidats n'auraient pas manqué. Mais elle s'était dit que…

Elle secoua la tête.

— Parfait. Allez donc à Vegas ! jeta-t-elle en haussant les épaules. Mais faites d'abord cette enquête.

— Gen, je mettrais ma main à couper que ce meurtre a été commis par quelqu'un qui visait Thorne lui-même. L'allusion à Edgar Poe n'est probablement qu'un écran de fumée.

— Prouvez-le.

Il détourna la tête.

Genevieve se pencha en avant, l'air pressant.

— Joe, saviez-vous que Sam Latham conduisait la première voiture qui a été emboutie dans l'accident de l'autoroute FDR, aujourd'hui ?

— Qui ?

Il la dévisagea en fronçant les sourcils.

— Sam Latham. Lui aussi est membre de l'Association new-yorkaise des amis d'Edgar Poe. C'est un Corbeau.

— Je parie que les deux tiers des gens concernés par l'accident faisaient partie d'une quelconque association.

Genevieve secoua la tête avec irritation.

— L'association new-yorkaise compte très peu de membres, Joe. Thorne Bigelow faisait partie du conseil d'administration. Tout comme Sam Latham… Et ma mère.

Au moins, maintenant, l'information semblait piquer la curiosité de Joe.

— Il n'y a que neuf autres membres, poursuivit-elle. Deux d'entre eux appartiennent à la famille Bigelow : Jared, le fils de Thorne, et Mary Vincenzo, tante par alliance de Jared. Les autres sont Brook Avery, Don Tracy, Nat Halloway, Lila Hawkins, Larry Levine, Lou Sayles et Barbara Hirshorn. Au départ, ils étaient douze. Mais Thorne n'est plus là. Et maintenant, Sam est à l'hôpital.

— C'était un accident, Genevieve. Je ne connais sûrement pas l'œuvre de Poe aussi bien que les Corbeaux, mais je sais qu'il est mort au milieu du XIXe siècle et je doute fort que l'un de ses personnages en ait tué un autre avec une voiture. Croyez-moi, il s'agit d'un accident.

— Ou alors, le conducteur a fait semblant d'être un chauffard alors que son but était d'emboutir la voiture de Sam.

— Non, coupa fermement Joe. J'étais là, j'ai tout vu. C'était un accident.

— Vous avez tout vu ?

Il se troubla légèrement avant de préciser :

— Pratiquement tout.

— Pratiquement tout ?

Joe ne répondit pas immédiatement, presque comme s'il ne l'avait pas entendue. Il était profondément plongé dans ses pensées.

— Joe ?

— Je vous l'ai dit, j'ai pratiquement tout vu. Même le type qui est probablement à l'origine de la catastrophe. Il conduisait à tombeau ouvert. Il aurait pu heurter n'importe quelle voiture.

— Pourriez-vous le reconnaître ?

— Non. Quand j'ai vu une voiture foncer comme ça en zigzaguant, j'ai eu tout de suite le réflexe de me mettre sur le côté. Je ne suis pas agent de la circulation, Genevieve !

Elle le sentait agacé. C'était étonnant.

— Comment était sa voiture ?

Il secoua la tête, l'air toujours à cran.

— Une berline, noire ou bleu foncé. Vert foncé, peut-être.

Elle comprit qu'il n'était pas furieux contre elle mais contre lui-même. Pour quelle raison ?

Parce qu'il aurait dû mieux regarder la voiture. Il aurait dû enregistrer sa couleur exacte, sa marque, le modèle, le numéro d'immatriculation. Il avait été flic, et il se rendait compte qu'il avait laissé passer tous ces indices, alors que ce chauffard avait finalement tué quelqu'un.

— Oh ! c'était vous ! s'écria soudain Genevieve.

— Que voulez-vous dire ?

— C'était vous…

Elle en aurait mis sa main au feu. Elle n'avait pas besoin de preuve. Ça ressemblait tellement à Joe, cette façon de sauver la vie de quelqu'un puis de disparaître dans la nature. Il détestait se retrouver sous les projecteurs.

— Je n'ai jamais conduit en état d'ivresse ! lança-t-il avec indignation.

— Je ne parlais pas du chauffard, répliqua-t-elle.

Une mèche blond pâle retomba devant les yeux de Joe et son regard s'éteignit, comme s'il venait de tirer un rideau.

— Alors, qu'est-ce que je suis censé avoir fait ? demanda-t-il d'un air méfiant.

— Le sauveteur mystérieux. C'était vous.

Il agita la main. Son regard gris-vert était aussi impénétrable que l'acier.

— Statistiquement, c'est peu probable. Quelles sont les chances ? Il y a huit millions d'habitants dans cette ville, et plusieurs autres millions qui viennent y travailler. Aux heures de pointe…

— C'était vous, répéta-t-elle. Il y a eu des témoins, vous finirez tôt ou tard par être identifié.

Il avait reposé la main sur la table. Elle s'en empara. Il grimaça tandis qu'elle la retournait. Une énorme éraflure lui zébrait la paume.

— Ecoutez, il est hors de question que la presse soit à mes trousses, dit-il. Vous comprenez ?

— Parfaitement, murmura-t-elle.

La vie était bien étrange. Elle connaissait Joe depuis qu'il avait réussi, avec Leslie MacIntyre, à la retrouver dans l'horrible réduit d'un tunnel abandonné du métro où l'avait enfermée, après l'avoir kidnappée, le maniaque qui hantait alors les ruelles du bas Manhattan. Toutes les autres victimes étaient mortes. Et Leslie avait été tuée dans la fusillade.

Joe en était sorti brisé.

Depuis ce jour-là, cependant, un lien particulier les unissait. Peut-être à cause de ce qu'ils avaient tous les deux enduré.

Genevieve ne savait pas si elle devait sa survie à son intelligence, à la façon dont elle avait su flatter l'ego du tueur ou plus simplement au fait que le désespoir lui avait donné une extraordinaire force de résistance. Durant l'atroce période où elle était restée prisonnière, elle avait puisé en elle-même la force de tenir bon. Ensuite, elle avait volontairement dressé un mur entre ses souvenirs et elle.

Ce qui avait été le plus difficile à gérer, c'était la presse. Il fallait en permanence trouver le mot juste. Heureusement, son oncle, qui l'avait élevée et qui était passé pour son père, l'avait menée à rude école. Elle était née dans un milieu très privilégié, et il lui avait enseigné à s'en montrer digne. Il lui avait appris notamment l'exigence envers soi-même.

Pourtant, après son enlèvement, tout le monde l'avait ménagée. Pendant des mois, elle n'avait été qu'un objet de pitié. Et elle détestait ça.

Elle regarda Joe.

— C'est bien vous qui avez sauvé la petite fille sur l'autoroute, n'est-ce pas ?

— Ne parlez pas si fort.

— Je ne parle pas fort, Joe.

— Si jamais ça se sait, je ne pourrai plus travailler en paix. Ne dites rien à personne. Je vous en supplie !

Elle baissa la tête pour dissimuler un sourire. C'était Joe tout craché : le travail avant tout.

Elle reprit un air sérieux avant de répondre :

— Joe, je voudrais que vous enquêtiez sur la mort de Thorne.

Il grommela :

— C'est du chantage ?

Genevieve sourit. Elle ne voyait pas les choses sous cet angle, mais tout compte fait…

— Peut-être, dit-elle. Allons, venez, maintenant : je vous raccompagne chez vous en voiture. Il est tard.

— Non. C'est moi qui vous raccompagne chez vous.

— Joe, vous avez pas mal bu…

— D'accord, je monte dans *votre* voiture, et quand nous serons chez vous, je prendrai un taxi.

— Je ne risque rien, Joe. J'ai un spray paralysant, et je sais me défendre, déclara-t-elle fermement.

— Je sais, mais je vous raccompagne quand même. Et j'aimerais que vous ne parliez à personne de cette histoire de sauvetage et d'accident.

— D'accord, Joe. Je vous le promets. Et vous pouvez m'accompagner chez moi si vous acceptez de mener l'enquête, ajouta-t-elle d'un air grave.

— Mais de quoi avez-vous peur, Gen ? Sincèrement, je doute que votre mère puisse être une cible.

— Joe…

Elle s'interrompit. Sans savoir exactement pourquoi, elle était morte d'angoisse. C'était tombé sur elle comme un filet, et elle savait que seule l'arrestation du tueur pourrait l'apaiser.

— La police est dans l'impasse, dit-elle. Je vous en prie, Joe !

— Il faut leur laisser le temps.

— Et s'il y a d'autres victimes ?

Joe la regarda droit dans les yeux.

— Eileen n'a reçu aucune menace, n'est-ce pas ?

— Non.

— Bon, écoutez, ça s'est passé il y a une semaine. C'est très court. Vous regardez trop la télévision. Un meurtre comme celui de Thorne Bigelow ne se résout pas en un seul épisode.

— Je m'en doute.

— Eh bien, alors…

— Joe, vous êtes détective, n'est-ce pas ? Alors, je vous embauche.

— Je risque d'empiéter sur le terrain la police, dit-il avec un soupir. Et je ne vois pas ce que je pourrais trouver de nouveau.

— Qui sait ? Vous éviterez peut-être qu'il y ait une autre victime.

Au même instant, la serveuse, Kathryn, s'approcha d'eux, les yeux écarquillés.

— Eh bien, c'est la soirée des fêlés ! s'écria-t-elle.

— Pourquoi ? Que se passe-t-il ? demanda Genevieve.

— Eh bien, il y a cette médium, répondit Kathryn.

— Quelle médium ? s'écria Joe.

— Venez donc voir la télé ! Il y a un journaliste qui l'interviewe : Robert Kinley. Cette soi-disant médium s'appelle Lori Star. Elle prétend qu'un type nommé Sam Layman, ou Latham, quelque chose comme ça, aurait dû mourir dans l'accident, et que le maniaque d'Edgar Poe est derrière tout ça.

— Comment peut-elle le savoir ? lança Joe, le visage grave.

Kathryn haussa les épaules.

— Elle prétend qu'elle l'a *senti*, et qu'elle pourrait même en dire plus.

— Vous voyez ? s'écria Genevieve.

— Oh, je vous en prie !

— Réfléchissez, Joe. Ça veut sûrement dire quelque chose. Voilà pourquoi j'ai peur.

— C'est vrai qu'elle a l'air convaincant, admit Kathryn. Et elle dit que, dans quelques jours, une autre personne va mourir.

— Un autre Corbeau ? demanda Genevieve d'un ton haletant.

— Je ne sais pas. Allez voir ! Tout ce qu'elle affirme, c'est que le maniaque d'Edgar Poe s'apprête à tuer quelqu'un d'autre.

Genevieve se leva sans plus attendre, et Joe l'imita aussitôt.

A l'écran, une jeune femme était en train de parler avec un présentateur connu, sur les lieux mêmes de l'accident. Elle était assez jolie, et elle s'exprimait avec clarté. En outre, elle savait comment se tenir devant une caméra. Elle se montrait directe et grave, sans grandiloquence.

— C'est vrai ! murmura-t-elle avec conviction.

— Pourtant, la plupart des gens diraient que c'est impossible, répliqua le présentateur.

On distinguait un léger sarcasme dans sa voix. Rien de plus. Il était bien trop professionnel.

— C'est comme si j'avais été là, sur place, en train de conduire, expliqua la jeune femme.

— Et vous avez éprouvé une sensation de chaleur, ainsi que de la colère ?

— Oui. Comme si j'étais dans la peau d'une autre personne.

— S'agissait-il d'un homme ou d'une femme ?

— Je ne sais pas, répondit-elle en secouant la tête.

Mais il s'agit du maniaque d'Edgar Poe. Et il, ou elle, a l'intention de tuer une nouvelle fois. Bientôt.

— Merci, mademoiselle Star.

Le présentateur se tourna vers les caméras.

— Fiction ou réalité ? Eh bien, chaque chose en son temps. La police est encore en train de dégager l'autoroute FDR, et tous ceux qui l'emprunteront ce soir mettront un bon moment à rentrer chez eux.

Un autre présentateur prit le relais depuis un studio. Genevieve se tourna vers Joe, mais il s'éloignait déjà.

— Kathryn, une autre bière, s'il te plaît ! lança-t-il.

3

Avant même d'ouvrir les yeux, Joe grimaça.

Les battements de son cœur lui résonnaient dans le crâne.

Qu'est-ce qui lui avait donc pris d'ingurgiter autant de bière ? Il aurait mieux valu prendre tout de suite un alcool fort, tant qu'à faire. Mais non. Il s'était contenté d'avaler bière sur bière, et tout ça à cause de…

De l'accident.

C'était ridicule. Il avait vu des douzaines d'accidents dans sa carrière. Et il aurait dû se sentir heureux d'avoir pu sauver une petite fille.

Mais il ne se sentait pas heureux.

Il se sentait perturbé.

D'abord, parce qu'un mort lui avait parlé.

Et ça ne s'était pas arrangé avec cette soi-disant médium qui prétendait avoir tout résolu, alors qu'elle ne résolvait rien du tout.

Et elle disait s'appeler Lori Star ? Lori l'étoile ?

Il se mit à gémir à voix haute en espérant ainsi soulager son mal de crâne. Peine perdue. Car c'était en fait le poids de ses pensées qui l'avait réveillé.

Il n'arrivait pas à se détacher de l'idée qu'un mort

lui avait adressé la parole et qu'ensuite, comme si ça ne suffisait pas, la télévision était allée chercher une fichue médium, une extralucide qui sentait, qui *savait* que le conducteur de la voiture en voulait à Sam Latham.

D'ailleurs, ils n'avaient même pas eu besoin d'aller la chercher, en fait. Elle s'était présentée elle-même, soi-disant pour aider la police.

Bien entendu, elle était incapable d'identifier le véhicule, puisqu'elle avait eu l'impression d'être à la place du conducteur ou de la conductrice, tandis qu'il ou elle fonçait sur la voiture de Sam Latham…

Dans le flash suivant, il y avait eu certaines révélations sur Lori Star. Mais, pour Joe, c'était trop tard. Genevieve l'avait supplié de se charger de l'enquête en fixant sur lui de grands yeux bleus implorants, et il avait été incapable de refuser.

Pourtant, il redoutait cette enquête. Profondément. Surtout depuis l'arrivée de cette fichue voyante.

D'ailleurs, Lori Star n'était pas seulement médium : elle rêvait de devenir actrice. Pas étonnant qu'elle ait affronté les caméras de manière aussi convaincante. Le problème, c'était que, maintenant, des milliers de gens la croyaient sincère et se persuadaient que l'accident n'en était pas un.

Et ce qui rendait Joe particulièrement furibond, c'était que…

Qu'il avait connu Leslie et qu'au début, quand elle affirmait parler aux morts, il refusait de la croire. Alors qu'elle disait vrai.

Au contraire de cette Lori Star.

Il ouvrit les yeux. Il n'était pas chez lui mais chez

Genevieve. Elle avait insisté pour qu'il dorme sur le canapé, et il avait accepté en haussant les épaules. D'ailleurs, il s'était endormi sur le champ. A moins qu'il n'ait perdu conscience.

En fait, la veille, il était d'abord resté très raisonnable, même s'il se sentait obsédé par le souvenir de Leslie quand elle communiquait avec l'au-delà. Le problème avait commencé quand cette maudite voyante était apparue à l'écran. A partir de là, il s'était mis à descendre une bière après l'autre.

Maintenant, évidemment, il était mort de honte. Il fallait être nul pour se mettre à boire sous prétexte qu'on avait la frousse. D'ailleurs, il y avait certainement une explication rationnelle à ce qui lui était arrivé. Soit le secouriste s'était trompé en affirmant que Brookfield était mort sur le coup, soit Joe lui-même avait imaginé que l'homme lui parlait. Voilà. Ça tenait la route... Sauf qu'une voix venue d'il ne savait où lui avait communiqué le prénom de la petite fille.

Quant au fait que Lori Star n'était qu'une mystificatrice avide de publicité, ça aussi, ça tenait la route, bon sang ! Elle essayait de se faire connaître, tout simplement.

Du coup, il avait beaucoup trop bu, et il se retrouvait sur le canapé de Gen. Très bon canapé, d'ailleurs. Ancien, mais refait à neuf. Gen aimait les objets chargés d'histoire. Leslie et elle auraient été de grandes amies.

Cette idée le fit grimacer. Il ferma de nouveau les yeux.

Quand il les rouvrit, elle était là.

Gen, pas Leslie.

Dieu merci, il voyait quelqu'un de bien vivant !

Un remords le fit frissonner. *Leslie… j'aimerais tellement te voir, voir ton visage…*

Non. Ce n'était pas vrai, en fait. Il n'avait aucune envie de voir des fantômes.

Heureusement, c'était Gen qui était en face de lui, et elle n'avait pas l'air de lui reprocher sa cuite de la veille, même si elle ne comprenait pas ce qui l'avait poussé à s'enivrer.

Il n'avait d'ailleurs nulle intention de le lui expliquer.

Mieux valait lui laisser croire qu'il avait été perturbé d'être le témoin d'un accident atroce. Ou qu'il s'était vu mourir quand la voiture avait explosé.

— Bonjour ! lança-t-elle avec gravité en lui tendant un verre d'eau et deux aspirines.

Il la questionna du regard.

— Ça marche très bien pour les gueules de bois, croyez-moi, répondit-elle.

Elle haussa les épaules et enchaîna :

— Rassurez-vous, je ne passe pas ma vie à soigner mes gueules de bois, même si beaucoup de gens se sont imaginé que j'allais tomber dans la drogue ou dans l'alcool après mon enlèvement. L'aspirine, c'est un truc que mon médecin m'a donné.

— Merci, fit-il d'un ton bourru avant d'avaler les comprimés et le verre d'eau.

Il n'osait pas lever les yeux vers elle tant il se sentait en piteux état. Une loque humaine.

Dieu sait pourtant qu'il aimait la contempler. Elle était si belle ! A plus de quarante ans, sa mère Eileen faisait encore tourner les têtes. Gen tenait d'elle ses traits classiques, sa peau parfaite, son corps sculptural. Son abondante chevelure auburn luisait comme de la soie, séduisante, tentatrice. Quant à ses yeux…

Dire simplement qu'ils étaient bleus ne leur rendait pas justice. Ils étaient bleus comme l'immensité du ciel, comme la mer la plus profonde. D'un bleu qui pouvait évoquer l'obscurité, qui trahissait une profonde sagesse, même chez cette jeune femme d'à peine plus de vingt ans.

Ces yeux-là avaient vu beaucoup de choses. La petite fille riche avait grandi en souhaitant ardemment aider les autres. Elle ne s'était pas mise à fréquenter la jet-set. Elle avait étudié, avait passé son diplôme et s'était lancée dans le travail social.

Ensuite, elle avait survécu durant des semaines dans la tanière d'un tueur psychotique.

Elle était forte. Et elle était…

Elle était vivante, parce que Leslie avait reçu à sa place la balle qui lui était destinée.

Il chassa cette pensée de son esprit. Genevieve aurait tout donné pour qu'il en soit autrement, il le savait. Et puis il y avait presque un an que Leslie s'était éteinte. Il aimait imaginer qu'elle avait enfin retrouvé Matt, même s'il n'y croyait pas vraiment. Cela dit, il aurait juré les avoir vus ensemble, un jour, dans le cimetière où ils reposaient tous les deux.

Mais peut-être était-ce simplement parce qu'il avait *envie* de les voir…

— Vous n'allez pas tarder à vous sentir mieux, dit Genevieve, interrompant le cours de ses pensées.

« Alors que vous ne le méritez pas vraiment ! » aurait-elle pu ajouter.

Bien sûr, elle n'en fit rien.

Il se rallongea pour mieux la contempler. Elle avait pris sa douche et elle était habillée. Il émanait d'elle un subtil parfum à la fois frais et exotique. Les boucles souples de sa magnifique chevelure se répandaient sur le sobre pull noir qu'elle avait enfilé. Il regarda ses mains délicates, fines, manucurées mais sans excès. Ses ongles étaient d'une longueur raisonnable. Elle portait juste une bague de Claddagh irlandaise, des dormeuses en or aux oreilles et une simple croix autour du cou, alors qu'elle aurait eu les moyens de se couvrir de fourrures et de diamants.

En dépit de sa fortune, elle avait toujours vécu dans l'ombre, préférant gagner sa vie en aidant les prostituées à sortir de l'ornière.

En fait, on ne pouvait que l'aimer, se dit Joe, tout en se demandant pourquoi ce constat avait le don de l'irriter.

— Je me sens très bien, grommela-t-il.

Elle détourna la tête en dissimulant un sourire.

— J'en suis sûre. Ce n'est pas une cuite qui va déstabiliser un homme comme vous !

Joe poussa un grognement sonore et entreprit de se mettre debout.

— Excusez-moi, dit-elle vivement. Ce que vous avez enduré hier a dû être atroce. Je ne peux pas l'imaginer.

« Vraiment pas ? » se demanda-t-il.

La mort, c'était la mort, quelles que soient les circonstances.

Quelle différence si elle s'accompagnait de litres de sang, de tôle froissée et de chairs meurtries ou, au contraire, d'une seule petite blessure ronde qui donnait le sentiment que la victime était juste paisiblement endormie ?

Genevieve aussi avait été témoin de vraies horreurs, songea-t-il. Et elle avait réussi à tout surmonter.

Il se sentait encore plus rustre, avec sa gueule de bois.

— Vous pouvez vous moquer de moi, dit-il.

— Cette femme, à la télé, elle se fiche du monde, répondit Genevieve. Ça m'étonnerait qu'elle s'appelle Lori *Star* ! J'ignore où elle est allée chercher ses informations, mais je suis sûre que ce n'est pas auprès de quelconques revenants.

A la façon dont elle le regardait, Joe comprit qu'elle aussi pensait à Leslie. A l'époque, elle avait su que son kidnappeur en voulait à Leslie, qu'elle était la première sur sa liste.

Et tout ça parce que Leslie savait des choses. Qu'elle les voyait, les pressentait. Joe n'était pas certain que le terme d'extralucide soit parfaitement adéquat dans ce cas précis. Mais, quels qu'aient été ses pouvoirs, ils étaient réels.

Avec un geste de la main, il lança :

— Dites, je me suis conduit d'une façon inexcusable, hier soir.

— Je ne dirais pas ça. Une fois votre colère passée, vous étiez même assez mignon.

Mignon ? De mieux en mieux ! Un vrai rêve. Ainsi, il était un ivrogne *assez mignon* ?

— En tout cas, merci de m'avoir hébergé.

— N'en parlons plus.

— Je dois me sauver.

— Joe, il y a une réunion, ce soir, dit Genevieve, le regard sombre.

— Une réunion ? répéta-t-il sans comprendre.

Est-ce qu'elle comptait l'envoyer aux Alcooliques Anonymes ?

— Une réunion du club. Des Corbeaux, précisa-t-elle.

Il la regarda d'un air surpris.

— Un samedi ? Le soir des rendez-vous amoureux ?

Son ton était moqueur mais elle n'y prit pas garde.

— Joe, nous devons y aller.

— Non.

— Pourtant, hier soir, vous m'avez promis que…

Il leva la main pour l'arrêter.

— J'ai dit que je me chargerais de l'enquête. Donc, j'irai à la réunion. Mais *vous*, non.

— Bien sûr que si ! lança-t-elle d'un ton indigné.

— Non !

— Si !

— Genevieve…

— Ma mère y sera, Joe. Il est hors de question que je ne l'accompagne pas.

Joe resta muet. Quelle était la logique dans tout ça ? S'ils pensaient réellement qu'on avait tué Thorne Bigelow parce qu'il faisait partie des Corbeaux, pourquoi ne suspendaient-ils pas leurs réunions jusqu'à ce que le tueur ait été arrêté ?

— C'est stupide, dit-il.

— Stupide ou pas, c'est prévu, répondit Genevieve. Et puis vous dites vous-même que toute cette mise en scène avec Poe n'est qu'un écran de fumée.

— J'ai dit que c'était *probablement* un écran de fumée.

— Mais cette fille, à la télé… Elle dit qu'un autre Corbeau devrait mourir ces jours-ci.

— Gen…

Il baissa la tête avec une grimace de douleur, car le sang lui battait aux tempes. Un reste de sa monumentale gueule de bois, sans doute, à moins que ce ne soit un mélange de crainte et de colère. Genevieve était l'être le plus têtu qu'il ait jamais rencontré. Quand il y avait une cause perdue à défendre, c'était un véritable pit-bull. Elle se précipitait, même là où aucune personne sensée n'aurait mis les pieds.

Cela dit, sa colère n'était pas dirigée contre elle, mais contre tous ceux qui jouaient avec les peurs des autres en prétendant pouvoir lire l'avenir.

Il releva le menton, le regard étincelant, et tendit l'index vers elle.

— Je vous ai promis de me charger de l'enquête et je tiendrai parole. Mais c'est à condition que vous m'écoutiez.

— Je vous écoute toujours, Joe, dit-elle avec douceur.

C'était le comble !

Oui, elle l'écoutait. Elle prenait bonne note. Puis elle n'en faisait qu'à sa tête.

— Mais, ce soir, je dois absolument y aller, précisa-t-elle.

— Et, à votre avis, ils vont se contenter de discuter tranquillement des œuvres d'Edgar Poe ?

Elle haussa les épaules.

— Non. Ils vont sûrement parler du meurtre.

— Au fait, nous ne sommes pas membres. Qui vous dit qu'ils nous laisseront entrer ?

— Les membres peuvent être accompagnés. De toute façon, qui refuserait à ma mère d'amener sa fille avec un ami ?

C'était bien vu. Eileen avait le pouvoir d'ouvrir de nombreuses portes.

Joe se leva et constata avec soulagement que les murs s'étaient arrêtés de tourner. Une bonne douche finirait de le remettre d'aplomb.

— Bon. Je rentre chez moi, dit-il. Je reviendrai vous chercher pour vous accompagner à la réunion. Promettez-moi de ne pas bouger de chez vous jusqu'à mon retour.

— Joe…

Elle avait parlé dans un murmure, prolongé d'un profond soupir.

— Je ne suis pas une orchidée de serre, reprit-elle. Il y a longtemps que j'ai appris à me débrouiller dans cette ville. Je n'ai pas l'intention de rester enfermée entre quatre murs toute la journée.

Il leva un sourcil.

— Pourquoi pas ? Cet appartement est très agréable.

Oui, c'était vrai. Mais si elle habitait l'immeuble, c'était surtout pour rassurer Eileen car il y avait ici le meilleur système de sécurité de tout New York.

— Joe…

— Faites-moi ce plaisir, Gen. Je serai de retour dans deux heures. Sauf embouteillages, ajouta-t-il brièvement, en se demandant combien de temps il lui faudrait pour récupérer sa voiture à la fourrière.

— Deux heures ?

— Oui. Car avant d'aller à cette réunion, je compte faire quelques recherches sur Poe.

Elle le dévisagea. Puis un sourire apparut sur ses lèvres et une étincelle s'alluma dans son regard.

« Bon sang, quelle ravissante jeune femme ! » se dit Joe.

— Alors là, je trouve que c'est une excellente idée.

Elle se leva d'un bond et jeta les bras autour de son cou. Son parfum était enivrant. Le contact de son corps tiède, serré contre le sien, avait un avant-goût de paradis.

N'empêche qu'il recula d'un pas.

— Alors, c'est promis, vous ne bougez pas jusqu'à ce que je revienne ?

Elle le regarda en fronçant les sourcils.

— Bon, d'accord.

Il se dirigea vers la porte.

— Joe ? Vous pouvez prendre ma voiture : elle est dans le parking.

— Merci. Je vais prendre un taxi, ne vous en faites pas. A tout à l'heure, promit-il.

Genevieve n'était pas mécontente d'avoir deux heures de tranquillité devant elle. Elle aimait beaucoup son appartement et appréciait de s'y retrouver seule. Ce qu'elle n'aimait pas, c'était que ses proches lui ordonnent de s'y enfermer.

Au moins, songea-t-elle, Joe avait l'intention de l'associer à son enquête, même s'il n'était pas très fier de la façon dont les choses s'étaient déroulées, la veille. Il détestait qu'une situation lui échappe. Quoi qu'il arrive, il voulait garder le contrôle, non pas des autres, bien sûr, mais de lui-même. Or, il s'était enivré, et ce n'était pas exactement le but poursuivi.

Elle arpenta la pièce de long en large. Même si la solitude avait des vertus, la matinée allait lui sembler interminable, elle en était sûre.

Elle appela sa mère, juste pour lui dire bonjour et la prévenir qu'elle assisterait à la réunion en compagnie de Joe.

— A mon avis, ce ne sera pas très intéressant, dit Eileen. Ils ne vont parler que de ce pauvre Thorne.

Elle fit une pause, puis reprit :

— Je pense que cette médium a effrayé bon nombre d'entre eux.

— Mais pas toi ?

— Bien sûr que non !

Il y eut un nouveau silence, puis Eileen reprit d'une voix étranglée :

— Oh, Genevieve ! Peut-être que toi, tu ferais mieux de ne pas venir.

— Arrête, maman !

— Mais, ma chérie, compte tenu de tout ce que tu as vécu, as-tu vraiment envie de passer la soirée avec des gens qui vont parler d'assassinat ?

— Après ce que j'ai enduré, mon plus grand plaisir, c'est de faire exactement ce qui me plaît.

— Cependant…

— Nous viendrons te chercher à 19 h 30, coupa Genevieve.

— Je peux très bien m'y rendre par mes propres moyens.

— Je sais, mais c'est comme ça.

— Au moins, tu seras avec Joe.

— Oui. *Au moins, je serai avec Joe*, répéta Genevieve, profondément agacée par la remarque de sa mère qui, elle aussi, voulait la mettre sous cloche !

Elle raccrocha, puis alluma son ordinateur et se rendit sur la première page du quotidien du jour pour voir s'il y avait du nouveau dans l'affaire concernant l'assassinat de Thorne.

Les gros titres étaient consacrés à l'accident sur l'autoroute FDR. Elle lut l'article principal, puis cliqua sur un lien pour regarder la vidéo amateur filmée par un témoin. Malheureusement, ni l'article ni la vidéo ne lui apprirent quoi que ce soit qu'elle ne sût déjà.

Elle réfléchit intensément. Sam Latham se trouvait sur les lieux de l'accident.

Joe aussi.

Elle décrocha son téléphone. Cette fois, elle voulait appeler l'hôpital Saint-Vincent.

Sam s'y trouvait, et il était autorisé à recevoir des visiteurs.

Avant de composer le numéro, elle réfléchit en consultant le réveil : elle avait tout le temps de faire l'aller-retour de chez elle à l'hôpital. Elle ne prendrait pas sa voiture mais demanderait à Tim, le gardien de jour, de faire venir un chauffeur qui l'attendrait devant l'hôpital. Elle serait revenue très vite.

Malgré tout, en prenant cette décision, elle se sentait vaguement coupable.

Elle eut beau se dire qu'elle ne devait rien à personne,

qu'elle était une femme libre, elle ne pouvait s'empêcher d'avoir un peu honte.

N'avait-elle pas donné sa promesse ?

Certes, mais on était en plein jour. Et elle avait besoin de voir Sam Latham.

Mais elle avait *promis*…

Tandis qu'elle débattait avec elle-même, le téléphone sonna. C'était Joe.

— Salut ! dit-elle.

— Salut. Ecoutez, j'avais oublié un rendez-vous. J'aurai donc du retard. Ça ne vous dérange pas ?

— Je trouverai bien le moyen de m'occuper, répondit-elle.

— Parfait. Disons que j'arriverai vers 14 heures, 14 h 30.

— Très bien.

Bon. Elle se sentait un peu moins coupable.

Elle quitta l'appartement après avoir bien verrouillé la porte, et fila vers l'ascenseur.

Même avec un bandeau sur les yeux, Joe aurait pu deviner où il était.

On avait beau utiliser des antiseptiques, l'odeur de la morgue était la plus tenace qui soit.

Joe se félicitait d'être en bons termes avec la police : il n'avait même pas eu besoin de montrer ses papiers en arrivant. Judy, la réceptionniste, le connaissait bien.

— Bonjour, beauté ! lança-t-il.

— Salut, beau gosse.

— Tu me flattes.

Judy était une grande femme plutôt costaud, aux joues

roses, âgée d'une cinquantaine d'années et toujours de bonne humeur. Exactement la personne qu'il fallait pour accueillir le public dans ce genre d'endroit.

— Oh, les vivants me semblent toujours beaux ! riposta-t-elle en riant. Et j'imagine que tu n'es pas venu pour flirter.

— Bien vu, Judy. J'ai besoin de savoir qui a fait l'autopsie de Thorne Bigelow.

— C'est Frankie.

Le Dr Frank Arbitter, l'un des membres les plus réputés du service de médecine légale. C'était un type simple et cordial, mais il avait acquis au fil des années un prestige tel que la plupart des gens parlaient de lui avec révérence. Sauf Judy, la seule à l'appeler par son prénom.

— Il est là ?

— Je suis sûre qu'il te recevra.

Après le coup de fil passé par Judy, Joe franchit les doubles portes et s'engagea dans le corridor qui menait à la salle d'autopsie numéro 4.

Frank Arbitter était seul dans la pièce. Sur un lit d'hôpital gisait le corps d'un homme barbu, d'âge mûr, le torse et les membres recouverts d'un drap. Il y avait une énorme plaie béante au niveau de son crâne, mais pas la moindre trace de sang : on avait lavé le cadavre en vue de l'examen.

Assis à son bureau, Frank mâchonnait un sandwich jambon- fromage.

— Joe ! s'écria-t-il en se levant avec un grand sourire.

Il était grand, musclé, et sa carrure évoquait plus celle d'un footballeur que celle d'un expert en médecine légale, mais sa chevelure ébouriffée et ses lunettes aux verres épais lui donnaient vaguement l'air d'un savant fou, plus en accord avec sa profession.

— Assieds-toi !

Joe s'exécuta. Il avait souvent eu l'occasion d'entrer dans des morgues, mais il n'aurait jamais pu travailler quotidiennement avec les morts.

Frank alla droit au but.

— Si tu étais juste venu pour papoter, tu m'aurais proposé d'aller boire une bière. Alors, qu'est-ce qui t'amène ? Je parie que c'est l'assassinat de Thorne Bigelow.

— Excellente déduction, dit Joe.

— Eh bien, si je joue les Watson, c'est que j'ai été à bonne école avec Holmes, rétorqua malicieusement Frank. Je sais que tu as déjà travaillé pour Eileen Brideswell, je sais qu'elle connaissait Thorne, et j'en conclus qu'elle a décidé de tout mettre en œuvre pour aider la police à trouver le meurtrier. Après tout, elle joue gros, elle aussi.

Joe préféra ne pas le détromper en précisant qu'il ne travaillait pas pour Eileen mais pour Genevieve, qui lui avait plus ou moins forcé la main. Il n'était pas surpris que Frank devine qu'il venait à propos du meurtre de Bigelow, mais il s'étonnait de son commentaire sur le fait qu'Eileen « jouait gros » dans l'histoire.

Il hocha la tête, les yeux rivés sur Frank.

— C'est vrai, je suis venu à propos de Bigelow.

— Son fils a déjà récupéré le corps, dit Frank. Il est venu lui-même. Les Bigelow sont riches, et il aurait pu envoyer quelqu'un, mais il a préféré se déplacer. Il pleurait comme une Madeleine, ce gamin. Enfin, ce n'est plus vraiment un gamin. Il doit avoir dans les trente ans.

— A mon avis, on souffre toujours de perdre un de ses parents, quel que soit l'âge que l'on a.

— Sûrement, dit Frank en haussant les épaules. J'ai bavardé avec lui. Il est sur le sentier de la guerre. Il veut absolument savoir qui a tué son père et pourquoi.

Joe écarquilla les yeux.

Frank sourit en haussant les épaules.

— Bon, d'accord, toi et moi nous savons pertinemment qu'avec sa position sociale et sa fortune Bigelow ne doit pas manquer d'ennemis. Mais je ne suis pas flic, moi. J'explique ce que j'ai trouvé et après, la police prend le relais.

— Et qu'est-ce que tu as trouvé ?

— Que c'est l'amour du bon vin qui a perdu ce type.

— Autrement dit, son vin était bien empoisonné ?

— Possible. Il n'avait pas mangé depuis plusieurs heures. D'après mes analyses, il devait même s'apprêter à sortir pour aller dîner, et il s'était offert un apéritif.

— Quel genre ?

— Rosencraft 1858. Un bourgogne rarissime.

Joe retint un sourire.

— Je parlais du poison !

— Arsenic.

— Je croyais que les empoisonnements par l'arsenic étaient progressifs.

— C'était une méthode courante, il y a des siècles. On en donnait par petites doses pour rendre les gens malades, et ils finissaient par mourir. Mais une dose importante d'un seul coup, c'est tout aussi efficace et bien plus rapide.

— As-tu constaté autre chose ? Des traces de lutte ? Des ecchymoses, des coupures, des blessures provoquées par une attitude défensive ?

— Rien de ce genre.

Joe se tut. Frank haussa les épaules.

— Je suis au courant de la note. « Meurs, dit le corbeau ». Mais il n'y a aucune allusion au poison dans ce poème du « corbeau », n'est-ce pas ?

— Non. Il y en a dans *Le Chat noir* et dans *La Barrique d'Amontillado.*

— Je fais des autopsies, Joe. Après, c'est aux flics de faire leur boulot.

— Qui ont-ils mis sur l'enquête ?

— Raif Green et Thomas Dooley. Deux types compétents. Ce ne sont pas des bleus. Ils appartiennent à la "Crime" depuis presque dix ans.

— Ouais, je les connais, dit Joe.

Il les connaissait même bien, et il les aimait beaucoup tous les deux. C'était une bonne nouvelle. Ni l'un ni l'autre n'était du genre à devenir nerveux parce qu'un détective privé enquêtait en parallèle. C'étaient deux chevaux de retour qui avaient gravi les échelons peu à peu, qui avaient tout vu et à qui on ne la faisait pas. De bons flics, bridés par les restrictions budgétaires, et qui seraient soulagés qu'un collègue privé puisse leur soumettre ses propres déductions.

— C'est plutôt bien pour toi, dit Frank.

— Ouais. Merci. Je vais appeler Raif. C'est lui que je connais le mieux, dit Joe en se levant. On ira prendre une bière un de ces jours, Frank. Je ne veux pas te retarder dans ton travail.

— Ne t'en fais pas. Ce vieux Hank ne peut pas être plus mort qu'il ne l'est, répondit Frank.

Joe jeta un coup d'œil au cadavre sur la table d'autopsie. Sa blessure au crâne mise à part, le "vieux Hank" avait l'air de dormir.

— Une chute ? demanda Joe d'un ton dubitatif.

— Tu parles ! Il est tombé juste sur la bouteille de whisky que son pote venait de fracasser.

— C'est triste, fit Joe.

— Ça l'est toujours. C'est ça le problème : la mort, c'est triste. Sauf quand…

Etonné, Joe se retourna pour faire face à son vieil ami.

— Sauf quand quoi ?

Frank haussa les épaules.

— Dc temps à autre, je récupère quelqu'un qui est mort du cancer ou d'un truc de ce genre. Quand je les ouvre, je suis horrifié de voir ce que la maladie a fait à l'intérieur. Mais à l'extérieur, parfois, eh bien ils ont l'air de sourire. Comme si la mort les avait soulagés d'insupportables souffrances.

Il eut un nouveau mouvement d'épaules et ajouta :

— On s'y habitue. Ou, du moins, on croit qu'on s'y habitue. Tu dois connaître ça, non ? En fait, on ne s'habitue jamais vraiment. Heureusement, sinon on finirait par faire du mauvais boulot.

— Docteur Arbitter ?

Une jeune femme se tenait debout sur le seuil.

— Oui, Connie ?

— On vous demande à l'accueil.

— Je reviens tout de suite, dit Frank.

Joe ouvrit la bouche pour faire une objection car l'heure tournait, mais Frank était déjà parti.

Joe baissa les yeux vers le cadavre. Tout à coup, la tête de Hank se tourna vers lui, et le vieillard ouvrit les yeux. *Hé, toi ! Oui, toi, mon vieux. Je sais que tu peux me voir et m'entendre. Tu diras à Vinny que je l'emmerde et qu'il ne l'emportera pas au paradis. Même si son pote camé au crack le fait sortir sous caution, il finira quand même à la rue. Tu lui diras ça de ma part. Il n'aura plus un moment de paix. Tu lui diras, tu m'entends ? Merde, tu m'entends ?*

Joe se figea sur place, sans pouvoir détacher les yeux du corps.

C'était insensé.

Son imagination lui jouait des tours.

Merde, il avait dû boire encore plus qu'il ne l'avait cru, la veille au soir.

Derrière lui, la porte s'ouvrit à la volée. Frank revenait en marmonnant.

— Avec tous ces progrès technologiques, on a des secrétaires qui ne connaissent toujours pas l'orthographe. Tu te rends compte qu'elle a confondu *sain* et *sein* ?

Joe se retourna vers le mort.

Il avait de nouveau l'air d'un cadavre.

Le vieux Hank était vraiment mort.

— Joe ? Tu te sens bien ? Tu es livide, dit Frank. On dirait que tu viens de voir un fantôme.

Joe eut un rire forcé.

— Voyons, tu l'as dit toi-même, Frank : ce vieux-là

ne pourrait pas être plus mort. Je crois comprendre que les flics ont arrêté son assassin ?

— En flagrant délit. C'était un dealer de bas étage. Hank lui-même n'était pas un citoyen modèle, cela dit. Il est mort des suites d'une bagarre avec un type nommé Vincent Cenzo… Bon, Joe, excuse-moi. Où en étions-nous ? demanda Frank.

— Nulle part. Je dois filer, dit Joe en lui tendant la main.

— La prochaine fois, j'offre la tournée, dit Frank.

— Entendu. A bientôt.

— Surtout, si tu as besoin de quoi que ce soit, n'hésite pas à m'appeler !

Voilà. Bien sûr. La prochaine fois, il téléphonerait.

— Salut, Frank ! Encore merci.

Joe se faisait l'effet d'un nageur qui vient de croiser un requin et s'efforce de garder son sang-froid. Il serra les dents pour ne pas se mettre à courir.

Il réussit à sortir de la salle d'autopsie d'un air normal, parcourut rapidement le corridor et parvint même à saluer aimablement Judy, derrière son comptoir.

Puis il émergea dans la lumière du jour et se mêla à la foule pressée de profiter d'un samedi au soleil.

Il courait presque…

Soudain, il s'arrêta.

Ça n'avait aucun sens de courir pour se fuir soi-même.

Quelle belle journée !

Il poursuivit sa promenade pendant des kilomètres, regrettant qu'on ne porte plus de chapeau pour saluer les passants. On était presque en été. Aucun nuage ne bouchait l'horizon. Une brise rafraîchissante balayait la jungle de béton et d'acier. C'était une journée parfaite.

Il visita le square Saint-Marc et y fit une pause pour évoquer tous les hommes politiques, les vedettes, les génies, les écrivains, les héros, les patriotes et aussi les ennemis de l'Etat qui y étaient passés avant lui. Il ferma les yeux, visualisant une ville depuis longtemps disparue.

Quelle journée vraiment magnifique ! Cela faisait du bien d'être à l'air libre. Il aimait New York. Il aimait le monde entier.

Il savourait son plaisir.

Quelqu'un le dépassa avec une moto hurlante. L'homme arborait un tatouage sur le bras, et ses chaînes en or claquaient bizarrement contre le plastique.

Ah, les gangs de New York… Ils étaient toujours là. Aujourd'hui comme hier.

Un petit yorkshire arriva en poussant des jappements aigus, et il se retourna pour faire un compliment à la grassouillette propriétaire de l'animal, qui rougit de satisfaction et entama la conversation. Il s'éloigna rapidement, voyant le moment où elle allait lui donner son numéro de téléphone.

Il croisa un policier qui faisait sa ronde et le salua d'un hochement de tête. L'officier lui rendit son salut en souriant.

Tout en continuant sa promenade d'un pas tranquille, il passa devant un magasin d'électronique. Un écran plasma géant occupait presque toute la vitrine. C'était l'heure des informations : il s'arrêta pour regarder.

Intérieurement, il exultait. Il aurait voulu éclater de

rire. Mais il se retint et garda les yeux fixés sur l'écran, l'air grave, tandis que d'autres promeneurs l'imitaient.

La ville tout entière s'interrogeait sur la mort de Thorne Bigelow.

Bigelow, le philanthrope.

Le modèle.

Le brillant homme de lettres.

Tu parles !

Un salaud. Un prétentieux. Un goinfre. Un crétin.

— Quelle horrible façon de mourir ! dit quelqu'un.

— C'est à cause du livre qu'il a écrit. Celui qui l'a tué ne l'avait pas aimé, déclara une jeune femme d'un air solennel.

Son fiancé avait passé un bras sur ses épaules. Elle serrait dans ses bras quelque chose qui ressemblait à une serpillière et devait être un bichon, ou un caniche, bref un chien-chien. Pourquoi tous ces gens avec leurs animaux ridicules s'étaient-ils ligués pour lui gâcher son samedi matin ?

— On a pu le tuer pour plein d'autres raisons, dit le fiancé. Je veux dire : ce type était *milliardaire*.

C'était surtout une grosse baudruche vaniteuse.

— Oui, c'est tragique, dit-il à voix haute.

Le fiancé secouait la tête.

— Saviez-vous que l'un des blessés, dans le carambolage de l'autoroute FDR, était un ami de Bigelow ?

La jeune fille frémit.

— Et la médium a dit que quelqu'un d'autre allait mourir, ajouta-t-elle.

Joe se tourna vers le couple pour demander :

— Vous croyez que les médiums peuvent vraiment lire l'avenir ?

— Oh, sans aucun doute ! répondit la fille en se tournant pour le regarder, peut-être d'ailleurs d'un peu trop près. Il y a des gens qui ont vraiment un don, qui voient des choses. Cela dit, je ne sais pas quoi penser de cette Lori Star. Je n'ai jamais entendu parler d'elle. Elle n'a rien écrit… Quoi qu'il en soit, tout cela est affreux, vous ne trouvez pas ?

— Oui, tragique, affirma Joe en hochant la tête.

Puis il s'éloigna à pas lents, la tête basse. En dissimulant un sourire.

Oui, c'était une belle journée.

Mais, soudain, son sourire s'évanouit.

C'était de la foutaise ! Personne ne pouvait prédire l'avenir. Le don de double vue n'existait pas. Il était impossible de se glisser dans la peau de quelqu'un d'autre pour… pour lire ses intentions.

Sinon…

Il reprit sa marche, pensif.

Ce n'était peut-être pas une si belle journée, finalement.

4

— Salut les gars ! dit Joe. Merci d'avoir répondu présent.

Ils se trouvaient chez Gino, le quartier général de la police new-yorkaise.

Les temps avaient changé. Autrefois, Raif Green aurait englouti dans n'importe quel fast-food un hamburger plein de graisse. Et Thomas Dooley aurait pris un sandwich pain au corned-beef.

Mais Tom avait eu une crise cardiaque deux ans plus tôt. Maintenant, les deux collègues évitaient les hamburgers et les beignets.

Raif avait commandé une salade grecque et Tom, un sandwich allégé : un toast avec du blanc de poulet, une feuille de salade, une rondelle de tomate et du fromage blanc à 0 %. Il le dégustait lentement, comme pour le faire durer.

Tom était une armoire à glace. Il avait maigri depuis la dernière fois que Joe l'avait vu, mais il devait encore peser cent trente kilos pour un mètre quatre-vingt-quinze. Raif, sans être mince ni petit, avait l'air d'un nain à côté de son énorme collègue.

A quarante ans, ils avaient encore tous leurs cheveux.

Par leur physique et leur allure, ils évoquaient Laurel et Hardy, mais leur travail quotidien n'avait rien de comique.

— En somme, dit Raif, on est en train de bosser un samedi. On a beau être en démocratie, si c'est un illustre inconnu qui se fait buter dans la rue, personne ne bouge, mais s'il s'appelle Bigelow… C'était un VIP, ce Bigelow. Pas question de faire des horaires de bureau tant qu'on n'a pas résolu l'affaire.

Il eut un sourire en biais.

— Au moins, comme c'est toi qui payes l'addition, on peut manger diététique. La nourriture, quand c'est bon pour le cœur, ça coûte cher, voilà le problème.

— Je donnerais ma main gauche pour des frites, dit Tom.

Sa bouille ronde lui donnait un air bonasse parfaitement trompeur. Durant les interrogatoires, il était à peu près aussi délicat qu'un King Kong bourré d'anabolisants.

— Eh bien, tu n'as qu'à commander des frites ! dit Raif.

Tom secoua la tête.

— Impossible. Ma femme me tuerait.

— Est-ce que tu vois ta femme dans les parages, Tom ?

— Ça ne veut rien dire. Elle aurait dû être détective. Elle a des espions partout. Peut-être même dans ces feuilles de laitue.

— Voilà comment on se rend compte qu'on vieillit, dit Raif. On parle de bouffe.

— Ainsi va la vie, répondit Joe. Je pense que ta femme tient à toi, Tom, tout bêtement.

— C'est sûr, dit Tom d'un air abattu. Mais j'ai l'impression d'être un lapin quand je mange de la salade.

Joe hocha la tête d'un air compatissant, puis demanda :

— Qu'est-ce que vous pensez de cette théorie sur le maniaque d'Edgar Poe ? D'après vous, c'est un écran de fumée, ou ça cache un mobile sérieux ?

— Pour l'instant…, commença Raif.

Il s'interrompit, s'essuya la bouche avec sa serviette en papier, et reprit :

— Pour l'instant, on n'a pas beaucoup d'éléments pour échafauder des hypothèses. On ne sait rien de plus que ce que tu as pu lire dans les journaux. J'avais demandé qu'on ne parle pas de la note laissée sur le bureau, mais il y a eu une fuite. Rien d'étonnant, d'ailleurs : ça grouillait d'uniformes quand on est arrivés. Les spécialistes des scènes de crime se sont arraché les cheveux. C'est le fils de la victime qui a découvert le corps. Il s'est mis à hurler. Du coup, la belle-sœur est arrivée, et ensuite le majordome… Ils se sont agités dans tous les sens pour tenter de sauver Bigelow. Quelqu'un a appelé les urgences, les pompiers ont déboulé…

— Qu'est-ce qu'on sait sur le majordome ? demanda Joe.

Raif secoua la tête.

— Tu t'imagines qu'il est coupable ? Ce serait trop facile. C'est un Anglais maigrichon, un peu âgé, et cette histoire l'a vraiment secoué. Quand nous l'avons interrogé, il était en larmes et il ne savait rien du tout. Il a son propre petit appartement dans la maison, et il somnolait au moment du drame. Il n'a rien vu, rien entendu.

— Vous le croyez sincère ? demanda Joe.

— Oui, répondit Raif.

— C'est aussi mon avis, déclara Tom. Tu sais ce que c'est : quand on a passé tellement d'années à interroger des gens, on finit par avoir un sixième sens.

— Donc, le majordome était sur place. Et le fils ?

— Il venait d'arriver. Il habite la maison. Il passe son temps à entrer et sortir, expliqua Tom.

— Quelle impression vous a-t-il faite ?

Raif haussa les épaules.

— Il pleurait, lui aussi, et il avait l'air sincère. C'est un type jeune, à peine trente ans. On s'est un peu renseignés. Apparemment, lui et son père ne s'entendaient pas trop mal.

— La belle-sœur ?

— Elle s'appelle Mary Vincenzo. C'était la veuve d'un frère défunt.

— Une femme très mince, très nerveuse, dit Raif. Elle est riche, car elle a touché la part de son mari… Je ne crois pas à sa culpabilité.

— Tu aurais dû les voir se passer la langue sur les lèvres quand on leur a dit que c'était un empoisonnement ! dit Tom en riant.

Il avait beau parler de poison, il continuait quand même à savourer son sandwich.

— Excusez-moi, je voudrais tout récapituler depuis le début, dit Joe. Est-ce que les secouristes sont venus ? Au bout de combien de temps a-t-on compris qu'il s'agissait d'un crime et pas d'une crise cardiaque ?

— Assez vite, grâce à un jeune pompier plus malin que les autres, expliqua Raif. Il a vu que le corps était froid et il a empêché quiconque d'y toucher. Il faut se mettre à la place de la famille. Si ta grand-mère ou qui que ce soit meurt au milieu de la nuit, la réaction normale, c'est d'appeler les pompiers, et la première chose que font les pompiers, c'est du bouche-à-bouche. Même quand ils sont sûrs que la personne est morte. Bref, le corps était froid et ce gamin s'en est aperçu. Comme c'était un décès inexpliqué, il a dit à son chef d'équipe qu'il fallait appeler les flics. Ils sont arrivés et ils ont fait venir le médecin légiste, doc Arbitter. C'est lui qui a pensé à du poison dans le vin. En tout cas, on a pas mal de photos. Mais, évidemment, il faut tenir compte du chambard fait par la famille et les secouristes.

— C'est à ce moment-là qu'on a trouvé la note ?

— Oui. Sur le bureau. C'était juste une feuille de papier parmi d'autres et, du coup, personne ne l'avait remarquée. C'est avec l'imprimante du mort qu'elle a été tirée : les techniciens ont vérifié. Malheureusement, l'ordinateur avait été essuyé. On a cherché, mais on n'a trouvé aucune empreinte, répondit Tom.

— Comment les événements se sont-ils succédé ? demanda Joe. Et pourquoi la belle-sœur est-elle venue ?

— Le fils est entré le premier dans le bureau, avec l'intention de dire à son père qu'il était temps de se préparer. Lui-même était allé chercher sa tante. Ils devaient tous se rendre à un dîner. Le majordome n'est arrivé qu'après, expliqua Tom.

— Quand le fils a découvert son père, il a eu l'impression que le vieux s'était effondré juste après avoir bu un verre de vin.

— Il n'y avait qu'un seul verre ?

— Oui, confirma Raif.

Tom brandit ce qu'il restait de son sandwich et l'agita en disant :

— Nous sommes convaincus que Bigelow était seul. Ils devaient arriver à 8 heures à ce dîner. Quand on l'a trouvé, il était mort depuis une heure, environ. Le majordome nous a dit qu'un peu plus tôt, vers 5 heures, il s'était enfermé dans son bureau en déclarant qu'il attendait quelqu'un. Mais, quel qu'il soit, ce visiteur est reparti, car Bigelow a bel et bien bu son vin en solitaire.

— A moins que le tueur n'ait emporté son verre avec lui, suggéra Joe. A-t-on vérifié s'il manquait un verre ?

Tom s'empourpra et questionna Raif du regard.

— Je ne sais pas, répondit Raif en rougissant à son tour.

— Les assistants ont-ils vu qui que ce soit entrer ou sortir ?

— Non. Le chauffeur attendait dans le garage. De son propre aveu, il s'était endormi derrière le volant, dit Tom. Bien entendu, nous avons interrogé tous les voisins. Personne n'a rien remarqué.

— Et… les autres Corbeaux ? demanda Joe.

— Nous les avons entendus, eux aussi. Ils ont tous des alibis, mais il va falloir les vérifier, ce qui représente pas mal de boulot.

— Que pouvez-vous me dire sur la famille ? poursuivit Joe.

Raif échangea un regard avec Tom.

— Allons, insista Joe, vous savez bien que j'ai une licence en bonne et due forme ! En outre, j'ai été embauché par l'une des parties.

— Bon, d'accord. Nous avons des dossiers sur tous les membres du conseil d'administration. Je te les faxerai, dit Ralph. Mais je te demande de rester discret. Chez nous, il y a des types qui n'apprécient pas beaucoup qu'on mette le nez dans leur travail, tu comprends ?

— Je sais. Encore merci, dit Joe.

Il se tut un moment, puis reprit :

— Et qu'est-ce que vous pensez de cette fille qu'on a vue à la télé ? Celle qui prétend être extralucide ?

Raif et Tom échangèrent un nouveau regard.

Joe gémit à voix basse.

— Seigneur ! Ne me dites pas que vous l'avez crue !

Tom et Raif se mirent à rire.

— Qu'est-ce que vous me cachez ? leur demanda Joe.

— Jerry Grant, de la brigade des mœurs, l'a arrêtée trois fois, dit Raif.

— Pour fraude ?

— Bien sûr que non ! Les mœurs ne s'occupent pas de fraude, voyons !

— Il l'a épinglée pour prostitution, précisa Tom. Hier soir, elle prétendait être Lori Star, mais quand les flics l'ont arrêtée, elle se faisait appeler Candy Cane.

— Elle a dit qu'elle était actrice, pourtant !

— Ouais, elle a bien su jouer les innocentes devant les micros, dit Raif. Mais on va quand même avoir un petit entretien avec elle.

— Quand ?

— Aujourd'hui même, dès que monsieur Je-suis-au-Régime aura fini son sandwich, répondit Raif.

— Ça vous ennuie que je vous accompagne ? demanda Joe.

— Sans problème. C'est toi qui as réglé l'addition, conclut Tom.

Raif dévisageait Joe.

— Tu es sûr que ça ne te mettra pas mal à l'aise ? demanda-t-il. Après tout, la fiancée de ton cousin… Leslie MacIntyre… elle avait la réputation d'être un vrai médium, non ?

— Raison de plus pour que je vienne. Je sais reconnaître les médiums authentiques des truqueurs.

Sam Latham était un type verni à tous points de vue. A trente-six ans, il était marié, père de deux jeunes enfants, et il travaillait pour l'un des plus grands éditeurs de la ville. Il adorait les livres, en particulier les romans à suspense, et il considérait Edgar Allan Poe comme le père du roman policier. Genevieve avait fait sa connaissance par l'intermédiaire de sa mère. Sans très bien le connaître, elle l'avait toujours trouvé sympathique, de même que sa femme et leurs enfants : Vickie, onze ans, et Geoffrey, quatorze ans.

En arrivant à l'hôpital, elle trouva une situation légèrement différente de ce à quoi elle s'attendait. Le hall était désert. Dorothy était au chevet de son mari, ainsi que Stella, la mère de Sam.

Mais il n'y avait pas un seul policier en vue, aucune surveillance.

Ce qui signifiait que personne, apparemment, ne pensait que Sam avait été la cible d'un tueur. En dépit des déclarations de la médium.

— Genevieve ! s'écria Sam avec plaisir en la voyant sur le seuil.

Il avait une coupure sous l'œil, accompagnée d'un vilain bleu, mais aucune autre blessure apparente.

— Voulez-vous que j'aille vous chercher un café au distributeur ? proposa Stella.

— Non, je vous remercie, répondit Genevieve.

Elle avait fait halte au rez-de-chaussée pour acheter un bouquet que Dorothy vint lui prendre des mains.

— Comment vous sentez-vous ? demanda-t-elle à Sam, tandis que la jeune femme ajoutait le bouquet à tous ceux qui ornaient déjà la chambre.

— Fort bien, répondit Sam.

— Il ment ! affirma Dorothy, l'air grave. Demain, on va l'opérer de la jambe.

— Oh, Sam ! Je suis désolée, dit Genevieve.

Stella s'éclaircit la gorge.

— Si vous comptez rester un petit moment, Dorothy et moi, nous en profiterons pour aller grignoter un morceau.

— Elles ne veulent pas me laisser seul cinq minutes, grommela Sam.

Genevieve jeta un bref coup d'œil à Dorothy qui, de toute évidence, était plus inquiète que la police. Peut-être avait-elle vu Lori Star à la télévision ?

— Je serai ravie de bavarder avec Sam jusqu'à votre retour, dit Genevieve.

Stella lui adressa un sourire reconnaissant, et Dorothy l'embrassa sur la joue tout en lançant :

— Ça ira, Sam ?

— Très bien. Va donc déjeuner, chérie. Genevieve veillera sur moi. Elle est ceinture noire, maintenant.

Ce qui n'était absolument pas le cas, mais Genevieve se garda bien de le contredire.

Tandis que les deux femmes s'éclipsaient, elle s'assit près du lit. Sam était perfusé, et relié à de multiples tubes.

— Eh bien, mis à part ces tuyaux, vous avez l'air en forme, lui dit Genevieve.

Il lui montra alors la petite pompe qu'il cachait dans sa paume.

— Morphine, expliqua-t-il avec un sourire amer.

— Mon Dieu, Sam ! Ça a dû être un accident horrible.

— Ouais. Un horrible accident, répéta-t-il.

— Mais c'était réellement... un accident, n'est-ce pas ?

Il lui jeta un regard aigu, comme s'il s'apercevait soudain qu'il ne s'agissait pas d'une simple visite amicale.

— Oui, je suppose, répondit-il. Je ne me suis rendu compte de rien, Genevieve. Je roulais tranquillement, en réfléchissant à un nouveau manuscrit que nous venons d'acheter une petite fortune, et puis...

Elle aurait pu se mettre à bavarder de choses et d'autres, demander des nouvelles des enfants, faire comme si de rien n'était. Mais elle savait que Sam n'avait pas plus qu'elle envie de faire semblant. Alors, elle poursuivit :

— Et puis... bang ?

— C'est ça. Le bruit... et un choc brutal, dit-il en secouant la tête.

Genevieve prit une profonde inspiration.

— En tout cas, je persiste à dire que vous avez l'air en forme, fit-elle en s'efforçant de prendre un ton plus léger.

Il secoua de nouveau la tête.

— Ne dites pas de bêtises, Genevieve. J'ai une tête

de déterré. Vous avez la gentillesse de me rendre visite, et je sais que vous l'auriez fait de toute façon, mais je suppose que vous êtes inquiète, à cause de Thorne Bigelow. Et vous vous dites sans doute que quelqu'un cherche à tuer tous les Corbeaux, y compris votre mère.

Elle n'essaya même pas de nier.

— Et vous ? Qu'en pensez-vous ? demanda-t-elle.

— Je ne sais pas quoi penser. Des témoins disent avoir vu un véhicule foncer en zigzaguant. Les flics m'ont demandé si je l'avais remarqué, moi aussi.

— Et alors ?

— Non. Je ne l'ai pas vu. J'étais en train de rouler et l'instant d'après… wham ! Le trou noir. L'airbag m'a sauvé la vie : vous n'avez qu'à voir les bleus qui recouvrent mon corps. Mais j'ai perdu conscience et, quand je me suis réveillé, j'étais sur un brancard. En même temps, on me faisait des injections et j'en étais bien content, parce que j'ai quand même réussi à me casser la jambe, malgré l'airbag.

Genevieve opina, lui prit la main et la serra.

— Je suis de tout cœur avec vous, Sam.

— J'ai du mal à imaginer qu'on ait essayé de m'assassiner de cette manière, au milieu d'une autoroute. Difficile d'être précis dans de telles circonstances.

— Effectivement, dit Genevieve.

Elle fit une pause, puis ajouta :

— Seulement…

— Seulement… quoi ?

— Le tueur se fichait peut-être pas mal de tuer une douzaine d'autres personnes par la même occasion ?

*
* *

Lori Star. Dite aussi Candy Cane.

Elle habitait dans un logement social de Soho. Ils frappèrent et elle entrouvrit la porte en laissant la chaîne de sécurité. Puis elle jeta un coup d'œil par l'embrasure, les yeux pleins d'espoir.

— Vous êtes journaliste ? demanda-t-elle.

Raif fit signe que non et exhiba son badge.

— Désolé, dit-il.

— Ah, des flics !

— Exact. Des flics, dit Tom.

Elle contempla Joe.

— Mais vous, vous n'êtes pas flic, dit-elle d'un ton soudain langoureux et sexy.

Comment le savait-elle ? se demanda Joe. Etait-elle vraiment médium ? Ou bien avait-elle lancé ça au hasard ?

— M. Connolly est détective privé et il nous accompagne, dit Raif.

Une fois de plus, Joe se félicita d'avoir gardé d'excellentes relations avec la police new-yorkaise.

— Je n'ai rien fait d'illégal ! lança la jeune femme, sur la défensive.

— Rassurez-vous, nous ne sommes pas venus vous arrêter, lui dit Raif.

— Alors, vous pouvez partir, répliqua-t-elle en faisant mine de refermer la porte.

Joe tendit le bras pour l'en empêcher.

— Nous avons vraiment besoin de vous parler, mademoiselle Star. Ça ne prendra que quelques minutes, dit-il.

Il était persuadé qu'elle n'avait aucun talent particulier — en tout cas, aucun talent paranormal —, mais il devait absolument l'interroger.

Elle le dévisagea en ouvrant de grands yeux bleus. Puis, avec un soupir, elle repoussa légèrement le battant de la porte pour retirer la chaîne de sécurité.

— Entrez, dit-elle d'un ton résigné.

Elle était petite et menue, avec une poitrine artificiellement « mise en valeur » et des traits assez jolis mais durs. Ce n'était pas une courtisane de haut vol, mais pas non plus une prostituée de bas étage. Elle avait des cheveux blonds, décolorés avec soin, et un petit visage pointu. Tandis qu'elle leur tenait la porte, Joe vit que son kimono de soie cachait un pantalon de jogging et un T-shirt à l'effigie du groupe de rock Mötley Crue.

— Vous pouvez vous asseoir puisque vous êtes là, dit-elle en indiquant un sofa et deux chaises dans le living-room qui servait aussi de salle à manger et ouvrait directement sur une kitchenette.

Joe prit place sur une chaise, en diagonale du sofa où la jeune femme venait de s'installer. Raif prit l'autre chaise et Tom n'eut d'autre choix que de se laisser tomber sur le sofa, à quelques centimètres de Lori. Elle prit une cigarette et l'alluma.

— Ça ne vous dérange pas ? demanda-t-elle. J'espère que non, parce qu'après tout je suis chez moi et j'ai le droit de fumer si ça me chante.

— Libre à vous de creuser votre tombe, dit Raif en haussant les épaules.

— J'aime l'odeur du tabac, déclara Joe en souriant.

Elle lui rendit son sourire, l'air radieux.

— Depuis quand êtes-vous extralucide, mademoiselle Star ? demanda-t-il poliment.

Elle garda le silence un moment, une curieuse expression sur le visage.

— En fait, je suis actrice, répondit-elle.

Tom fit entendre un claquement de langue. Lori lui jeta un regard glacial.

— J'ai déjà été figurante dans trois films !

— Ah ouais ? dit Tom. Qu'est-ce que vous faisiez ? Une tapineuse ?

Joe secoua la tête. Il aurait bien aimé faire taire le policier. Tom avait trop l'habitude d'interroger des suspects avec lesquels la manière forte s'imposait.

Or, dans ce cas précis, la manière forte ne convenait pas du tout.

— Nous avons besoin de votre aide, mademoiselle Star, dit-il à voix haute.

Pas plus que les autres, jusque-là, il n'avait pris au sérieux les déclarations de la jeune femme. Mais son expression étrange, quand il lui avait demandé depuis combien de temps elle était médium, donnait à réfléchir.

Après tout, de quel droit mettrait-il ses paroles en doute, lui qui avait cru, à la morgue, qu'un cadavre lui adressait la parole ?

Lori se tut, les yeux fixés sur lui.

— Vraiment ? dit-elle enfin.

Elle eut tout à coup l'air vulnérable, jeune et fragile, ce qui toucha profondément Joe.

Il comprit qu'elle avait peur.

— Vraiment, répondit-il.

Elle dévisagea tour à tour les trois hommes.

— Ce que je vais vous dire, c'est du off, promis ? Il ne faut pas que ça sorte d'ici.

— Attendez ! Si vous savez quoi que ce soit au sujet d'une tentative de meurtre…, commença Raif.

Elle le détrompa en secouant la tête.

— Je n'ai aucune information de ce genre. Seulement ce que j'ai vu dans ma tête.

Le regard de Raif s'assombrit. De toute évidence, il ne croirait plus rien de ce qu'elle dirait. Tom, lui aussi, prit l'air lointain.

— Qu'est-ce que vous avez vu dans votre tête ? Comment ça s'est passé ? demanda Joe sans perdre de temps, soucieux d'éviter que l'un ou l'autre des policiers ne la dissuade de parler.

— J'étais ici, chez moi, en train de me préparer pour la nuit…

Tom fit entendre un nouveau claquement de langue.

Joe le foudroya du regard.

— Vous étiez seule ? demanda-t-il.

Elle hocha la tête, puis ses mots se mirent à jaillir.

— J'étais assise ici même, sur le sofa, exactement comme maintenant. J'ai allumé une cigarette avec l'intention de regarder un peu la télévision avant d'aller me coucher. Et alors… ça a été très bizarre. Tout à coup, c'était comme si je me retrouvais à l'intérieur d'une voiture. J'étais quelqu'un d'autre et je faisais la course pour rattraper un autre véhicule : une Cadillac verte. Je connaissais cette voiture. Je savais où elle allait parce que je l'avais suivie. C'était comme si j'étais en même temps moi-même et quelqu'un d'autre. Comme si j'étais un passager dans le corps d'un étranger. Mon

Dieu, c'était horrible ! Je ressentais une telle haine… Et je… j'avais décidé de ne pas emboutir moi-même la Cadillac mais comme je… comme c'était un bon conducteur, il pouvait obliger les voitures à zigzaguer et faire des écarts. Alors je… il… elle… je ne sais pas… il a réussi et alors… Bang ! Il y a eu du verre brisé, des tôles tordues, et un mot qui résonnait dans ma tête…

Elle se tut brusquement. Elle était livide et elle tremblait. Soit elle méritait vraiment de se faire un nom à Hollywood, soit elle était réellement morte de peur.

— Mademoiselle Star ?

Elle regarda Joe comme si elle avait oublié sa présence.

— Ce mot… qu'est-ce que c'était ? lui demanda-t-il doucement.

— *Jamais plus.*

« Comme *Jamais plus, dit le corbeau* », pensa Joe.

5

— Je vais à la réunion du club, ce soir, quoi qu'il arrive, dit Genevieve en s'adressant à Sam. Je me fais du souci pour maman, pour vous tous.

— A cause du meurtre de Thorne ?

— Oui. Je sais qu'il s'était fait beaucoup d'ennemis et que l'allusion à Poe peut fort bien être un moyen de détourner l'attention, mais… Qu'avez-vous pensé de son essai ?

— Il était bon, répondit Sam. Thorne savait écrire.

Son regard se perdit un moment dans le vague, puis il fixa de nouveau Genevieve et enchaîna :

— Vous avez vu cette extralucide à la télévision, j'imagine ?

Genevieve acquiesça.

— Vous croyez aux médiums ? demanda Sam.

Je ne sais plus que croire, répondit la jeune femme.

Un bruit lui fit tourner la tête.

Joe venait de surgir. Il s'adossa au chambranle et, les bras croisés, l'observa sans rien dire. Elle jura intérieurement.

— Oh, bonjour, Joe ! Entrez donc ! dit Sam.

Genevieve se leva, mal à l'aise.

— Vous vous connaissez ?

— Depuis des années, répondit Sam. Joe et Matt Connolly étaient cousins.

Il la regarda et ajouta :

— Mais j'imagine que vous le savez.

— Je n'ai jamais connu Matt, répondit-elle.

— Ah, d'accord ! dit Sam, embarrassé. En tout cas, Joe et moi nous nous connaissons depuis longtemps.

— Très longtemps, dit aimablement Joe. Comment vas-tu ?

— Pas trop mal, répondit Sam.

Il avait dû remarquer le regard furibond que Joe avait lancé à Genevieve car il les dévisagea l'un après l'autre, l'air intrigué.

Genevieve souhaitait de tout son cœur ne pas avoir l'air coupable. Elle n'avait d'ailleurs aucune raison de l'être. Elle n'avait pas vraiment menti à Joe, finalement.

Comme pour apaiser la tension, Sam lui demanda :

— Si je comprends bien, Joe travaille pour vous, en ce moment ?

— Oui, répondit-elle en croisant le regard de Joe.

— Genevieve est une femme étonnante, commenta Joe d'un ton froid. Elle m'embauche, mais elle fait le travail toute seule.

Elle lui adressa un sourire crispé.

— J'ai juste décidé de venir rendre visite à un ami, dit-elle. Et vous m'aviez prévenue que vous seriez retardé.

— Exact.

— A propos, Joe, sais-tu si la police a questionné les autres automobilistes pour essayer de découvrir qui avait embouti ma voiture ? demanda Sam.

Joe hocha la tête.

— Oui, mais ça n'a pas servi à grand-chose. Apparemment, tous les malfrats de cette ville ont des berlines sombres avec une plaque d'immatriculation cachée par de la boue. Beaucoup de conducteurs ont remarqué une berline de ce genre qui roulait à tombeau ouvert. Pour certains elle était bleu marine, pour d'autres vert foncé. Quelqu'un affirme même qu'elle était noire. Tu trouves ces informations utiles ?

— Pas le moins du monde. Je suis vraiment désolé de ne pas pouvoir être plus utile.

Joe vint se poster devant le lit du blessé.

— As-tu eu l'impression que ce chauffard te visait, toi particulièrement ? demanda-t-il.

Les yeux bruns de Sam, d'ordinaire bienveillants, s'assombrirent, et il fixa successivement Joe, puis Gen.

— J'espère que non. J'espère vraiment que personne n'est mort à cause de moi.

— Est-ce que le maniaque de Poe risque de s'en prendre à d'autres membres du club, à ton avis ? poursuivit Joe.

— Pas la moindre idée, répondit Sam avec amertume en secouant la tête. C'est ce que suggère cette médium, non ?

Genevieve attendait de la part de Joe une réplique sarcastique qui ne vint pas. Joe se borna à demander à Sam de poursuivre.

— C'est aussi ce que pense ma femme, dit Sam. Elle en a très peur. Mon Dieu… excusez-moi, Genevieve. Je ne devrais pas vous parler de choses effrayantes.

Et voilà ! se dit-elle. On la renvoyait encore une fois

à son calvaire. Ne pouvait-on pas mettre cette histoire de côté ?

— Ne vous excusez pas, Sam, dit-elle en évitant le regard de Joe qui, de toute évidence, était furieux qu'elle soit sortie. Bien des choses peuvent être effrayantes. Moi aussi, j'ai peur, en ce moment. Pour ma mère.

— Dis-moi, Sam, la police ne t'a pas proposé de protection particulière ? demanda Joe.

— Non. Mais Dorothy a décidé d'embaucher un garde du corps qui sera posté à l'entrée de la chambre, répondit Sam en haussant les épaules. Personnellement, j'ignore s'il existe un quelconque danger. Je vais d'ailleurs avoir tout le temps d'y réfléchir. Mais si ça peut rassurer Dorothy, je n'y vois pas d'inconvénient.

— Il n'est jamais mauvais de prendre quelques précautions, dit Joe, à la surprise de Genevieve.

Avait-il changé d'avis ? Pensait-il finalement que le meurtre de Bigelow était en rapport avec Edgar Allan Poe et le club des Corbeaux ?

Dorothy revint au même instant, avec la mère de Sam. Elles saluèrent Joe et confirmèrent qu'elles comptaient engager un agent de protection rapprochée. En attendant, Joe passa un coup de fil à un ami. Quand il quitta l'hôpital en compagnie de Genevieve, l'ami avait déjà pris ses fonctions dans le couloir.

— Nous étions tombés d'accord, il me semble, sur l'idée que vous resteriez chez vous en m'attendant ! dit Joe, quelques minutes plus tard, alors qu'ils montaient dans sa voiture après avoir renvoyé le chauffeur de Gen.

Il tourna la tête vers elle et la vit rougir. Visiblement,

elle se sentait coupable. Elle allait probablement s'excuser…

Pourtant, elle releva le menton, et il sourit intérieurement. Bien sûr, c'était cette capacité de rébellion qui lui avait sauvé la vie.

— J'avais l'intention de vous attendre, mais je vous rappelle que vous avez téléphoné pour me prévenir que vous seriez en retard. Et je vous ai dit que je trouverais le moyen de m'occuper.

— Un à zéro, fit Joe.

— N'est-ce pas vous qui disiez que toute cette histoire autour d'Edgar Poe n'était qu'un écran de fumée ?

Joe poussa un gros soupir.

— Sans doute, mais vous devriez vous montrer un peu plus prudente, pendant quelque temps.

— C'est pour ma mère que je m'inquiète, répliqua-t-elle. C'est elle qui est un Corbeau, pas moi.

— D'accord, seulement…

Elle plongea les yeux au fond des siens.

— Qu'est-ce qui vous a fait changer d'avis ? demanda-t-elle.

Il était en train de conduire, mais il y avait peu de circulation et il eut le temps de lui rendre rapidement son regard avant de ramener son attention sur la route pour éviter un gamin sur sa planche à roulettes.

— Rien ne m'a fait changer d'avis, répondit-il, parfaitement conscient de se mentir à lui-même.

Le fait que Lori Star ait eu une vision paranormale lui semblait difficile à avaler.

Pourtant, il y avait de fortes chances pour qu'elle dise la vérité.

Après avoir passé des années à fouiller dans la vie des autres, il était devenu particulièrement habile à détecter le mensonge. Et Lori n'avait pas menti.

Plus important encore : elle avait peur.

— Bref, dit Genevieve, où allons-nous ?

Il lui lança un nouveau coup d'œil et esquissa un sourire.

— Je me suis dit que nous pourrions faire un tour « Edgar Poe » pour nous tout seuls. Une petite promenade à pied dans quelques endroits que le poète a pu fréquenter. Qu'en pensez-vous ?

Genevieve lui rendit son sourire, l'air intrigué.

— Vous venez de vous découvrir une passion pour l'œuvre et la vie d'Edgar Allan Poe ?

— Ma passion pour lui ne date pas d'hier, riposta-t-il.

Dix minutes plus tard, il trouva un parking où il pouvait laisser sa voiture sans dépenser la moitié d'un loyer mensuel, et ils se mirent en route.

Dans le quartier du bas Manhattan, il régnait une atmosphère particulière, presque magique aux yeux de Joe. Cela n'avait rien à voir avec Wall Street et la foule trépidante qui s'y bousculait. Il se demandait si ce quartier ne lui semblait pas magique tout simplement parce qu'il avait appris à le voir avec les yeux de Leslie.

New York, ce n'était pas seulement Wall Street, le fric, les célébrités, le business, la misère des milliers d'immigrants qui s'étaient fait une place au soleil après avoir débarqué à Ellis Island ou, plus récemment, à l'aéroport Kennedy.

C'était tout cela et plus encore.

Genevieve et lui marchaient d'un bon pas. Ils sillonnèrent toute la zone du bas Broadway et firent une halte devant l'église de la Trinité. Derrière, là où s'étaient un jour dressées les deux tours jumelles du World Trade Center, il n'y avait plus que le vide.

Après l'avoir contemplé un moment, ils reprirent leur promenade.

— Si je comprends bien, c'est un tour *méditatif*? lança Genevieve, tout à la fois curieuse et amusée.

— Avez-vous l'impression que je vous fais errer sans but ? Si c'est le cas, j'en suis désolé, répondit Joe.

— J'aime marcher, ce n'est pas un problème. J'espère simplement que le but n'est pas de m'empêcher de rentrer chez moi par mes propres moyens.

— Serait-il si catastrophique que quelqu'un se fasse du souci pour vous ?

Genevieve détourna le regard.

— Je n'ai pas envie d'être toute ma vie un fardeau pour les autres, quelqu'un dont il faut se préoccuper en permanence.

— Nous sommes très loin de l'idée de fardeau, bougonna-t-il.

Ils poursuivirent leur chemin.

— Ce quartier est le mien depuis toujours, déclara Genevieve. Je l'adore toujours autant. J'aime aller à la Trinité ou à Saint Paul, y entrer pour regarder le banc de George Washington, me demander comment c'était, à l'époque où le pays se battait pour son indépendance…

Joe eut un bref sourire.

— Ouais, ça devait être super, hein ?

En tout cas, stupéfiant.

Ils n'étaient plus loin de Hastings House et du

souterrain où Genevieve avait été retenue prisonnière. Mais Joe ne lut dans le regard de la jeune femme ni crainte ni amertume. Et elle venait d'affirmer qu'elle aimait ce quartier.

Etait-ce vrai ?

Quoi qu'il en soit, le bas de Manhattan, c'était l'un des endroits que Poe fréquentait quand il venait à New York, comme le quartier de Saint-Marc et, plus haut, le petit cottage du Bronx où il avait vécu.

— « J'avais supporté du mieux que j'avais pu les mille injustices de Fortunato », récita Joe à voix haute.

Genevieve leva un sourcil.

— On dirait le début de « la barrique d'Amontillado ». C'est une citation littérale ?

— Oui, je crois, dit Joe en haussant les épaules.

— En somme, vous connaissez mieux Edgar Poe que vous ne voulez bien le dire.

Joe eut un sourire confus.

— Quand j'étais gamin, mes parents avaient acheté une K7 du « Corbeau ». Le film n'avait pas grand-chose à voir avec le poème, mais les acteurs — Vincent Price, Boris Karloff, Peter Lorre — étaient extraordinaires. C'était assez sot, à vrai dire. On avait transformé le poème en bagarre entre magiciens. Mais j'ai regardé le film des dizaines de fois et, ensuite, j'ai lu toute l'œuvre de Poe d'un bout à l'autre.

Genevieve se mit à rire.

— C'est vous qui devriez faire partie du club des Corbeaux !

Ils descendaient Nassau Street.

— Ça devait être par ici, dit Joe.

Genevieve fronça les sourcils.

— De quoi parlez-vous ? Je ne crois pas que Poe ait jamais habité dans ce quartier.

— Non, mais pas très loin, fit-il avec un grand sourire. En fait, je pensais au *Mystère de Marie Roget.* La nouvelle est inspirée d'une histoire vraie qui a causé à New York un émoi considérable. La presse s'en est emparée. Les hommes politiques ont été interpellés... et Poe en a fait une nouvelle. La jeune femme assassinée habitait Nassau Street. Elle s'appelait Mary Rogers et travaillait chez un marchand de cigares que Poe devait fréquenter. On la disait belle. Elle venait d'une famille honorable qui avait subi des revers de fortune. Sa mère avait ouvert une pension de famille dans cette rue, et c'est de là que la jeune femme est un jour partie... pour ne jamais revenir. Cela se passait durant le torride été de 1841. A l'époque, un ferry à vapeur traversait la rivière pour amener côté New-Jersey les gens qui fuyaient la canicule et la foule. C'était un lieu de récréation très couru. Barnum y donnait des spectacles sur le Far West, et les gens se pressaient pour boire les eaux de la « Caverne de Sybil », que l'on disait fortifiantes. Bref, un jour, trois hommes ont pris le ferry, quelque temps après la disparition de Mary Rogers. Ils se sont mis en marche le long de la rivière, vers le nord, pour rejoindre le pavillon de la Caverne de Sybil. A un moment donné, ils ont aperçu quelque chose dans l'eau. C'était Mary Rogers. Poe a transformé Mary en Marie et il a déplacé toute l'histoire de New York à Paris. Il avait déjà écrit *Le double assassinat dans la rue Morgue*, et voulait confier une nouvelle énigme à son détective, Auguste Dupin.

Genevieve ouvrait de grands yeux.

Joe haussa les épaules.

— Je ne fais que rappeler des choses que tout le monde connaît.

La jeune femme se mit à rire.

— Tout le monde, peut-être, mais pas moi. Bien sûr, j'ai vu le film « Le Corbeau ». J'ai lu le poème, et je suis allée sur la tombe de Poe à Baltimore, mais c'est tout.

Joe revint sur ses pas pour repartir vers Broadway.

— Poe n'habitait pas New York, à l'époque de la mort de Mary Rogers. Il était parti travailler à Philadelphie. Mais il a vécu à New York entre 1837 et 1838. Il y avait une librairie, tout près, tenue par un Ecossais appelé William Gowan, où il passait beaucoup de temps. Gowan était un excentrique qui n'acceptait de servir que les lecteurs qu'il jugeait sérieux. La boutique où travaillait Mary Rogers n'était qu'à quelques rues plus loin, vers le nord, et Gowan était l'un des locataires de la pension de famille de la mère de Mary. Ce qui fait que Poe et Mary, d'une certaine manière, se connaissaient.

Genevieve le regarda, la tête penchée, un léger sourire aux lèvres.

— Je vous trouve bien sérieux en ce qui concerne la biographie d'Edgar Poe, pour quelqu'un qui estime que la note retrouvée chez Thorne Bigelow n'était qu'un leurre.

— Ce qui est peut-être vrai.

— Alors, à quoi rime cette promenade ?

— Il est toujours utile de s'imprégner de l'atmosphère, répondit-il.

Il accéléra le pas sans se rendre compte qu'il marchait trop vite pour Genevieve. Il s'en aperçut en l'entendant courir derrière lui pour le rattraper.

— Joe ?

— Oui ?

— Le vin de Thorne a été empoisonné. Ça n'a rien à voir avec l'histoire du *Mystère de Marie Roget.*

— Je sais.

— Mais alors…

— Pour l'instant, j'essaye simplement de mieux cerner le personnage de Poe, sa vie, son époque.

— Ah !

— Imaginez New York en ce temps-là… Le quartier pauvre de Five Points servait de refuge aux voyous, aux dealers, aux assassins, aux voleurs. Je crois que la ville dans son ensemble comptait alors trois cent trente mille habitants.

— Waou ! lança Genevieve en riant.

Joe mêla son rire au sien.

— D'accord, pour nos critères modernes, ce n'est rien, mais à l'époque c'était considérable. Les gens venaient du monde entier pour essayer de gagner leur vie. Comme maintenant. Vous connaissez le principe : si on y arrive ici, c'est qu'on peut y arriver n'importe où… C'était déjà vrai. Donc, si Poe est venu à New York, c'était dans l'espoir d'acquérir une sécurité financière et de voir son talent enfin reconnu. D'après ceux qui l'ont connu, c'était un excellent critique littéraire, particulièrement mordant.

— Tous les bons critiques sont caustiques, n'est-ce pas ?

— Oui, sans doute.

Puis Joe désigna à la jeune femme l'entrée d'un bar désuet. C'était le Dingle Room. Une enseigne proclamait qu'il n'avait pas changé de place depuis plus de deux cents ans et qu'il servait de taverne depuis au moins un siècle.

— Vous pensez que Poe a pu venir ici boire quelques pintes ? demanda Genevieve.

— Peut-être. En tout cas, moi, j'ai soif. Et faim.

Ils entrèrent. Non seulement l'endroit semblait effectivement servir de taverne depuis des décennies, mais Joe se demanda aussi s'il avait été nettoyé depuis le siècle dernier. Une pancarte, au-dessus du bar, répondait à la question de Gen :

« Edgar Allan Poe est venu ici. Comme lui, trouvez votre génie au fond du verre. »

Au-dessous, une mention manuscrite précisait :

« En tout cas, on pense qu'il a fréquenté cet endroit. »

— Exactement comme Washington, fit remarquer Genevieve.

— C'est-à-dire ?

— Washington *aurait dormi* dans des centaines d'endroits, et Poe *aurait bu* dans des centaines d'autres.

La serveuse, une quinquagénaire qui mâchait un chewing-gum, leur sourit d'un air las.

— Qu'est-ce que vous prendrez ?

— Qu'est-ce que vous avez de bon ? lui demanda Joe.

— Rien, répondit-elle avec franchise.

— Alors, un Coca en bouteille, dit Joe. Gen ?

Genevieve prit la même chose. La femme sourit de nouveau et leur dit que le pâté de viande maison accompagné de purée n'était pas mauvais du tout. Ils suivirent son conseil et passèrent commande.

— Bref…, dit Genevieve quand la serveuse eut tourné les talons.

— Bref ?

— Qu'avez-vous fait, ce matin ?

— Je suis allé bavarder avec la police.

— Et alors ?

— Ils n'ont pas la moindre piste.

— Et d'après *eux,* l'allusion à Poe n'est-elle qu'une façade ?

Joe inclina la tête, l'air pensif.

— Ils ne m'ont pas donné leur avis sur ce point. Or, je pense que s'ils avaient une idée quelconque, ils m'en auraient parlé. Je connais les deux principaux enquêteurs. Ce sont des types fiables et compétents. L'assassin est prudent et, apparemment, il a réussi à ne laisser aucun indice compromettant. C'est peut-être un professionnel, ou simplement quelqu'un qui a tout appris dans les livres. On n'a pas forcé la porte d'entrée. Etant donné que Thorne Bigelow avait reçu un visiteur, un peu plus tôt, il est probable qu'il connaissait son meurtrier. Pour l'instant, l'allusion à Poe se limite au fait qu'on a empoisonné le vin préféré de Thorne. Il n'a pas été emmuré, par exemple.

— Et pour Sam Latham ?

Joe répondit avec lenteur :

— Ils étudient les circonstances de l'accident pour

tenter de comprendre ce qui s'est passé exactement. Beaucoup de gens ont remarqué la voiture bélier, comme moi, mais les avis diffèrent sur son aspect, et personne n'a pu noter le numéro d'immatriculation. Peut-être qu'un témoin mieux informé va finir par se faire connaître.

— Comme Lori Star, l'extralucide ?

Joe jura intérieurement et resta muet. Genevieve le connaissait suffisamment pour comprendre pourquoi.

— Joe ! Vous êtes *vraiment* convaincu qu'elle sait quelque chose ! s'écria-t-elle.

Par bonheur, on vint les servir au même moment, ce qui épargna à Joe de répondre.

Mais dès que la serveuse fut repartie, Genevieve revint à la charge.

— Alors ?

Il secoua la tête.

— A priori, je ne pense pas. Mais qui sait ?

— Je veux la rencontrer, Joe.

— Je ne vois pas *comment* elle pourrait savoir quoi que ce soit, objecta-t-il.

— J'aimerais quand même la rencontrer.

Il regarda sa montre : presque 6 heures.

— Il est trop tard. Nous devons passer prendre votre mère pour aller à cette réunion de l'Association des amis d'Edgar Poe.

— Alors, emmenez-moi chez elle demain.

Il haussa les épaules.

— Nous y ferons un saut si vous y tenez.

— Dès demain, c'est entendu. Et ne me faites pas faux bond ! Promettez-le-moi, Joe.

— D'accord, je vous le promets. Vous savez que vous êtes franchement… euh… pénible, par moments ?

— Oui, je me donne beaucoup de mal pour ça, répondit-elle d'un air solennel.

— Je ne suis même pas sûr que vous ayez besoin de faire des efforts, dit-il.

Elle haussa les épaules.

— Joe ? fit-elle doucement, avec un petit sourire.

— Le pâté de viande n'était pas mauvais.

Il lui rendit un demi-sourire.

— Je dirais même qu'il était vraiment bon.

On leur apporta l'addition. Joe tendit la main, mais elle fut plus rapide que lui.

— Vous avez accepté de vous charger de l'enquête. Nous n'avons parlé que de cela… vous avez donc travaillé. L'addition est pour moi, dit-elle.

— Elle est pour moi, un point c'est tout, rétorqua-t-il avec une fermeté sans appel.

— Quel macho ! s'écria-t-elle d'un ton léger.

— Absolument.

— Sauf que ça faisait partie de votre travail…

— Je vous enverrai la facture, alors. Mais c'est tout de même moi qui paye.

Quelques minutes plus tard, alors qu'ils attendaient à la caisse le retour de la carte Bleue de Joe, il remarqua une large plaque de bois accrochée au-dessus de la porte d'entrée. On y avait gravé sur la droite un immense corbeau, et, de l'autre côté, quelques mots du célèbre poème d'Edgar Poe :

« Le corbeau dit… »

6

L'honorable association n'était pas au complet.

Jared Bigelow, le fils de Thorne, et Mary Vincenzo, sa belle-sœur, s'étaient abstenus. Le corps de Thorne était à la morgue. L'enterrement était prévu pour le lundi suivant. Jared et Mary avaient envoyé un mot d'excuse à Brook Avery, le président du conseil d'administration.

Sam Latham était encore à l'hôpital, mais, de toute façon, il n'était pas certain qu'il aurait eu envie de venir.

Il y avait donc quatre absents et huit présents, y compris Eileen.

Brooke Avery, éditeur d'un magazine littéraire, était un homme de taille imposante, à l'allure sportive en dépit de ses soixante et quelques années, avec de larges épaules et une épaisse crinière blanche.

Tandis qu'ils prenaient place dans un salon privé de l'hôtel Algonquin, Joe remarqua qu'Avery le regardait bizarrement. Cependant, comme Eileen Brideswell avait insisté pour qu'il soit là, le président se limitait à ce genre de coup d'œil désapprobateur et soupçonneux.

Joe en avait autant à son service. Car si le meurtre était lié à Edgar Poe, alors tous les assistants, Gen et sa mère mises à part, pouvaient être suspects.

Y compris Brook Avery.

Joe parcourut la pièce du regard pour observer tous les membres un par un, en commençant par Don Tracy. L'acteur n'avait jamais fait de cinéma ou de télévision et, de ce fait, son nom n'était pas très connu, mais il travaillait beaucoup.

Nat Halloway était banquier. La quarantaine, les cheveux clairsemés. A placer en tête de liste, car c'était lui qui gérait les finances de Bigelow.

Lila Hawkins était l'archétype de la maîtresse femme : voix forte et manières impérieuses. Elle s'occupait d'associations caritatives aux quatre coins de la ville. Elle n'avait pas besoin de travailler : sa famille possédait plusieurs immeubles sur Park Avenue. A côté d'elle, Barbara Hirshorn offrait un contraste frappant. Mince, timide, nerveuse, elle travaillait dans une librairie.

Lou Sayles s'appelait en réalité Louisa Sayles. Retraitée, ancienne responsable du comité d'administration des écoles, c'était une femme agréable, aux cheveux argentés, aux grands yeux bleus.

Le dernier de la liste était Larry Levine, le journaliste. Un seul mot suffisait pour le décrire : moyen. Taille moyenne, cheveux et yeux d'un marron moyen, corpulence moyenne.

Son travail, lui aussi, était sans relief. Il écrivait sur l'actualité new-yorkaise de manière honnête. Sa spécialité, c'était « les faits, vous voyez, rien que les faits ». C'était un bon reporter, sans aucune imagination.

Joe le connaissait parce qu'il lisait ses articles et parce qu'il l'avait croisé de temps à autre, lors de diverses manifestations auxquelles l'avait convié son cousin Matt.

Il possédait aussi quelques renseignements sur les autres car Raif, fidèle à sa parole, lui avait faxé tout ce qu'il avait pu réunir sur les membres du conseil d'administration. Il était intéressant de les voir en chair et en os.

Tout comme Brook Avery, ils se montraient ravis de saluer Genevieve, mais contemplaient Joe comme une sorte d'extraterrestre. Eileen l'avait présenté comme un ami de Genevieve, sans préciser qu'il était détective privé et qu'il enquêtait sur l'affaire. Cela dit, tout le monde connaissait sa profession, car son nom avait été largement cité dans la presse quand on avait libéré Genevieve et démasqué l'auteur des meurtres.

Larry Levine, en tout cas, savait pertinemment qui était Joe. Alors qu'un petit groupe se formait, il le salua d'un ton intrigué.

— Alors, Connolly, vous vous intéressez à cette histoire ?

Joe haussa les épaules.

— Je me contente de garder l'œil sur Genevieve, répondit-il.

— Vous avez raison : c'est un bon plan, déclara Larry en posant sur la jeune femme un regard appréciateur.

Joe sentit la moutarde lui monter au nez, et il eut du mal à dissimuler son irritation.

— Sa mère et elle sont des femmes remarquables, répondit-il.

Puis, changeant de sujet, il ajouta :

— C'est affreux, ce qui est arrivé à Thorne Bigelow.

— Vous trouvez ? répliqua Larry. Il ne faut pas le dire trop fort, mais Thorne n'était qu'un crétin prétentieux. Personne ne mérite de se faire tuer, bien entendu. Mais, à mon avis, il n'y a pas beaucoup de gens ici qui vont le regretter.

— Mesdames, messieurs… si nous passions au débat ? lança Brook Avery.

Il y eut un moment de cohue pendant que tout le monde prenait place autour d'une grande table rectangulaire.

Joe se retrouva assis entre Genevieve et Eileen. Brook Avery resta debout à l'une des extrémités et enchaîna :

— Aujourd'hui, nous projetons de reconstituer le parcours suivi par Edgar Poe durant les jours qui ont précédé sa mort.

— Brook ! l'interrompit Lila Hawkins avec brusquerie.

Visiblement contrarié, Brook n'en demanda pas moins d'un ton patient :

— Oui, Lila ?

— Tu plaisantes, j'espère ?

— Pas le moins du monde, ma chère Lila, je t'assure.

— C'est bien dommage. Car il ne faut pas se voiler la face : ce soir, ce n'est pas de nos affaires que nous devrions discuter, mais de la mort de Thorne.

— Que pourrions-nous en dire, Lila ? demanda Brook Avery, avec un signe de tête significatif en direction des invités, Joe et Gen, présents dans la pièce.

Lila Hawkins se leva. C'était clairement le genre de femme à ne pas s'en laisser conter.

— Oh, cessons de tourner autour du pot ! lança-t-elle. Genevieve est la fille d'Eileen. Quant à M. Connolly…

Elle avait prononcé son nom avec aversion, et s'interrompit pour le regarder fixement avant d'ajouter :

— … M. Connolly, ici présent, est détective privé.

Tous les regards se tournèrent vers Joe. Il comprit qu'on lui donnait l'occasion de s'expliquer.

Il haussa les épaules.

— J'ose croire que vous avez tous envie de savoir ce qui est arrivé à Thorne, dit-il calmement.

Lila reprit la parole.

— Bien sûr que nous voulons le savoir ! Mais allons-nous faire preuve d'honnêteté les uns envers les autres ?

— Je… je… je ne comprends pas ce que tu veux insinuer, Lila, intervint Barbara Hirshorn en jetant des coups d'œil nerveux de tous les côtés. C'est un drame affreux, tout simplement affreux. Ce malheureux a été assassiné.

— Lila veut juste dire que le coupable est peut-être l'un d'entre nous, expliqua Tracy.

Joe se demanda s'il lui arrivait de s'exprimer autrement qu'en déclamant comme sur une scène.

Barbara retint un hoquet et se plaqua les deux mains sur la bouche.

Les autres s'observaient avec méfiance, alors qu'ils se connaissaient depuis des années.

Les regards se braquèrent sur Genevieve, comme si elle avait fait entrer un monstre parmi eux. Puis ils se portèrent de nouveau sur Joe.

Il eut tout à coup l'impression de se retrouver sous un projecteur, en pleine lumière. La sensation était très proche d'une expérience de sortie du corps, un peu comme s'il s'était agi d'une scène de film dont il aurait été le spectateur. Un homme décédé lui avait parlé ; il avait lui-même interrogé une jeune femme qui se prétendait médium et il l'avait crue. Tout cela composait un ensemble radicalement opposé à ce qu'il avait connu jusque-là.

Finalement, il se leva.

— Il est inutile de vous regarder tous en chiens de faïence, comme si vous étiez tout à coup possédés par le diable, dit-il. Il existe beaucoup d'autres pistes, et la police n'en négligera aucune. Il se peut, par exemple, que le meurtrier essaye de vous monter les uns contre les autres. Peut-être qu'il — ou elle — espère convaincre la police que le crime a été commis par un membre du club. Aucune hypothèse, pour l'instant, n'est écartée.

— Alors, pourquoi n'essayons-nous pas d'en écarter certaines ? suggéra Barbara.

Personne ne répondit, à l'exception de Larry.

— Réfléchissez. A qui la mort de Thorne profite-t-elle ?

— A aucune des personnes qui se trouvent ici, déclara Eileen d'un ton égal, en jetant un coup d'œil vers sa fille. Il est fort peu probable que nous figurions dans le testament de Thorne.

— Certes, mais le profit personnel n'est pas le seul mobile possible, fit remarquer Don Tracy.

— Bien sûr que non ! Dans les nouvelles de Poe, certains personnages disparaissent tout simplement parce que le narrateur ne les supporte plus, intervint Barbara Hirshorn. Il faut donc se poser la question : Thorne a-t-il poussé à bout l'un d'entre nous ?

Lila eut un ricanement qui évoquait un aboiement.

— On peut se le demander ! lança-t-elle.

Barbara la regarda d'un air froissé, comme convaincue que Lila se moquait d'elle.

Lou Sayles posa une main apaisante sur le bras de Barbara.

— Je ne crois pas que Lila te visait *personnellement*, ma chère, lui dit-elle. Je pense qu'elle a ri tout bonnement parce que Thorne nous poussait *tous* à bout.

Nat Halloway s'éclaircit la voix.

— C'est vrai qu'il pouvait être très imbu de lui-même, dit-il.

— Pas seulement. Autant être francs entre nous, puisque Jared n'est pas là. Imbu de lui-même ? Il était carrément pénible, dit Lila.

— Nous ne devrions pas dire du mal des morts, fit remarquer Barbara.

— La mort ne change rien à l'affaire, répliqua Larry.

Don tendit le doigt vers Larry et lança :

— Sois honnête ! Tu as toujours raconté que tu voulais écrire un livre sur Poe, mais Thorne t'a devancé. Ne viens pas me dire que tu n'étais pas un tout petit peu jaloux.

— Je ne l'aurais pas tué pour ça ! protesta Larry d'un ton indigné.

— Ah bon ? Et tu l'aurais tué pour quoi, alors ? demanda Lila.

— Mais je serais bien incapable de tuer qui que ce soit ! fit Larry en rougissant.

— Oh, pour l'amour du ciel ! intervint Eileen.

— Ça ne sert à rien de commencer à vous accuser mutuellement, dit Joe.

— On ne peut pas faire autrement que d'en parler, répliqua Lila.

— Je ne vous suggère pas d'arrêter d'en parler. Je

pense simplement qu'il y a des façons plus constructives d'aborder le sujet, dit Joe. Donc, Thorne Bigelow était un type qui exaspérait ses amis. Quand l'avez-vous vu pour la dernière fois, les uns et les autres ?

— Je ne l'avais pas revu depuis notre dernière réunion, il y a un mois, expliqua Barbara d'un ton soulagé, comme si elle s'estimait maintenant au-dessus de tout soupçon. Mais nous aurions dû tous le voir le soir où il est mort, car nous étions conviés à un banquet en faveur d'une fondation littéraire.

— Et tout le monde devait assister à ce banquet ? demanda Joe.

— Oui, tout le monde, répondit Eileen. Même Gen, qui s'était engagée à m'accompagner.

Joe hocha la tête.

— Bon. Il est mort il y a une semaine. Barbara dit qu'elle ne l'avait pas vu depuis des siècles. Et les autres ?

— J'avais rendez-vous avec lui vendredi dernier pour parler de ses finances, avoua Nat Halloway. Je l'ai quitté vivant et en pleine forme.

Larry leva une main et l'agita devant lui.

— Il était au Whiskey Bar jeudi soir !

— Je confirme ! lança Brook.

— Moi, je ne l'ai pas vu depuis le dernier rendez-vous, le mois dernier, dit Lila.

— Tu mens ! s'écria Brook.

— Quoi ?

— Tu étais au pub Dooley's, le mardi qui a précédé sa mort. Je t'ai vue là-bas, et j'ai vu aussi Thorne, affirma Brook.

« Une vraie bande d'amis », se dit Joe.

— Quelqu'un a-t-il vu Thorne samedi matin ? demanda-t-il à voix haute. Ou l'un d'entre vous sait-il quels projets il avait pour ce jour-là ?

Il ne s'attendait pas à ce que l'un d'entre eux avoue avoir vu Thorne. Ce qui l'intéressait, c'était d'étudier leurs réactions les uns par rapport aux autres. Ils ne semblaient pas entretenir des liens d'affection très étroits. La situation avait rapidement tourné au chacun pour soi.

— J'ai parlé à Thorne samedi matin, dit Nat. Il m'avait téléphoné pour me poser une question à propos de ses impôts. Il était très excité à l'idée du banquet, parce que la fondation littéraire devait lui remettre un prix. Il était d'excellente humeur.

— Vous a-t-il dit s'il devait voir quelqu'un avant le dîner ? demanda Joe.

— Non, répondit Nat. Il a juste dit que Mary et Jared devaient passer le prendre et qu'ils partiraient tous ensemble.

— Et le majordome ? Il était là, non ? dit Larry d'un ton énervé.

— Le majordome ? répéta Lila en gloussant.

— Pourquoi diable son majordome aurait-il voulu le tuer ? demanda Eileen. Ils s'entendaient très bien. Thorne lui versait un bon salaire.

— C'était peut-être un patron extrêmement dur ? suggéra Larry.

— Mais non, ça ne peut pas être le majordome ! affirma Lila. Ce serait bien trop banal.

— Je te rappelle que quelqu'un est mort ! lança Barbara. Nous ne sommes pas en train d'écrire un scénario.

— N'empêche que ça ne peut pas être le majordome, répéta Lila.

— La réunion de ce soir ne sert absolument à rien, intervint Brook en soupirant. Nous aurions dû l'annuler. Nous sommes trop perturbés.

Genevieve prit la parole.

— Il n'est peut-être pas inutile que nous soyons perturbés. Car, si ça se trouve, celui qui a tué Thorne nourrit des griefs contre tous les Corbeaux. Est-ce que vous n'avez pas peur de ça ?

— Bien sûr que nous avons peur, chérie ! s'exclama Lila. Seulement, nous devons garder notre sang-froid. Sam a eu un accident, c'est vrai, mais il serait absurde de penser que quelqu'un ait pu organiser un carambolage juste pour s'en prendre à lui et qu'il s'en serait tiré sans une égratignure. On risque sa vie au moment même où l'on s'engage sur cette maudite autoroute... Bon, à votre avis, monsieur Connolly, que devons-nous faire, maintenant ?

Tout en l'interrogeant, elle le fixait ostensiblement.

— Le meilleur conseil que je puisse vous donner, c'est de rester sur vos gardes. Ne vous garez pas dans des parkings mal éclairés. N'empruntez pas de ruelles trop sombres. Verrouillez vos portes, répondit Joe.

— Excellents principes, déclara Lou Sayles avec un sourire embarrassé. Mais comment réagir si le danger vient d'un proche qu'on ne soupçonne pas ?

— Voilà que ça recommence ! s'écria Brook. Vous vous accusez mutuellement !

— Il faut aider la police autant que possible, dit Joe. Plus vite le meurtre de Thorne Bigelow sera résolu, plus vite vous vous sentirez en sécurité, et plus vite vous pourrez reprendre votre travail associatif. Je le dis sans aucun sarcasme.

En même temps, il ne pouvait s'empêcher de penser que cette histoire avait l'allure d'une très, très mauvaise plaisanterie.

Car les personnes présentes étaient...

Eh bien oui, elles étaient des caricatures, en un sens.

Il vivait à New York depuis toujours et adorait les New-Yorkais. Mais, ce soir, il avait l'impression d'avoir fait irruption dans une pièce de théâtre satirique sur les riches, les pauvres, et même les représentants des classes moyennes. Il y avait la libraire modeste, le chroniqueur amer, et plusieurs mondaines d'âge mûr. Il y avait des hommes qui trimaient, d'autres à la fortune florissante, d'autres encore qui avaient toujours soif.

Des rires épars, gênés, lui rappelèrent les mots qu'il venait de prononcer.

Sans aucun sarcasme.

Hélas, le meurtre de Thorne Bigelow, lui, n'avait rien d'une plaisanterie.

— Je suis soulagée d'avoir pu m'exprimer honnêtement, fit Barbara avec un léger soupir.

— Pourquoi diable devrais-tu te sentir soulagée ? lui demanda Lila. Tout ce qui ressort de notre discussion, c'est que nous n'avons aucune confiance les uns dans les autres.

— Allons, Lila ! Je refuse de penser qu'un seul d'entre nous soit capable de tuer, déclara Lou.

— Le coupable n'est peut-être pas ici, coupa Joe.

Tous les yeux se tournèrent vers lui, tandis qu'il enchaînait :

— N'empêche qu'il y a un meurtrier quelque part. Alors, soyez tous prudents.

— C'est vrai. Il faut faire preuve de la plus grande vigilance.

Le commentaire venait de quelqu'un qui se tenait debout sur le seuil. Joe se retourna.

C'était Jared Bigelow.

Joe avait déjà vu sa photographie dans les journaux et aussi dans le dossier que Raif lui avait faxé. Le jeune homme, mince et nerveux, mesurait environ un mètre quatre-vingts. Il avait des cheveux noirs frisés, et les traits si fins que son visage semblait presque anguleux. Ses yeux aux pupilles sombres étaient enfoncés dans les orbites. Il devait avoir à peine trente ans, et il était vêtu de manière décontractée, avec un pantalon de coton et une veste en tweed.

Il n'était pas seul.

La femme qui l'accompagnait avait entre trente et quarante ans. Elle était blonde, petite, menue comme un mannequin, avec des yeux immenses, entre le bleu et le gris. Bien qu'elle eût l'air totalement artificielle, elle était extrêmement séduisante.

Il s'agissait de Mary Vincenzo, la veuve du jeune frère de Thorne Bigelow. D'après les renseignements fournis par Raif Green, elle avait travaillé comme attachée de presse avant son mariage, et elle n'avait jamais changé de nom.

Les nouveaux venus s'avancèrent dans la pièce. Les

autres se levèrent en hâte pour venir entourer Jared et lui exprimer leur sympathie et les condoléances d'usage.

Joe remarqua cependant que ni Genevieve ni Eileen n'avaient suivi le mouvement. C'était intéressant.

Néanmoins, quand la petite foule se fut dispersée, elles vinrent murmurer à Jared quelques mots de compassion. Joe se rendit compte qu'aucune des femmes présentes, en dépit de leurs bijoux et de leurs opérations de chirurgie esthétique, n'égalait Genevieve. Grande, mince, naturellement élégante et gracieuse, elle était d'une perfection qui ne devait rien à l'artifice. Il se félicita alors d'être chargé de cette étrange affaire.

Genevieve avait traversé des épreuves terribles et prouvé sa grande force. Mais on ne pouvait laisser seul quelqu'un qui avait autant souffert, et il se promettait de la protéger.

— Je vous en prie, dit Jared en levant la main et en reculant d'un pas pour s'adresser à tout le monde.

Il sourit d'un air mal à l'aise et reprit :

— Je suis venu ce soir vous dire la même chose que…

Il désigna Joe d'un signe du menton, puis conclut :

— Soyez prudents.

Son sourire s'élargit et il ajouta :

— Que le salaud qui a tué mon père soit ici ou non, cela ne change rien au fait que n'importe lequel d'entre nous pourrait être la prochaine victime.

Que le salaud qui a tué mon père soit ici ou non…

Il avait parlé d'un ton léger, comme s'il plaisantait, se dit Joe.

Il s'avança et tendit la main à Jared.

— Je suis Joe Connolly. Je vous présente toutes mes condoléances.

— C'est vous, le détective privé ? demanda Jared. Que faites-vous ici ?

— J'ai embauché M. Connolly, expliqua Gen en faisant un pas en avant. Pour qu'il enquête sur le meurtre de votre père et qu'il veille à ce que ni ma mère ni aucun d'entre vous ne coure le moindre danger.

— Mais… il s'agit d'une réunion du conseil d'administration, dit Jared.

— Non, c'est une séance d'accusations collective ! jeta Larry d'un ton caustique.

— Larry ! s'écria Barbara.

— Je suis sérieux, dit Joe. En ce moment, vous devez tous faire preuve d'une extrême prudence. La police explore plusieurs pistes, mais tant qu'elle n'a pas mis le moindre suspect sous les verrous, vous devez tous vous conduire comme si vous risquiez d'être la prochaine victime.

— Mais c'est une réunion du conseil d'administration ! répéta Jared en fixant Eileen Brideswell.

— Calme-toi, Jared. Tout ce qui peut aider est bon à prendre, d'accord ? intervint Mary Vincenzo, prenant enfin la parole.

— Oui, oui. D'accord. Eh bien, je vous laisse travailler, monsieur Connolly. En fait, j'étais juste venu vérifier que tous les membres du conseil avaient bien été prévenus qu'il y aurait une veillée spéciale pour mon père avant les obsèques, lundi. A 5 heures, dans la salle de cérémonies des pompes funèbres Philips. J'espère que vous pourrez tous venir, dit Jared en faisant courir son regard de l'un à l'autre. Maintenant, je vous demande de m'excuser. Tante Mary ?

Jared prit Mary par le bras, et ils se dirigèrent vers la porte. En arrivant sur le seuil, Jared se retourna pour lancer :

— Monsieur Connolly ?

— Oui ?

— Vous serez là pour la veillée, j'imagine ? A titre… professionnel ?

— Oui, répondit Joe. Je serai là.

Il sentit Genevieve poser une main sur son bras, et vit que Jared Bigelow l'observait, une curieuse lueur dans le regard.

— A lundi ! conclut le jeune homme avant de disparaître.

Ces derniers temps, Joe se comportait de manière bizarre, se dit Genevieve. La distance entre eux ne cessait de se creuser.

Après avoir déposé Eileen à son domicile, Joe avait ramené Genevieve chez elle. Comme à son habitude, en parfait gentleman, il l'avait accompagnée jusqu'à sa porte.

Mais, pour être tout à fait honnête, Genevieve se moquait bien de la courtoisie, et elle détestait qu'on la traite comme une fleur fragile.

Subitement, elle prit conscience d'une vérité qui, jusque-là, lui avait inexplicablement échappé.

Durant les jours qui avaient suivi son sauvetage, elle avait consacré toute son énergie à réapprendre à vivre.

Mais, depuis, elle avait pu mesurer à quel point elle appréciait Joe. Et même bien plus que cela.

Joe, lui, avait un faible pour Leslie, qui était elle-même amoureuse de Matt, son fiancé, le cousin de Joe, mort un an avant elle. Si Leslie avait survécu, aurait-elle fini par tomber amoureuse de Joe, sous prétexte qu'il ressemblait à Matt ? Dans ce cas, peut-être que Joe aurait passé sa vie à se demander si Leslie l'aimait vraiment ou si elle pensait à Matt, chaque fois qu'ils faisaient l'amour.

Ces questions n'auraient jamais de réponse. Leslie et Matt étaient morts tous les deux.

A cet instant, ce fut une phrase de Shakespeare, et non pas d'Edgar Poe, qui vint à l'esprit de Genevieve. Un extrait de Hamlet :

Le voici mort et mis en terre, madame, mort et mis en terre. Près de sa tête un vert gazon, à ses pieds une pierre…

Oui, Leslie MacIntyre était morte. Mais est-ce que Joe rêvait encore d'elle ?

Ou bien était-il incapable d'aimer sérieusement qui que ce soit, et Genevieve encore moins qu'une autre, dans la mesure où elle avait causé la mort de Leslie ?

Pas exprès, bien sûr. Sûrement pas. Elle n'aurait jamais laissé personne mourir à sa place.

Joe le savait, et elle savait qu'il le savait. Il était inutile de revenir inlassablement sur les événements de cette fatale nuit, sous peine de devenir folle. Le passé ne pouvait être défait : c'était une chose qu'elle avait comprise avant toute thérapie, et que Joe savait, lui aussi.

Alors, pourquoi se montrait-il aussi distant ?

Et pourquoi s'obstinait-elle à s'intéresser à lui ? S'était-elle simplement attachée à l'homme venu à sa rescousse aux heures les plus sombres ? D'après le Dr Mowbry, il était fréquent que les femmes tombent amoureuses de leurs sauveurs.

Or, Joe lui avait bel et bien sauvé la vie. Aucun doute à ce sujet. Mais ce n'était pas la raison pour laquelle elle s'était éprise de lui. Elle en était sûre.

Et maintenant qu'il était là, tout près d'elle, elle espérait de sa part autre chose qu'une attitude courtoise. Elle voulait qu'il la serre dans ses bras. Elle avait envie de retirer sa robe, de jeter ses bras autour de son cou et de se montrer sensuelle et sexy, à tel point qu'il ne puisse lui résister.

— Alors, dit-elle à voix haute en adoptant un ton professionnel, avec juste ce qu'il fallait de curiosité, qu'avez-vous pensé de la soirée ?

En même temps, elle se disait qu'elle adorait son sourire ironique, qu'elle savourait les moments où il lui accordait toute son attention.

— J'ai eu l'impression de me retrouver dans une pièce de théâtre où des personnages caricaturaux auraient été sommés de fournir la preuve de leur innocence en deux heures avec entracte, dit-il.

— Allons, nous ne sommes pas aussi monstrueux !

— Je n'ai traité personne de monstre.

Il demeurait sur le seuil. Quelques instants plus tôt, ils s'étaient disputés parce qu'elle ne voulait pas se réfugier chez Eileen, dans la maison de famille où il y avait une gouvernante à demeure et un excellent système d'alarme. Bref, Genevieve avait besoin de son indépendance. Elle préférait habiter chez elle. Pour pouvoir, un jour ou l'autre, laisser tomber sa petite robe noire à ses pieds et faire quelque chose de tellement érotique que Joe n'aurait pas la force de résister, et que…

— Je connais Larry, dit Joe. C'est un type plutôt bien. Et votre mère est une femme formidable.

— Vous reconnaissez donc que tous les riches ne sont pas mauvais ! répliqua-t-elle, sur la défensive.

Il rit en secouant la tête.

— Je n'ai jamais dit le contraire, Gen. Mais, en fait, je parlais juste de la soirée… de ce groupe particulier. Soyons lucides : tout le monde soupçonnait tout le monde d'être le meurtrier. Lila était dans la provocation, Barbara dans le déni. L'attitude de Brook Avery sonnait faux. Quant à l'apparition spectaculaire de Jared… c'est révélateur.

— Quelles conclusions en tirez-vous ?

Il réfléchit, puis répondit :

— J'en déduis que personne, au sein du club, n'aime vraiment les autres, que personne n'aimait Thorne en particulier, et que Jared Bigelow couche avec sa tante.

Genevieve sursauta.

— Quoi ?

— Eh bien, elle est sa tante par alliance, n'est-ce pas ?

— Oui. Mary était mariée à Steven, le frère aîné de Thorne. Il avait trente ans de plus qu'elle.

— Un vrai mariage d'amour, hein ?

— Il paraît qu'ils s'entendaient bien.

— Sûrement. Moi aussi, pour une fortune pareille, je serais capable de faire bonne figure, dit-il.

— Vous ne croyez vraiment à rien, n'est-ce pas ?

— Enfin, Gen, allons ! Est-ce que vous n'étiez pas vous-même un tout petit peu sceptique sur les raisons de ce mariage ?

— Peut-être, admit-elle.

Il riait de nouveau et, tout à coup, il lui parut beaucoup plus détendu.

— Bon, d'accord, dit-elle. Elle a sans doute choisi Steven Bigelow pour sa fortune. Ça ne veut pas dire que tous ceux qui épousent des riches le font pour l'argent.

Pourquoi diable se lançait-elle dans cette discussion ? Est-ce qu'elle ne risquait pas de trahir le fond de sa pensée ?

Heureusement, il semblait ne se rendre compte de rien.

— Je suis certain qu'il y a des femmes qui tombent amoureuses d'hommes plus âgés et plus riches qu'elles, dit-il. Mais dans ce cas précis, je n'y crois pas.

— Et qu'est-ce qui vous fait penser que Jared et Mary couchent ensemble ?

— La manière possessive dont elle s'est accrochée à son bras. Le coup d'œil qu'elle lui a lancé tandis qu'il vous regardait.

— Vous lisez beaucoup de choses dans le regard des gens !

— Parce que c'est riche d'enseignements.

— Vous pensez donc que Jared a tué son père, ou que c'est sa tante. A moins que…

— Je pense surtout qu'il y a beaucoup de suspects et beaucoup de mobiles. La convoitise et la jalousie ont causé bien des meurtres au cours des siècles. Evidemment, ce soir, il manquait l'un des suspects classiques.

— C'est-à-dire ?

— Le majordome, bien sûr !

— Bennet n'a pas tué Thorne, je peux vous l'assurer, dit-elle en riant.

— Il s'appelle Bennet ? Vous le connaissez ?

— Oui, bien sûr. Ma famille fréquente plus ou moins les mêmes cercles que les Bigelow, même si l'on ne peut pas dire que nous soyons amis.

Elle pointa l'index vers lui et ajouta sévèrement :

— Et ne recommencez pas à accuser les riches !

— Ce n'était pas mon intention.

Elle eut une moue peu convaincue.

— Parlez-moi donc de Bennet, enchaîna-t-il.

— Eh bien, il doit avoir dans les soixante-cinq ans. Il travaille pour la famille de Bigelow depuis très longtemps... Vous devriez interroger maman, elle vous en dirait plus.

— En fait, c'est à Bennet lui-même que j'aimerais parler.

— Je vous le présenterai demain.

— Non.

— Pourquoi, non ?

— Je préfère que vous restiez en dehors de ça.

— Mais c'est moi qui vous ai engagé !

— Exact. Mais si c'était pour faire le travail vous-même, ce n'était pas la peine, dit-il d'un ton irrité.

— Peut-être, mais, dans ce cas précis, vous aurez besoin de mon aide.

— Ah bon ?

— Bennet a de l'affection pour moi. Il sera tout disposé à vous parler si je vous accompagne. Sinon, il sera forcément plus réticent.

— Sérieusement, Genevieve…

— Si vous refusez mon aide, je vais être obligée d'agir par moi-même, murmura-t-elle.

Il la dévisagea d'un air contrarié.

Elle le tenait. Elle le savait. Il adoptait toujours une attitude protectrice à son égard, ce dont elle se serait bien passée, mais c'était déjà un pas de franchi.

— Bon. A quelle heure voyons-nous Bennet, demain ? demanda-t-il d'un ton froid.

Elle sourit.

— Je lui poserai la question demain matin. Il va à la messe, et comme j'y accompagne maman, j'aurai l'occasion de le voir. Disons… vers 13 heures ?

Il hocha la tête en la jaugeant du coin de l'œil, comme s'il voyait tout à coup en elle un curieux animal dont il aurait sous-estimé la dangerosité.

— 13 heures, entendu, répondit-il.

Il resta debout sur le seuil pendant un moment, et Genevieve prit plaisir à le contempler. Ses cheveux blonds retombaient sur son front d'une manière souple, très sexy. Ses yeux semblaient contenir tout le savoir du monde qu'ils reflétaient. Ses larges épaules remplissaient l'espace. Sa mâchoire pouvait se crisper de façon si têtue… Joe…

Durant un quart de seconde, elle eut l'impression qu'il allait faire un pas en avant pour s'approcher d'elle. La toucher, même.

Et c'est ce qu'il fit.

Il tendit la main… et lui ébouriffa les cheveux.

— A demain, alors ! En attendant…

— Je sais, je sais. Je serai prudente.

Et, brusquement, il avait disparu.

Elle verrouilla la porte et alla se coucher.

Dans son lit, elle pensa à la perte, à la mort.

La mort de Leslie. Celle des prostituées qu'elle-même avait inlassablement tenté d'aider. Pour beaucoup de gens, ces jeunes femmes n'étaient rien d'autre que des poupées jetables. Mais Genevieve, elle, les avait bien connues, en tant que personnes, avec leurs espoirs et leurs rêves. Tout ce gâchis…

Comme celui qu'elle affrontait elle-même…

On lui avait arraché un futur plein de promesses et, désormais, c'était la peur qui contrôlait sa vie. Non pas sa propre peur, mais celle que les autres éprouvaient pour elle.

Elle avait perdu sa vie avant de l'avoir vécue.

Quand son téléphone sonna, le dimanche matin, Lori Star n'espérait plus rien.

Au début, les médias s'étaient jetés sur elle, puis ils l'avaient laissée tomber. Peut-être avaient-ils eu connaissance de son casier judiciaire ? En tout cas, maintenant, ils la prenaient pour une fraudeuse. Ce qu'elle avait déjà été…

Mais pas cette fois.

Cette sensation d'évoluer dans un autre espace, d'être *quelqu'un d'autre*, avait été terrifiante.

Pas seulement parce que cela ressemblait à une expérience de sortie du corps. Non, il y avait eu autre chose. Une sensation glaçante de méchanceté pure, de volonté de mal.

Elle y pensait encore en frissonnant quand la sonnerie retentit.

— Allô !

— Mademoiselle Star ? Mademoiselle Lori Star ? dit une voix qui, de toute évidence, appartenait à une personne cultivée.

— Oui ? répondit Lori d'un ton méfiant.

Mais, au fond d'elle-même, elle se sentait excitée. Elle était sûre que son interlocuteur la croyait sincère.

— Excusez-moi de vous déranger un dimanche matin, mais je voudrais vraiment sortir mon article avant que le sujet ne me passe sous le nez. Je travaille pour le *New York Informant.* Vous en avez entendu parler, je suppose ? Nous reprenons les sujets que les autres journaux ont laissé tomber.

— Oui, oui, bien sûr, je connais votre journal !

— Je précise que nous sommes prêts à payer, et à bien payer, les gens qui nous aident à recueillir des informations.

Elle opta pour une réponse prudente, qui ne trahirait pas sa curiosité concernant le terme « bien payer ».

— Je comprends, dit-elle sobrement.

Au bout du fil, son interlocuteur lui indiqua néanmoins un montant qui lui donna le vertige.

— J'aimerais vous rencontrer, ajouta-t-il. Mais ne le dites à personne, je vous prie. Il ne faut pas que mes concurrents l'apprennent.

— Pas de problème, dit-elle.

— Parfait.

— Où voulez-vous que nous nous retrouvions ?

Elle ne nota même pas l'adresse qu'il lui donna. Elle savait exactement où c'était.

— Mais comment vais-je vous reconnaître ?

— Ne vous inquiétez pas, dit-il. Moi, je vous reconnaîtrai.

New York

De véritables grappes humaines.

Les gens s'agitaient comme des fourmis. Si nombreux. Si occupés. Si pressés, tous.

Ce flot humain se répandait, s'infiltrait, stoppait, repartait. Les gens s'entassaient aux coins des rues. Se croisaient sans ralentir. Un feu changeait de couleur, un signal clignotait, et ils avançaient en masse, tous en même temps, chacun suivant son itinéraire, le tout formant ce gigantesque mouvement de flux et de reflux.

Des fourmis.

Combien de fois, en arpentant la ville, la campagne, un trottoir, ou en traversant une maison ou un jardin, avait-il vu de vraies fourmis ? Rien n'était plus facile — et même amusant — que d'en écraser quelques-unes et d'observer la confusion, la panique qui s'ensuivait, de voir l'instinct de survie prendre le dessus et faire fuir toutes les autres.

Les fourmis se souciaient-elles du sort de leurs voisines anéanties par l'être suprême qui marchait au-dessus d'elles ? Ou bien n'avaient-elles en tête que leur propre survie ?

Les autres n'étaient que des fourmis…

Mais voilà qu'elle arrivait, *elle*.

L'une des fourmis. Elle avançait, s'arrêtait, repartait.

Les autres allaient-ils s'apercevoir que l'être suprême l'écrasait ? Allaient-ils s'en soucier ?

Ou bien se borneraient-ils à trottiner dans tous les sens ? A chercher, fouiller, courir…

Dans l'espoir vain qu'on ne les écrase pas à leur tour.

7

Comme Gen l'avait dit, Bennet avait la soixantaine. Il n'en était pas moins droit comme un I, avec une magnifique chevelure blanche et des manières parfaites. Pour s'acquitter de ses fonctions, il portait un costume et un nœud papillon.

Bien entendu, ce n'était pas lui qui faisait le travail. Il se contentait de donner des ordres.

Il était clair qu'il avait un faible pour Genevieve. Joe s'en était aperçu dès l'instant où il les avait fait entrer. Les yeux pâles du vieil homme, d'un vert fané, s'étaient mis à briller comme des étoiles.

— Mademoiselle Genevieve, vous avez très bonne mine ! dit-il en la tenant à bout de bras, les mains dans les siennes, pour mieux la regarder.

Il laissa échapper un soupir.

— Je suis tellement heureux que les choses se soient… que vous soyez toujours avec nous, ma chère.

— Merci, Bennet, dit-elle doucement.

— Thorny n'a pas eu cette chance.

Thorny ? Tiens ! nota Joe.

— Et c'est peut-être ma faute, ajouta Bennet en secouant la tête.

Puis il s'interrompit. Son visage maigre et fripé se fit soupçonneux. Il fronça les sourcils.

— Je vois que vous avez amené un ami… et je sais de qui il s'agit, dit-il.

Joe se crispa intérieurement. Il lui était beaucoup plus facile de travailler quand on ne savait pas qui il était.

Oh, après tout, tant pis. C'était trop tard.

Il tendit la main en disant :

— Bonjour. Comment allez-vous ? Je suis…

— Lawrence Levine, coupa Bennet.

Il faillit ajouter quelque chose mais se reprit, se redressa et conclut en se tenant très raide :

— Pardonnez ma grossièreté, mademoiselle Genevieve.

Voilà ce qui arrivait quand on se croyait connu du monde entier, se dit Joe en se moquant de lui-même.

— Je ne suis pas Larry Levine, corrigea-t-il à voix haute, la main toujours tendue. Je suis Joe Connolly.

— Oh ! fit Bennet en lui rendant sa poignée de main. Excusez-moi.

— Qu'est-ce qui vous a fait penser que j'étais Larry ?

Bennet secoua la tête.

— Je ne sais pas. Je ne l'ai jamais rencontré, mais M. Bigelow parlait souvent de lui, alors j'ai pensé…

Il soupira discrètement et conclut :

— Que Dieu garde l'âme de ce vieux pédant.

La tournure étonna Joe.

Genevieve, elle, lança à l'adresse de Bennet :

— Allons donc ! Tout le monde sait quelle affection vous aviez pour lui.

— C'est ma foi vrai ! répondit Bennet.

Brusquement, une très légère trace d'accent frappa

Joe. Ainsi, Bennet avait beau faire de son mieux pour avoir l'air d'un parfait majordome anglais, il était en fait irlandais. Cela avait-il une quelconque conséquence ?

Joe nota le détail et l'enregistra dans un coin de son cerveau.

— Etes-vous venus voir M. Jared ? demanda Bennet. Si oui, je suis désolé mais il n'est pas là. Il a son propre appartement, vous savez. Même si je suppose qu'il est ici chez lui. Et je souhaite vraiment qu'il conserve cette maison. C'est une très belle demeure.

— A vrai dire, c'est vous que nous sommes venus voir, monsieur Bennet, dit Joe.

Le vieil homme le dévisagea de nouveau.

— Vous êtes trop jeune pour être le reporter… mais j'ai déjà vu votre visage. Votre photo a paru dans les journaux, n'est-ce pas ? A propos de toute cette affaire avec Mlle Genevieve… Vous êtes le détective privé.

— Oui, répondit simplement Joe.

— Est-ce que je suis l'un des suspects ?

— Bien sûr que non ! lança Genevieve.

Mais Joe corrigea :

— Si. Désolé, mais tous les gens de l'entourage de Thorne Bigelow sont suspects, jusqu'à ce qu'ils soient innocentés. Vous comprendrez, j'espère, qu'il n'existe rien contre vous en particulier.

— *Aye*, je comprends. Que Dieu me pardonne, mais j'étais là quand ça s'est produit.

— Ici, sur place ? demanda Joe.

Bennet agita la main.

— Entrez, venez dans la cuisine. C'est mon domaine, en ce moment. Je vais faire du thé.

— Quelle bonne idée, Bennet ! Merci, dit Genevieve.

Quelques minutes plus tard, ils étaient installés autour de l'énorme table de boucher de la cuisine. Bennet reprit la parole.

— Le bureau de M. Bigelow est encore fermé. Je n'ai touché à rien. Je suppose que je pourrais ranger, maintenant, mais…

Sa voix s'éteignit. Joe crut comprendre qu'une réelle affection l'avait lié à son employeur, durant toutes ces années.

— Même le jeune Jared n'a pas eu le courage d'y entrer, acheva Bennet.

Joe leva les yeux vers les poutres du plafond, sur lesquelles des bassines de cuivre et des ustensiles de cuisine étaient artistiquement disposés. C'était une grande cuisine, pourvue d'une énorme cheminée et de tous les équipements possibles et imaginables. Joe versa une cuillerée de sucre dans son thé et, tout en remuant, il questionna Bennet.

— Donc, vous étiez ici quand ça s'est passé ?

— Oui.

— Mais vous n'avez rien vu, rien entendu ?

— Non, absolument rien. Mon appartement est au troisième étage. Auparavant, c'était le grenier, mais il a été aménagé. Je vais vous faire visiter. Une fois la porte fermée, on n'entendrait même pas une bombe exploser au rez-de-chaussée.

Joe sourit.

— Je crois savoir ce que vous voulez dire.

Tout en tournant sa cuiller dans sa propre tasse de thé, Bennet secoua la tête, l'air abattu.

— J'ai longuement répondu à la police. M. Jared était dans tous ses états, bien sûr, et il m'a accusé de choses affreuses, mais ensuite il s'est excusé. Les enquêteurs m'ont disculpé. Peut-être ont-ils imaginé que je n'avais pas les connaissances littéraires suffisantes pour échafauder un scénario pareil ?

— Qu'allez-vous devenir, maintenant ? demanda Joe.

— Eh bien, j'imagine que M. Thorne m'a laissé quelque chose dans son testament. En tout cas, Jared m'a demandé de rester ici tant qu'il n'aura pas décidé ce qu'il veut faire. Nous n'avons rien changé à nos habitudes. Les employées de maison continuent à venir tous les matins. Elles n'entrent pas dans le bureau de M. Bigelow, c'est tout. Ni dans sa chambre, ajouta Bennet un ton plus bas.

Il haussa les épaules et reprit :

Le ménage avait déjà été fait dans cette pièce, quand on l'a tué. La police a fouillé, bien entendu, au cas où il aurait préféré garder certains documents dans sa chambre plutôt que dans son bureau. Mais ils ont tout remis en place et il n'est pas utile de nettoyer pour l'instant.

— Quand et comment avez-vous compris qu'il se passait quelque chose d'anormal ? demanda Joe.

— J'ai entendu Jared hurler.

— Pourtant, de votre propre aveu, vous n'auriez pas entendu une bombe exploser ! rétorqua Joe d'un ton léger.

Bennet s'autorisa un sourire triste.

— Vous n'imaginez pas le genre de cri que M. Jared a poussé en découvrant son père.

— Ils s'entendaient bien ?

— Ils se disputaient comme chien et chat, mais ils s'adoraient, dit Bennet.

Il se pencha en avant pour continuer à voix basse, comme s'ils avaient été épiés :

— D'après moi, le coupable est l'un des Corbeaux. Un jaloux. Ils sont tous fanatiques. Prenez cet acteur, par exemple. Don Tracy. Il se prend pour Laurence Olivier ! Lui et M. Bigelow se disputaient continuellement, quand ils tenaient leurs réunions sur Poe. Pour être franc, je crois que M. Bigelow aurait adoré monter lui-même sur scène. Il était presque tout le temps en représentation. Et il faisait tout pour provoquer M. Tracy.

— Quand avez-vous vu votre patron pour la dernière fois ? demanda Joe.

Bennet eut un sourire étrange.

— Eh bien, avant que l'ambulance ne l'emmène, bien entendu.

— Je veux dire : quand l'avez-vous vu *vivant* pour la dernière fois ?

— Quand je suis allé chercher le plateau du déjeuner, en début d'après-midi.

— Quelle heure était-il ?

— Voyons… Je le lui avais apporté vers 13 heures. J'ai dû revenir le chercher vers 13 h 30.

— Personne n'est venu avant l'arrivée de Jared ? demanda Joe, qui connaissait la réponse mais voulait entendre Bennet la lui donner.

— Non, non. M. Bigelow attendait quelqu'un, mais il ne m'a pas précisé de qui il s'agissait. Il m'a dit de ne pas m'inquiéter, qu'il irait lui-même ouvrir.

Très bien, pensa Joe. Ça collait avec ce que les enquêteurs lui avaient dit.

— A quelle heure Jared s'est-il mis à crier ?

C'était également dans les notes des premiers constats que Raif Green lui avait passées, mais là aussi il était intéressant de voir si les souvenirs du témoin coïncidaient.

— Vers 18 h 30. A peu près. Je n'ai pas regardé la pendule.

— Quelqu'un a appelé les urgences immédiatement, n'est-ce pas ?

— Bien sûr, dit Bennet.

— Vous-même ?

— Non. En fait, le temps que je me précipite au rez-de-chaussée, j'entendais déjà la sirène.

— C'est étonnant, fit remarquer Genevieve.

« Oui. Très étonnant », songea Joe.

— Mais M. Bigelow était déjà mort ? dit-il.

— Mort, froid et rigide. Pauvre Thorny !

— *Froid et rigide ?* répéta Joe, intrigué.

— Eh bien, froid au toucher, précisa Bennet. Mais il régnait une totale confusion. Jared essayait de réanimer son père, et Mary — sa tante — lui conseillait d'arrêter parce que M. Bigelow était mort.

— C'est quand elle a fait cette déclaration que vous l'avez touché ? demanda Joe.

Bennet fronça les sourcils, l'air troublé, mais il n'avait pas l'air de mentir : il semblait réellement perdu.

— Je… oui, je suppose, dit-il. Je l'ai forcément touché.

— Quand exactement ?

L'expression de Bennet se fit pathétique.

— Joe…, murmura Genevieve, compatissante.

Mais il lui jeta un regard féroce.

— Quand les urgences sont arrivées, je crois, répondit Bennet. Oui, c'est ça. L'un des jeunes gens m'a demandé si quelqu'un avait essayé de le ranimer. Je lui ai dit que le fils avait effectivement fait une tentative et qu'à ce moment-là j'avais moi-même touché Thorny. Il était froid.

Joe vida sa tasse, puis reprit :

— Et Mary ? Mme Vincenzo ?

— Que voulez-vous savoir ? Elle et Thorny avaient l'air de bien s'entendre.

— Je veux dire, est-ce qu'elle l'a touché ?

Une fois encore, Bennet sembla perplexe.

— Je ne… non. Non, je ne crois pas. Elle pleurait à chaudes larmes et tirait Jared par la manche en lui disant de laisser son père tranquille, qu'on ne pouvait plus rien pour lui. Ils étaient tous les deux absolument bouleversés.

— Comment ont-ils réagi quand vous êtes arrivé ? fit Joe, en se promettant d'enquêter plus tard pour savoir pourquoi Mary avait été aussi certaine de la mort de Thorne.

— Je ne suis même pas sûr qu'ils m'aient remarqué, au début. Et puis Jared a tourné les yeux vers moi et s'est mis à hurler : « Bennet, qu'est-ce que vous avez fait à mon père ? » Bien sûr, je lui ai répondu que je n'avais rien fait, rien du tout. Puis je lui ai demandé ce qui se passait et il m'a dit qu'il avait trouvé son père affalé sur son bureau.

— Affalé sur son bureau ? répéta Joe.

— Oui.

— Mais alors, Jared l'a déplacé pour lui faire un massage cardiaque ? Et il n'a pas remarqué qu'il était « froid et rigide » ?

Cette affaire devenait de plus en plus intéressante.

— Probablement pas. Il était dans tous ses états. S'il avait pu sauver son père, il l'aurait fait, croyez-moi.

— C'est gentil à vous de prendre sa défense, dit Genevieve, étant donné sa promptitude à vous accuser d'avoir tué Thorne.

— Il était bouleversé, voilà tout, expliqua Bennet.

— Vous a-t-il de nouveau accusé quand la police est arrivée ? demanda Genevieve en le regardant avec compassion.

— Non, non, je ne crois pas, répondit Bennet.

Joe, de son côté, semblait avoir réuni toutes les informations dont il avait besoin. Il remercia Bennet et, quelques instants plus tard, Genevieve et lui prenaient congé.

— Je ne suis pas sûr de comprendre où vous vouliez en venir avec toutes vos questions, dit-elle quand ils furent dans la rue. Tout cela doit déjà se trouver dans le dossier.

— Exact.

— Et alors ?

— Alors, vous m'avez chargé de l'enquête.

— Mais…

— Mais quoi ?

— C'est un adorable vieux monsieur, et vous vous en êtes pris à lui comme si vous faisiez partie de la police.

— Je serais prêt à parier que la police s'est montrée beaucoup plus agressive que moi.

— Mais ils ne l'ont pas arrêté, n'est-ce pas ?

— Ils n'ont aucune preuve permettant de l'arrêter. Ni lui ni aucun autre, d'ailleurs.

— On tourne en rond, déclara Genevieve avec un soupir.

Il haussa les sourcils d'un air faussement surpris.

— Vous voulez me renvoyer ?

— Bien sûr que non ! J'ai juste... j'ai juste l'impression qu'on pourrait faire mieux.

— Et moi, répondit-il, j'ai l'impression que vous devriez rester près de votre mère.

Elle poussa un nouveau soupir exaspéré.

— Ce n'est pas du tout ce que je désire. Vous comprenez ?

— Vous dites vous-même que vous vous inquiétez pour elle !

— Oui. Et je dis aussi qu'elle est parfaitement en sécurité chez elle. Bertha ne quitte jamais la maison, et il y a aussi Henry. Quant au système de sécurité, il est ultraperformant.

— Comme celui de la maison Bigelow ?

Joe regretta aussitôt ses paroles en voyant Genevieve blêmir.

— C'est ça qui est affreux, dit-elle. Bigelow devait connaître le tueur, peut-être même lui faire confiance. Comment peut-on se rendre compte que quelqu'un ment ?

— En le prenant en flagrant délit de mensonge.

Joe consulta sa montre. Ce dimanche après-midi tirait à sa fin.

— Je pense que je devrais vous raccompagner.

— Pas question ! Je vous ai amené chez le majordome : maintenant, vous pouvez me présenter la médium.

Il connaissait Genevieve. Il connaissait l'expression obstinée qu'elle affichait en cet instant. Il n'aurait aucune marge de manœuvre pour agir ou se déplacer tant qu'il ne l'aurait pas emmenée voir Candy Cane, alias Lori Star.

— S'il vous plaît, Joe !

Elle posa une main sur son bras. C'était un simple geste, mais Joe le ressentit avec une intensité démesurée, comme s'il avait été ligoté sur une chaise électrique, à Sing-Sing.

— D'accord, d'accord, allons-y ! lança-t-il.

Il avait conscience de sa propre voix, rauque, voilée. Il se demanda si Genevieve se rendait compte de l'effet qu'elle produisait sur les gens. Sur les hommes ? Sur *lui*. Et si elle ignorait vraiment ses capacités de séduction…

Un quart d'heure plus tard, ils frappaient à la porte de Candy Cane.

Personne ne répondit.

Joe était persévérant. Il frappa de nouveau. Un peu plus loin, dans le corridor, une jeune femme entrebâilla sa porte.

— Qu'est-ce que c'est que ce boucan ? lança-t-elle.

En voyant les deux visiteurs, elle se radoucit.

— Excusez-moi. J'étais en train de regarder la télévision. Je ne voulais pas être impolie.

— Je vous en prie. C'est nous qui nous excusons, dit Genevieve.

— Savez-vous où est Can… où est Lori ? demanda Joe.

— Non, malheureusement.

Genevieve fit un pas en avant.

— Est-ce que vous l'avez vue aujourd'hui ? Est-ce qu'elle vous a dit quelque chose ? Je suis désolée de vous déranger, mais nous avons vraiment besoin de lui parler.

La jeune femme, qui ne devait pas avoir trente ans mais dont le visage était déjà marqué, dévisagea longuement Genevieve, puis sourit.

— Voyons voir, dit-elle. Je l'ai vue sortir alors que je remontais de la laverie. Elle avait l'air très excitée. Mmh... Elle m'a dit que c'était un grand jour et qu'elle avait rendez-vous avec un homme à propos d'un cheval. Elle s'est mise à rire en ajoutant qu'il s'agissait d'une course et qu'elle allait ramasser de l'argent.

— Vraiment ? fit Genevieve en se tournant vers Joe, le front plissé.

Joe regarda la voisine de Lori, et celle-ci déclara aussitôt :

— Elle n'allait pas faire le trottoir, si c'est ce que vous pensez !

— Je ne songeais pas du tout à ça, affirma-t-il.

— Vous êtes flics, vous deux ?

— Non, pas du tout, répondit Genevieve.

Elle s'avança encore et tendit la main à la jeune femme.

— Je suis Genevieve O'Brien et voici Joe Connolly. Nous voulions juste parler à Lori, c'est tout.

La voisine se voûta comme si elle n'avait plus l'énergie de se mettre en colère.

— Lori est une chic fille, dit-elle. Elle mérite un peu de bon temps.

— J'en suis sûr, dit Joe, étonné lui-même de ne pas se montrer sarcastique.

Il se rappelait sa surprise face à Lori et à ses accents de sincérité. Oui, elle lui avait fait l'effet d'une chic fille.

La jeune femme sourit.

— A propos, je m'appelle Susie Norman, et je suis désolée de ne pas pouvoir vous aider.

Puis son visage s'éclaira et elle ajouta :

— La prochaine fois que je verrai Lori, je lui dirai que vous êtes venus.

— Merci, dit Joe.

Il glissa l'une de ses cartes de visite sous la porte de Lori, puis s'approcha de Susie pour lui en donner une autre.

— Voici mon numéro, si jamais vous pensez pouvoir nous aider à la trouver. Merci encore.

Quand ils se retrouvèrent dans la rue, Genevieve leva vers Joe un regard interrogateur.

— Et maintenant ?

— Maintenant, je dois vérifier quelques alibis.

— O.K. Par quoi commençons-nous ?

Il secoua la tête et la dévisagea d'un air exaspéré.

— Genevieve, vous m'avez engagé pour mener cette enquête. Cela veut dire que c'est moi qui fais les démarches, pendant que *vous*, vous rentrez chez vous pour profiter de ce qu'il reste de ce dimanche.

— J'ai déjà passé bien trop de temps calfeutrée chez moi, Joe. Où allons-nous ?

— J'ai besoin de travailler un peu sur mon ordinateur et de passer quelques coups de fil, répondit-il.

— J'ai un ordinateur.

— Tous mes dossiers sont chez moi, y compris mon carnet d'adresses.

— Je suis prête à parier que les numéros de téléphone sont aussi sur votre portable, répliqua-t-elle.

Il n'y avait rien à faire. Il soupira, au comble de l'exaspération.

— Alors, c'est vous qui venez à Brooklyn ! jeta-t-il.

Elle sourit.

— Très bien.

Joe héla un taxi. Il voulait passer reprendre sa voiture chez Genevieve. La circulation n'était pas trop dense et la jeune femme, le nez contre la vitre, savoura le trajet, surtout quand ils passèrent sur le pont de Brooklyn.

Joe se rendit compte qu'il avait gardé ses distances avec Genevieve, bien qu'ils soient amis depuis plus d'un an. C'était la première fois qu'il l'invitait chez elle.

Il habitait un vieil immeuble de trois étages dont il occupait le rez-de-chaussée et le sous-sol. Il avait même une place de parking, chose tout à fait exceptionnelle dans ce quartier, certes résidentiel, mais tout proche d'une artère commerciale où il pouvait quand ça lui chantait aller prendre un café ou manger chinois, italien, voire américain.

Quand ils entrèrent dans l'appartement, son cœur se serra.

La dernière femme qu'il avait amenée ici, c'était Leslie.

Et elle lui avait raconté qu'il y avait un fantôme au sous-sol : un compositeur de la guerre de Sécession qui voulait que l'on retrouve et que l'on édite ses partitions.

Les fantômes...

Joe avait toujours privilégié le rationnel. Il ne croyait

pas aux fantômes. Mais il avait rencontré Leslie et, par son intermédiaire, un type nommé Adam Harrison et certains de ses collaborateurs. Tout ce petit monde trouvait aussi naturel de bavarder avec des fantômes que de papoter avec des inconnus au cours d'une soirée.

En dépit de tout ce qu'il avait fini par savoir sur les phénomènes paranormaux, grâce à Leslie et Harrison, il s'était toujours battu pour ne pas y croire.

Seulement, depuis, il avait parlé avec un mort sur une autoroute, et ensuite avec un cadavre qui l'avait interpellé dans une morgue…

Grotesque. C'était grotesque !

Il travaillait trop et ne dormait pas assez. Qui sait, peut-être même qu'il aurait dû boire un peu plus ?

— Faites comme chez vous, dit-il à Genevieve.

Il ne put s'empêcher de la regarder déambuler dans l'appartement en se demandant si, par hasard, il n'éprouvait pas une certaine rancœur face à leurs situations respectives. Certes, il avait toujours travaillé dur et il ne rencontrait aucun problème sur le plan financier. Mais la fortune de Genevieve O'Brien était de celles qui dépassaient l'imagination, y compris la sienne.

Elle n'en avait pas moins choisi de se consacrer aux autres, même avant son kidnapping. Son travail l'amenait dans les rues les plus miteuses de la ville. Elle s'efforçait de venir en aide aux prostituées et à leurs enfants. Elle s'était battue contre l'héroïne et le crack, elle s'était occupée de femmes à la rue, souvent porteuses du sida. Elle ne s'était jamais comportée comme une gosse de riche, en dépit des sommes faramineuses dont disposait sa famille.

Leurs regards se croisèrent et elle sourit.

— Votre appartement est super, Joe. J'ai rarement vu une aussi belle cheminée.

— Merci. La cuisine est par là, si vous voulez quelque chose à boire. Il doit y avoir de la bière, du vin, du soda… Et de quoi manger, si vous avez faim. La télévision est là-bas, et il y a même un billard au sous-sol, pour le cas où vous vous ennuieriez. Je serai dans mon bureau, au bout du couloir.

— Merci. Ne vous inquiétez pas pour moi. Je vais me débrouiller. Je peux regarder vos CD ?

— Autant que vous voulez.

— Merci.

Il hocha le menton, un peu mal à l'aise, et se dirigea vers son antre. Les murs étaient couverts de rayonnages et il y avait plusieurs meubles de classement à tiroirs. Le bureau était une antiquité qui aurait pu appartenir à Uriah Heap, le personnage de *David Copperfield*, s'il avait vraiment existé.

Joe appela d'abord Raif Green chez lui.

— Salut, Joe ! Tu as avancé ? lui demanda Raif.

— Non. Désolé. J'espérais que *toi* tu aurais quelque chose à m'apprendre.

— Eh bien, pour être franc… nous n'avons pratiquement rien, avoua Raif, mis à part ce que nous savons depuis le début. Thorne Bigelow connaissait son assassin. Il l'a laissé entrer et n'a pas hésité à s'asseoir et à boire un verre de vin avec lui — ou elle. Nous explorons donc le réseau de ses amis et connaissances.

— Qu'est-ce que vous pensez du majordome ?

— Apparemment, il s'acquittait fort bien de son rôle.

— Il était sur place au moment du crime, souligna Joe.

— Nous n'avons absolument rien à lui reprocher. Nous avons fouillé toute la maison sans y trouver la moindre trace de poison, pas plus dans son appartement qu'ailleurs. Nous avons aussi enquêté sur le fils, mais rien n'indique qu'il soit venu plus tôt dans la soirée. Même chose avec la tante. Ils sont arrivés ensemble.

— J'imagine, néanmoins, que c'est le fils qui hérite ?

— Bien entendu. Nous avons rencontré le notaire de Bigelow. Mis à part certains dons et legs particuliers, Jared ramasse tout.

— Je suppose aussi que vous avez examiné les alibis des autres Corbeaux ? demanda Joe.

Il entendit Raif soupirer.

— Oui, naturellement.

— Tu pourrais me les donner ?

— Larry Levine était à son journal.

— Un dimanche ?

— Ouais. L'huissier qui est à l'accueil peut témoigner de sa présence. Brook Avery regardait la télévision chez lui. Il a bavardé avec un voisin, vers 15 heures… Ne quitte pas, je vais prendre mes notes.

Il y eut un bruit de papier froissé. Joe entendit une voix de femme appeler Raif pour dîner. Raif répondit qu'il arrivait dans une minute. Joe essaya d'imaginer la vie privée de son collègue. Par moments, Raif semblait triste et épuisé. Mais sa femme et ses enfants l'attendaient à la maison. Il passait la journée à enquêter sur des meurtres, puis il rentrait retrouver ses gamins, leurs devoirs, le dîner…

Raif reprit la ligne.

— Nat Halloway travaillait à son bureau. Une femme de ménage l'a vu. Tracy, l'acteur, répétait un monologue. Nous avons vérifié son alibi avec le directeur du théâtre et le reste de la troupe. Lila Hawkins était à un centre de don du sang. Une douzaine de personnes l'y ont aperçue, vers 16 heures. Barbara Hirshorn était chez elle, devant la télé. Confirmé par une voisine qui l'a vue en partant faire ses courses. Lou Sayles assistait à une fête en l'honneur d'un professeur qui partait à la retraite, quelque part dans Brooklyn Heights. Confirmé par une demi-douzaine d'assistants. Je pense que nous n'avons oublié personne… Ah, si, ton amie Eileen Brideswell ! Elle aussi était chez elle, d'après Bertha Landry, sa gouvernante à demeure, et Henry Grant, son homme à tout faire. En outre, je peux certifier qu'Eileen Brideswell est très respectueuse des lois.

— Merci, dit Joe. Mais tu sais, Raif…

— Ouais ?

— A mon avis, aucun de ces alibis n'est totalement fiable. Aucun ne garantit que la personne en question n'ait pas fait un saut d'une demi-heure chez Bigelow.

— Ouais, je sais, fit Raif.

— Alors…

— Il y a des lois, Joe ! Je suis fonctionnaire. Je n'ai pas le droit de faire irruption chez les gens ni de me mettre à fouiller sans mandat. Et rien ne me permet de désigner l'un d'eux plutôt qu'un autre.

— Et l'accident sur l'autoroute FDR ? demanda Joe.

— Quoi, l'accident ? Ça concerne la direction de la circulation. Tout ce que je sais, c'est qu'on a vu une berline noire conduite par un chauffard. Et même si Sam

Latham est encore à l'hôpital, je ne peux pas relier cet accident à l'assassinat de Thorne Bigelow. D'ailleurs, à propos de Poe…

— Je sais, je sais : Poe n'a décrit aucun meurtre impliquant une automobile, dit Joe.

— Cela dit, toi, en tant que détective privé…, poursuivit Raif, laissant sa phrase en suspens de manière significative.

— Que veux-tu dire ?

— Que toi, tu n'es pas emmerdé par les mêmes contraintes que moi.

— Super ! Et c'est toi qui viendras me sortir de prison, quand on m'aura enfermé pour avoir pénétré par effraction dans une propriété privée ?

— Je ne te suggère rien d'*illégal*, Joe ! Bien sûr, si c'était nécessaire, tu pourrais frôler un peu la limite…

— Extra ! Je te remercie.

— Parce qu'en fait…

— En fait ?

— Eh bien, si Bigelow a été tué à cause de ces histoires d'Edgar Poe…

— Dans ce cas, tu crains que le tueur ne frappe de nouveau avant qu'on ne l'ait arrêté ? C'est bien ça que tu veux me dire ?

— Hélas, oui, c'est ça, admit Raif.

Joe entendit de nouveau la femme de Raif qui appelait.

— Va donc dîner avant que ça ne refroidisse ! lui dit-il.

— Ouais, merci, j'y vais. N'oublie pas, Joe : si jamais tu tombes sur quoi que ce soit…

— Je t'appellerai, c'est promis, dit Joe avant de raccrocher.

Il déplia une carte de Manhattan et se mit à étudier les alibis un par un. Brook Avery vivait dans la ville haute. S'il était vraiment chez lui comme il l'avait dit, il lui aurait fallu un bon moment pour se rendre chez Bigelow. Joe inscrivit son nom en haut d'une colonne. En revanche, le bureau de Larry Levine était relativement près de chez la victime. Larry aurait pu s'y rendre rapidement. Joe mit son nom en tête d'une autre colonne.

Puis il continua. Don Tracy. Le théâtre n'était pas très loin. Le nom de Don vint s'inscrire sous celui de Larry.

Jared Bigelow et Mary Vincenzo trouvèrent leur place dans la même colonne.

Ainsi que le majordome.

Le meilleur alibi était celui de Lou Sayles. Joe mit son nom sous celui de Brook. Quant à l'envahissante Lila Hawkins, elle avait passé l'après-midi au centre de don du sang, dans le nord de la ville. Son nom devait figurer dans la colonne « improbable ».

En arrivant à Barbara Hirshorn, Joe hésita. Elle avait peur de tout, même de son ombre, mais son domicile était proche de la maison de Bigelow. Joe ne la voyait pas vraiment en tueuse, mais il plaça son nom dans la colonne « à examiner en priorité ».

Tout en tambourinant du bout des doigts sur le bureau, il décida de commencer par Jared. Autant s'attaquer d'abord au plus évident.

Certes, il aurait pu choisir aussi le majordome. Mais si ce n'était pas lui… Jared semblait s'imposer.

Les parricides étaient vieux comme le monde, et, après tout, c'était bel et bien Jared qui profitait le plus de la mort de son père.

Edgar Allan Poe, disait-on, était le père du roman policier. Lui et son M. Dupin utilisaient la « ratiocination », ou « déduction rationnelle », comme méthode d'enquête.

Or, rationnellement, à qui profitait le crime ? Et qui disposait non seulement d'un mobile, mais aussi d'une occasion ?

Laissant momentanément tomber Edgar Poe, Joe pensa à Sherlock Holmes, qui disait toujours à Watson qu'il fallait se débarrasser de l'impossible et que ce qui restait ensuite, si improbable soit-il, ne pouvait être que la vérité.

Joe bougonna, les yeux sur ses notes.

Pour l'instant, *rien* ne semblait impossible.

Même pas parler avec des morts.

8

Le portable de Genevieve se mit à sonner. Elle répondit machinalement :

— Allô !

— Genevieve, Dieu merci !

Gen sourit.

— Je vais très bien, maman.

— J'ai essayé en vain d'appeler chez toi, dit Eileen, comme si cela suffisait largement à expliquer son inquiétude.

— Je suis avec Joe.

— Ah bon ? Mais c'est très bien !

Eileen adorait Joe. Gen le savait parfaitement.

N'était-ce pas logique, d'ailleurs ? Sans Joe, sa fille ne serait peut-être plus en vie.

— C'est moi qui devrais m'inquiéter pour toi et te chercher partout, répondit Genevieve. Promets-moi que tu n'iras nulle part toute seule. Ou avec un autre Corbeau.

— Les gens du club sont mes amis, tu sais ? Enfin, disons, la plupart d'entre eux… Enfin, certains d'entre eux, dit Eileen.

— L'un d'eux est peut-être un tueur.

— Sauf que l'on a très bien pu tuer ce pauvre Thorne pour d'autres raisons, fit remarquer Eileen. Mais passons… Je ne t'ai pas appelée pour me disputer avec toi.

— Non, tu as appelé pour savoir où j'étais ! lança Genevieve en riant.

— Tu me le reproches, ma chérie ?

— Sûrement pas ! assura Genevieve.

— Eh bien, je vais te laisser, maintenant. Profite du reste de ta journée avec Joe.

— Entendu. Merci, dit Genevieve avant de raccrocher.

Profiter de sa journée avec Joe ?

Alors qu'il se trouvait dans son bureau et qu'elle était seule dans le salon ?

Au moins, elle était *chez lui*. Et la situation allait peut-être évoluer…

Elle se leva avec une certaine nervosité. Joe avait une belle collection de CD et des goûts musicaux plus qu'éclectiques. Il y avait une foule de classiques, de Pavarotti à Wagner, mais aussi de la country, de la soul, du rythm and blues, du rock, du jazz. Elle choisit Buddy Holly et essaya de se détendre.

Rien à faire. Elle ne tenait pas en place.

Joe lui avait dit de faire comme chez elle. Comme elle n'avait ni faim ni soif, et donc aucune raison de se rendre dans la cuisine, elle décida d'explorer le sous-sol.

Il avait été rénové et offrait un refuge parfait. Cela lui fit penser à la façon dont Joe la voyait, elle. D'une manière double.

D'un côté, comme une petite fille riche.

De l'autre, comme une victime traumatisée.

Comment pouvait-elle transformer cette image ?

Peut-être n'y avait-il pas moyen. Peut-être qu'elle ne lui plaisait pas physiquement, voilà tout.

Elle était debout, en train de penser à Joe, au traumatisme, au passé. Et, à cet instant, quelque chose de très étrange se produisit.

Elle eut l'impression qu'il y avait quelqu'un d'autre dans la pièce. Presque comme si elle était elle-même quelqu'un d'autre.

Elle descendait la rue, anxieuse, excitée. Elle allait retrouver quelqu'un et ce quelqu'un allait lui ouvrir la porte d'une nouvelle vie. Tout cela était très confidentiel, bien sûr. C'était tellement important. Car on allait prendre des risques.

Avec elle.

Pour elle.

C'était sa seule chance de devenir riche et célèbre. Riche, en tout cas, puisqu'il lui avait promis de bien la payer.

Et si tout se déroulait comme prévu…

Elle était presque arrivée à leur lieu de rendez-vous et elle pria le ciel pour qu'il ne soit pas en retard. Pour qu'il soit déjà là, en train de l'attendre.

Personne ne l'avait suivie, elle en était sûre.

Elle avait dit qu'elle rencontrait quelqu'un à propos d'un cheval…

Genevieve cligna des yeux. Elle se retrouva dans le sous-sol de Joe, les yeux fixés sur la table de billard. Ses mains tremblaient. Où diable était-elle passée pendant ce court instant ? Elle n'avait pas de visions, tout de même.

Super ! Déjà qu'elle traînait une image de victime, il fallait en plus qu'elle perde les pédales. Non ! Elle ne prendrait pas le risque de craquer.

Elle remonta l'escalier quatre à quatre. Joe était encore dans son bureau. Il ne l'avait pas entendue et, visiblement, il ne soupçonnait rien d'anormal.

D'ailleurs, il ne se passait *rien* d'anormal.

Elle monta le son de Buddy Holly, puis redescendit au sous-sol, résolue à ne plus se préoccuper de sa vie amoureuse ou plutôt de son absence de vie amoureuse.

Joe soupira, se leva, s'étira, surpris d'avoir passé autant de temps à son bureau. Il se dirigea vers le salon.

Buddy Holly chantait, mais Genevieve n'était nulle part en vue.

Il remarqua que la porte de l'escalier de la cave était ouverte. Il entendit alors une série de clics et comprit que la jeune femme se trouvait en bas, en train de jouer au billard.

Il s'avança pour la rejoindre, remarquant au passage le mur de brique où Leslie lui avait indiqué qu'il trouverait des partitions. A l'époque, elle était encore réticente à admettre qu'elle parlait avec les fantômes. Elle s'était bornée à prétendre qu'elle avait découvert la chose au cours de ses recherches, en tombant par hasard sur des archives concernant l'immeuble. Il ne l'avait pas crue une seconde, naturellement.

Il se rappelait aussi leurs conversations. Il se disait alors qu'elle avait simplement besoin de temps pour oublier Matt, tant il lui semblait évident qu'elle était attirée par lui. Eh bien, maintenant, elle avait rejoint Matt. Qu'il y ait ou non une vie dans l'au-delà, en tout cas ils étaient ensemble.

— Ça va ? demanda Genevieve.

Debout devant la vaste table, sa queue de billard à la main, elle le regardait en ouvrant de grands yeux. Il se rendit compte qu'il avait l'air particulièrement distrait.

— Oui, oui, ça va.

— Vous avez trouvé des indices ?

— Non.

Soucieux de chasser les pensées qui l'avaient assailli quelques minutes plus tôt, il saisit à son tour une queue de billard.

— Je vais placer, dit-il.

Elle le regarda rassembler et disposer les boules.

— Bris ? proposa-t-il.

— D'accord.

C'était une joueuse exceptionnelle : son bris d'ouverture dégagea presque entièrement la surface.

— J'ignorais que les gosses de riches pouvaient être champions de billard, dit-il en riant.

Etonné, il la vit s'arrêter, relever une mèche de sa superbe chevelure auburn et répliquer :

— J'aimerais vraiment que vous arrêtiez.

— De quoi ?

— De me considérer comme si je tombais de la lune.

— Excusez-moi.

Il fixa le mur de brique en songeant au jour où Leslie était venue. Elle parlait aux morts. Lui aussi, il avait parlé avec un mort, sur l'autoroute FDR. Sauf que les secouristes s'étaient sûrement trompés et que le type avait dû survivre juste le temps de sauver sa nièce.

Et l'homme de la morgue ?

La fatigue, sans doute, qui lui jouait des tours.

— Joe ?

— Oui. Désolé.

Elle posa sa queue de billard.

— J'aimerais rentrer chez moi, maintenant, si ça ne vous ennuie pas.

— Nous sommes en plein jeu…

— Non : vous êtes en plein souvenir. Ça ne me dérange pas. Mais j'aimerais rentrer, voilà tout.

Il hocha la tête.

— Entendu.

Durant tout le trajet, elle garda le silence. C'était la tombée de la nuit, et elle avait l'impression qu'une ombre s'étendait sur elle. Sur eux.

Comme ils approchaient de leur destination, elle déclara :

— Vous pouvez me déposer devant chez moi, ça ira.

— C'est hors de question, répondit-il.

— Il y a un gardien.

— Ça ne suffit pas.

— Joe, je… je ne veux pas qu'on me protège. Je n'en ai pas besoin.

— Et moi, je ne mènerai cette enquête que si vous êtes vigilante et que vous prenez toutes les précautions nécessaires.

Elle écarta les mains d'un air fataliste.

Quand il eut garé la voiture, ils passèrent tous deux

devant le portier puis devant l'agent de sécurité en faction dans le hall, et il monta avec elle jusqu'à son étage.

Elle ouvrit la porte. Il resta debout sur le seuil, humant son parfum suave, évocateur de tièdes brises bien éloignées de Manhattan.

Aussi évocateur que l'odeur de ses cheveux, fraîche, attirante…

— Vous devriez arrêter de dormir avec elle, vous savez ? dit Genevieve d'une voix douce en se retournant pour lui faire face.

— Quoi ?

— Je parle de Leslie.

— Je n'ai jamais dormi avec Leslie, répliqua-t-il d'un ton infiniment plus sec qu'il ne l'aurait souhaité.

— Mais elle continue de vous hanter.

— Leslie est morte. Comme Matt, répondit-il.

— Et c'est grâce à elle que je suis en vie.

Il secoua la tête.

— Je ne couche pas avec Leslie. Même pas en rêve, fit-il.

Surpris, il vit un léger sourire se dessiner sur les lèvres de Genevieve.

— Vraiment ?

— Vraiment.

— Vous en êtes certain ?

Il fronça les sourcils.

— Cette conversation est embarrassante, Gen.

— Elle ne devrait pas l'être, souffla-t-elle d'une voix un peu bizarre, chargée d'une nuance qu'il ne parvint pas à définir.

Il secoua de nouveau la tête, désemparé et profondément troublé par la présence de Genevieve tout près de lui.

Tout, chez elle, lui plaisait. Son regard bleu intelligent, séduisant, provocant… Sa chevelure d'un auburn sombre, flamboyant, douce comme la soie. Son corps mince, aux courbes parfaites. Elle était sensuelle et attirante. Pourtant, il avait toujours gardé ses distances avec elle. A cause de…

A cause de ce qu'elle avait enduré.

Il eut tout à coup l'impression d'être dans l'impossibilité de penser et de parler normalement. Il se força à articuler :

— Je… j'aimais beaucoup Leslie, c'est vrai. Intensément. Mais elle était toujours amoureuse de Matt. Et maintenant, je… j'aime penser qu'ils sont de nouveau réunis.

Sans même s'en rendre compte, il s'était approché pour toucher Genevieve. Il avait posé les mains sur ses épaules. Elle le frôlait, se penchait vers lui. Il sentait sa chaleur. A chaque inspiration, son parfum l'enivrait.

— Donc, sincèrement, vous ne couchez pas avec elle dans vos rêves ? chuchota-t-elle.

— Non.

— Alors, vous avez peut-être envie de coucher avec une femme en chair et en os. Moi, par exemple.

« Seigneur ! »

— Genevieve…

Il se sentait plus vivant qu'il ne l'avait jamais été depuis des siècles. Un feu liquide courait dans ses veines. Il sentait le cœur de la jeune femme palpiter, il percevait son souffle.

— Gen… après tout ce que vous avez traversé…

Elle lui prit la main et la posa sur son sein gauche, à la place du cœur.

— Je suis vivante, Joe. Et j'ai besoin de le sentir. Je vous en prie…

Comme il ne bougeait pas, elle fit mine de reculer. Mais il la retint.

— Maintenant, c'est vraiment embarrassant, reprit-elle. Je me jette à votre cou et vous me repoussez… Je suis désolée. Rien ne vous oblige à…

Assez !

Il se pencha pour l'embrasser. D'abord, elle fut surprise. Puis, tandis que la bouche de Joe pressait la sienne, elle répondit, se souleva sur la pointe des pieds, se serra contre lui. Il sentit son propre corps réagir instantanément. Elle ouvrit les lèvres sous les siennes, lui offrant une bouche avide, moite, délicieusement vorace. Elle embrassait d'une manière douce, érotique. Il songea que c'était le genre de baiser qui faisait totalement oublier le reste du monde. En même temps, il avait toujours la main sur son sein. Il continua à l'embrasser, mordillant ses lèvres d'une manière évocatrice, suggestive…

Il la souleva dans ses bras. Elle était grande pour une femme, mais bien plus petite que lui.

Il connaissait la disposition de son appartement et l'emmena sans hésiter vers la chambre. Il la déposa simplement sur le lit avant de s'allonger à côté d'elle.

Il n'y eut pas de lent et frivole déshabillage. Les boutons du chemisier de Genevieve cédèrent d'eux-mêmes quand il glissa la main sous l'étoffe pour caresser son ventre ferme, ses seins épanouis. La barrière contraignante du soutien-gorge ne résista pas longtemps. Il enfouit son visage entre ses seins et y déposa une pluie de baisers enflammés, humides, à la fois tendres et impatients, brusques et raffinés. Puis ce fut le tour du jean : le fermoir sauta, la fermeture glissa, les mains de Joe vinrent caresser les cuisses de Genevieve et, bientôt, le jean se retrouva par terre en compagnie d'un string minuscule.

Il avait déboutonné sa chemise et son propre pantalon était lui aussi sur le sol, sans qu'il se rappelle à quel moment il l'y avait jeté. Son slip noir prit le même chemin. Genevieve, maintenant, écrasait son corps contre le sien, faisait courir le bout de sa langue sur sa peau. Il gémit, son érection se faisant soudain douloureuse. Puis il se perdit de nouveau dans un tourbillon de sensations, de baisers. Ils se caressaient, encore et encore…

Il s'était toujours promis que si jamais il lui faisait l'amour, il se montrerait extrêmement doux et attentif.

Elle avait été prisonnière d'un homme tout à la fois impuissant et cruel, et elle avait réussi à survivre en le flattant. Ne serait-ce que pour cette seule raison, il aurait fallu s'y prendre avec lenteur, avec tendresse et douceur.

Or, il retrouvait entre ses bras une femme qui était un torrent de passion, un tourbillon embrasé dont la moindre caresse était d'un érotisme ravageur, presque électrique. Sa beauté charnelle, son désir vibrant, sans fard, donnaient le vertige. Il lui était impossible de prendre son temps, de doser ses caresses : une spirale l'emportait, déchaînait ses sens, lui faisait perdre tout contrôle. Il se rappellerait longtemps la façon dont il s'était allongé sur elle, collant ses lèvres aux siennes, plongeant ses yeux dans son regard bleu sombre, à demi voilé, avant de faire descendre ses lèvres jusqu'à ses seins, tandis qu'il glissait ses doigts entre ses cuisses et se coulait enfin en elle, leurs deux corps parfaitement ajustés l'un à l'autre. Puis il s'interrompit pour venir l'embrasser à l'endroit le plus intime de son corps. Elle poussa un cri, s'arqua vers lui, et il vint enfin la pénétrer. Son excitation était telle qu'il se sentait sur le point d'exploser. L'univers entier se résumait à leurs deux corps, à leur peau brûlante et humide, à leur soif l'un de l'autre. Et tout à coup, comme un cataclysme, il la sentit se tendre, puis atteindre un sommet de jouissance qu'il connut à son tour au bout de quelques secondes, comme si des fusées venaient d'exploser dans la nuit.

Alors…

Alors, il se sentit coupable. Déchiré.

Il caressa son visage avec une infinie tendresse tandis qu'il s'allongeait sur le côté en la serrant contre lui.

— Joe, souffla-t-elle.

Puis, au bout d'un instant, elle ajouta :

— Merci. Merci d'avoir été tellement… normal.

Seigneur ! Il n'aurait pas voulu tomber si vite amoureux. Il avait peut-être perdu la tête, mais il ne fallait pas oublier la réalité. Et la réalité, c'était ce qu'ils étaient l'un et l'autre : des convalescents.

— Normal ? répéta-t-il gentiment mais d'un ton taquin. *Normal ?* Vous n'avez l'air très forte pour flatter l'ego masculin. Pourquoi ne pas dire, par exemple : « Joe, c'était extraordinaire » ?

Elle se mit à rire en se pelotonnant plus étroitement contre lui.

— Oh, Joe ! Ça a *vraiment* été extraordinaire.

— Sauf qu'il a fallu que je vous force à le dire !

Ils restèrent immobiles un moment, apaisés, leurs souffles mêlés. Puis les mains délicates de Genevieve, si expertes, se posèrent de nouveau sur le corps de Joe, et elle chuchota :

— Si c'est aussi bon la deuxième fois, je vous promets que vous n'aurez pas à me dicter de commentaire.

Ce fut suffisant.

Ils firent de nouveau l'amour, sans se soucier des dangers qui pouvaient rôder autour d'eux.

Il fallait qu'il lui pose la question. Il ne pouvait pas s'en empêcher.

— Si vous êtes médium, pourquoi n'avez-vous pas prévu ça, hein ?

Cette fille n'entrait pas dans ses plans, mais elle ne lui laissait pas le choix. Elle avait voulu son heure de gloire, son passage sous les feux de la rampe.

Eh bien, son nom allait faire les gros titres de douzaines de journaux ! En fait, elle aurait dû le remercier.

Ce n'était pas elle qui devait disparaître de cette manière : c'était quelqu'un d'autre qu'il avait en tête, une personne non seulement jeune et belle mais tellement connue que sa mort aurait suscité dans toute la ville une profonde émotion.

— Votre nom va rester dans l'histoire, ma chère, dit-il à voix haute.

Elle s'était avérée une proie extrêmement facile,

tant sa soif de gloire et de fortune la rendait aveugle au danger.

Pourtant, en cet instant, elle n'avait pas du tout l'air reconnaissant.

Les yeux lui sortaient de la tête et elle poussait sous le bâillon des petits cris étranglés. Il se sentait vaguement désolé pour elle, mais pas suffisamment pour arrêter.

Il avait un plan à mener à bien, et il était hors de question qu'elle lui mette de nouveau des bâtons dans les roues. C'était le moment d'en finir avec elle.

Elle se débattait mais il avait fait le nécessaire : personne ne trouverait son ADN sous les ongles de la victime, ni ses empreintes digitales, en dépit des progrès accomplis par la police scientifique. Si la plupart des tueurs laissaient quelque chose derrière eux, ce n'était pas son cas à lui.

Il connaissait les précautions à prendre.

Evidemment, la meilleure solution restait le poison. C'était très facile : on le versait dans le vin de ce salaud, il le buvait, puis il mourait.

Parce que, en fait, la strangulation…

Il était loin d'imaginer que ce serait si dur. Jusque-là, tout s'était déroulé sans heurt. Elle avait accepté l'idée que le rendez-vous reste secret. Puis elle l'avait suivi, la nuit, partout où il souhaitait aller. Elle était même montée sur son bateau. Ils avaient quitté la rive…

Une idiote. Une poire.

Quand il avait ouvert une bouteille de champagne pour célébrer leur accord, elle avait sauté de joie, mais elle n'avait pas bu autant qu'il le souhaitait, malheureusement. Elle s'accrochait à la vie. Il l'avait ligotée et bâillonnée, mais elle continuait à lutter et…

Ses yeux…

Il songea qu'il risquait d'être hanté toute sa vie par ses yeux exorbités.

Finalement, ils se fermèrent.

Elle cessa de résister. La suite fut facile. Déplaisante, mais facile. La dernière fois, le parallèle littéraire qu'il souhaitait faire avait été moins réussi. Mais il n'était pas facile d'emmurer quelqu'un, surtout le vieux Thorne. L'époque ne s'y prêtait pas, il fallait bien le reconnaître.

Il ne pouvait pas toujours respecter Edgar Poe à la lettre, sous peine de prendre trop de risques.

Il s'inspirait du maître, voilà tout.

Dans ce cas précis, Genevieve O'Brien aurait fait une bien meilleure victime. Elle était beaucoup plus jolie que la petite cigarière de Poe, Mary Rogers, et mille fois plus que Lori Star, naturellement. Seulement, Lori s'était montrée bien trop fouineuse. Et puis, même s'il ne croyait pas lui-même aux médiums, d'autres pouvaient s'y référer. Bref, c'était Lori qui, finalement, avait décroché le rôle de Marie Roget.

Enfin, ce fut terminé. Il envoya le corps par-dessus bord, dans son tombeau aquatique. Il savait pertinemment qu'on la retrouverait. Il était même tout à fait indispensable qu'on la retrouve.

Sur le chemin du retour, en se replongeant dans la presse et la foule new-yorkaise, il se dit qu'il avait finalement fait du bon boulot. Il se sentait très satisfait de ses efforts. Enchanté, même.

Il allait beaucoup s'amuser.

Puis il s'immobilisa, frappé par une vision qui lui traversait l'esprit. Des yeux exorbités qui, pendant une minute, n'avaient pas appartenu à cette petite pute, cette prétendue médium de Lori Star, mais à une autre, à *elle*, à la femme vraiment belle qui, à l'origine, aurait dû jouer le rôle de la victime dans sa reconstitution du récit de Poe. Il avait cru voir les yeux de Genevieve O'Brien. Bleus, magnifiques.

Rivés sur lui.

Plongeant en lui.

Sachant qui il était, ce qu'il était.

Genevieve !

Joe se rappela soudain qu'elle dormait à son côté. Qu'ils se trouvaient tous les deux dans son lit à elle.

Lui aussi avait dormi, et il avait rêvé. Plus précisément, il avait fait un cauchemar. Comme si quelque abîme infernal s'était entrouvert dans son imagination.

Il avait vu le visage de Genevieve. Elle fixait sur lui son regard bleu, brillant…

Et accusateur.

Et puis, tout à coup, ces yeux incroyablement bleus avaient commencé à sortir de leurs orbites. Elle était devenue écarlate, comme si tout le sang affluait à son visage. Sur son cou, des ecchymoses bleuâtres viraient au noir.

Elle s'étouffait. On était en train de l'étrangler. Il voyait des mains autour de sa gorge. Des mains puissantes, qui appuyaient, serraient, lui coupaient le souffle… l'arrachaient à la vie.

Ce n'était qu'un cauchemar, se répéta-t-il. Elle était à côté de lui.

Mais elle ne dormait pas. Elle se redressa brusquement, le regard perdu dans le vide, fixant sans la voir la pièce obscure.

— Gen ?

Il transpirait encore à grosses gouttes, mais l'atroce vision en Technicolor de son rêve commençait à s'effacer.

Elle ne l'entendit pas tout de suite.

— Gen ? répéta-t-il.

Elle cligna des yeux, frissonna et se tourna vers lui. Ses cheveux étaient ébouriffés. Elle sourit.

— Hello..., murmura-t-elle.

— Hello.

Elle se rallongea, paisible, comme si tout tournait parfaitement rond.

Etait-ce vraiment le cas ?

— Tu te sens bien ? demanda-t-il.

— Très bien, oui.

Elle ajouta pourtant d'un ton moins assuré :

— Et toi ?

Il comprit aussitôt qu'elle faisait allusion à ce qui s'était passé entre eux, et que sa question n'avait bien entendu rien à voir avec le cauchemar qu'il avait fait. Heureusement !

Il se secoua. Tout cela était provoqué par le stress, c'était évident. Comme l'autre jour, quand il avait cru entendre parler un mort. Aussi désagréable que soit cette perspective, il allait devoir se résoudre à consulter un psy. Combien d'enquêtes avait-il menées dans sa vie ?

Combien de cadavres avait-il vus ? Beaucoup. Alors, pourquoi perdait-il pied maintenant ?

Pas de doute. Un psy s'imposait.

Il tendit le bras pour enlacer sa compagne.

— Ça va parfaitement, répondit-il. Je ne me suis pas senti aussi bien depuis des siècles.

Le sourire de Genevieve s'élargit.

— Tu peux… rester toute la nuit ? chuchota-t-elle.

— Tu auras du mal à te débarrasser de moi, répondit-il.

Elle fixait sur lui son regard bleu, si intense, si *confiant*.

Il la serra contre lui. Pendant quelques instants, ils savourèrent simplement cette proximité, cette chaleur, ce… bonheur. Il était si bon d'être simplement côte à côte, l'un contre l'autre.

Ils firent de nouveau l'amour, et, quand ils se rendormirent, ce fut avec l'impression d'être faits l'un pour l'autre. Joe aurait éprouvé une sensation de totale plénitude si seulement il n'avait pas eu aussi peur.

« Mon Dieu, supplia-t-il, fais que je ne la perde pas, elle aussi ! Nous revenons de si loin. Elle a survécu à de telles horreurs. Je t'en prie… »

9

Quand Joe entra dans le bureau, Jared Bigelow l'y attendait.

Le siège du fonds d'investissements Bigelow Inc. occupait tout un étage de l'immeuble. A l'origine, la famille avait fait fortune dans l'immobilier mais ensuite, Thorne avait investi dans l'informatique et les hautes technologies. Il était président de la société mais, apparemment, laissait son fils assurer la gestion au quotidien depuis plusieurs années, préférant se consacrer à sa passion pour Edgar Allan Poe et à la rédaction de l'essai qui l'avait rendu célèbre. Et qui, peut-être, avait causé sa mort.

Une secrétaire fit entrer Joe dans le bureau de Jared qui, sans se lever, fit signe à son visiteur de s'asseoir. Un long divan faisait face au bureau, mais Joe préféra prendre une chaise et l'approcher de la table de travail. Il voulait être face à son interlocuteur pour pouvoir capter son regard.

— De quoi s'agit-il ? Pourquoi êtes-vous ici ? demanda Jared.

— Pour parler de la mort de votre père, dit Joe, comme si la réponse coulait de source.

Il ajouta d'un ton courtois :

— Je suis certain que vous rêvez de voir son assassin sous les verrous.

— Naturellement ! lança Jared.

— Alors, vous serez d'accord pour m'aider.

Jared soupira et, un court instant, Joe trouva qu'il avait un peu moins l'air d'un imbécile prétentieux.

— Ecoutez, mon père a été *assassiné*. La police m'a interrogé pendant des heures. Je ne suis pas idiot : je sais très bien que je suis le suspect numéro 1, ne serait-ce que parce que c'est moi qui hérite de la fortune et de l'entreprise. Seulement, j'aimais mon père, et nous avions plaisir à travailler ensemble. Vous pouvez interroger tout le monde : vous aurez toujours la même réponse.

Joe hocha la tête.

— Je sais que la police vous a interrogé, et je sais aussi qu'il est très dur de perdre son père, puis d'être soumis à un interrogatoire. Mais cela m'aiderait beaucoup que vous me répétiez ce qui s'est passé à partir du moment où vous avez découvert le corps.

Jared Bigelow s'enfonça sur sa chaise et, tout en tapotant sur son bureau avec un crayon, il leva les yeux vers le plafond, comme si cela pouvait l'aider à mieux visualiser ce qui s'était passé.

— Nous devions sortir pour aller dîner, commença-t-il.

— Vous, votre tante et votre père…

— Oui.

— Votre tante vous accompagnait quand vous êtes arrivé chez votre père ?

— Oui. J'étais passé la prendre.

— Elle habite plus près de chez vous que votre père ?

— Dans une autre direction, répondit Jared.

Il secoua la tête et haussa les épaules.

— Quand nous sommes arrivés, comme j'ai la clé, j'ai ouvert la porte et nous sommes entrés. J'ai appelé mon père mais il n'a pas répondu. J'ai pénétré dans son bureau et… il était là, affalé. J'ai d'abord pensé qu'il était juste évanoui, qu'il avait eu une crise cardiaque. Ça m'a paniqué.

— Vous avez tenté de le réanimer ?

— Oui.

Joe essayait toujours de comprendre comment Thorne pouvait encore être affalé, la tête en avant, à l'arrivée des secours, si Jared lui avait fait un massage cardiaque. Mais il préféra ne pas poser la question tout de suite pour éviter de déstabiliser son interlocuteur.

— Et c'est votre tante qui a appelé le Samu…

— Oui, je crois.

— Ce n'est pas vous, n'est-ce pas ?

— Non… Non, je ne pense pas. Je me rappelle que je regardais mon père… Il y avait ma tante… Bennet est arrivé et, tout à coup, il y a eu des sirènes et un monde fou.

Il dévisagea Joe et conclut :

— C'est tout ce dont je me souviens.

— Où était le verre de vin ?

— Quoi ?

— Le verre de vin de votre père. Où était-il ?

Jared fronça les sourcils.

— Eh bien… sur le bureau. Il était sur le bureau.

— Où exactement ?

— Sur la gauche, près du bord. Quelle importance ? fit Jared d'un ton agacé.

— Je ne sais pas encore.

Jared s'éclaircit la gorge.

— Eh bien, si c'est tout… j'ai encore beaucoup à faire aujourd'hui, et la crémation a lieu ce soir.

— Je vois.

— Bref, reprit Jared avec impatience, avez-vous besoin d'autre chose ?

— Juste une dernière question.

— Oui ?

— Depuis quand avez-vous une liaison avec votre tante ? demanda Joe d'un ton égal.

Le crayon échappa des doigts de Jared. Son visage se couvrit de plaques rouges et il se mit debout en lançant d'un air furieux :

— Sortez d'ici ! Sortez immédiatement de mon bureau et n'y revenez plus !

— C'est forcément un homme, dit Lila Hawkins.

Elle avait décidé de s'inviter à déjeuner chez Eileen Brideswell. Genevieve était là, car elle n'avait nulle intention de laisser sa mère seule avec Lila Hawkins, même une minute.

Lou Sayles et Barbara Hirshorn firent bientôt leur apparition, et toutes ces dames se trouvèrent réunies autour de la table, sur la terrasse d'Eileen. Henry et Bertha traînaient dans les parages afin de veiller sur Eileen.

— Il s'agit d'un empoisonnement, Lila. Qu'est-ce

qui te permet d'affirmer que c'est un homme ? demanda Eileen.

— Pourquoi ressasser tout ça ? s'écria Barbara.

— Nous n'avons pas encore célébré les obsèques de Thorne, répondit Lila. Il me semble naturel d'en parler.

— Ça ne nous dit pas pourquoi tu penses que le criminel est un homme, répliqua Lou.

— Je le sais, c'est tout.

— Dommage que tu ne saches pas de quel homme il s'agit ! lança Genevieve.

Lila la foudroya du regard.

— Le poison est souvent l'arme des femmes, fit remarquer Eileen.

— Vraiment ? C'est affreux. Je ne peux pas croire qu'une femme ait pu faire souffrir ainsi ce malheureux, dit Barbara Hirshorn, l'air horrifié.

— Le tuer, pour être précise, corrigea Lou.

Lila secoua la tête.

— C'est Larry Levine. Il a toujours été jaloux de Thorne. Il se targue d'être un véritable écrivain alors que Thorne n'était qu'un homme d'affaires. Pauvre Thorne ! Ce livre l'a conduit à sa perte.

— Je te trouve bien téméraire d'accuser Larry de cette manière, riposta Eileen d'un ton ferme. Et puis nous ne savons absolument pas si le livre de Thorne a joué un rôle dans tout ça.

Il y eut un silence, durant lequel elles échangèrent toutes les cinq des regards gênés.

— Croyez-vous que… Mary Vincenzo… aurait pu… ? demanda Barbara en chuchotant.

— Non ! répondit Lila d'un ton net. Je n'y crois pas.

Je persiste à dire qu'il faut fouiller du côté de Larry. Sérieusement.

— Larry sait-il que vous le croyez coupable ? demanda Barbara avec nervosité.

— Seigneur Dieu, je ne suis pas stupide au point de l'accuser publiquement ! répondit Lila. Ces propos doivent rester entre nous. Même si je soupçonne fortement Genevieve, ici présente, de les répéter au détective privé qu'elle a engagé.

Elle pointa l'index sur la jeune femme en ajoutant :

— D'accord, si j'ai lancé une accusation, c'est précisément pour qu'elle soit répétée. Votre enquêteur doit absolument explorer cette piste, Genevieve. Je peux vous assurer que Larry était viscéralement jaloux de ce pauvre Thorne.

Genevieve resta coite. Lila parlait de ce « pauvre » Thorne, maintenant qu'il était mort, alors qu'elle le traitait de « prétentieux » quand il était vivant.

— Je ferai part à Joe de vos soupçons, Lila, déclara la jeune femme. Je suis sûre qu'il enquêtera sur Larry.

« Comme sur tous les autres », ajouta-t-elle pour elle-même.

Lila hocha le menton d'un air satisfait, comme si les choses prenaient enfin une tournure satisfaisante.

— Gardez l'œil sur lui pendant la cérémonie de ce soir, fit-elle d'un air grave. Surveillez-le de près.

— Bien sûr, Lila ! dit Genevieve.

Au début, les obsèques de Thorne Bigelow auraient pu être celles de n'importe quel défunt. On prononça des prières, et les assistants prirent un air affligé.

Raif Green et Tom Dooley se postèrent au fond de l'église, pour observer.

Après les prières, Jared évoqua en pleurant le talent de son père et son amour pour la littérature. Mary Vincenzo présenta le travail de philanthrope de son beau-frère. Puis Jared revint au pupitre pour inviter tous ceux qui le souhaitaient à dire quelques mots. Ainsi, la cérémonie se transforma très vite en conférence sur Edgar Poe.

Brook Avery vint lire un extrait de *Annabelle Lee*. Don Tracy livra une interprétation très expressive du « Corbeau ». Nat Halloway, bien que raide et mal à l'aise, expliqua qu'il allait lire un passage d'une nouvelle qui était l'une des favorites de Thorne Bigelow, *Le masque de la mort rouge*. Larry Levine, tout aussi mal à l'aise, lut en bredouillant un passage du *Manuscrit trouvé dans une bouteille*.

Lila Hawkins, elle, déclara rapidement que toute la communauté allait ressentir l'absence d'une personnalité haute en couleur, et qu'il fallait absolument arrêter l'auteur du crime. Lou Sayles se remémora avec affection l'ami qui allait lui manquer. Eileen fit une intervention brève et affectueuse. Sam Latham, toujours hospitalisé, avait chargé un collègue de transmettre ses condoléances.

Barbara Hirshorn, très intimidée, remercia Thorne Bigelow pour tout ce qu'il avait apporté à la communauté littéraire. De maigres applaudissements saluèrent sa prestation. Les gens se fatiguaient et certains s'étaient même éclipsés.

Joe remarqua cependant qu'une personne applaudissait avec vigueur.

Albee Bennet, le majordome.

Il surprit le regard de Joe et sourit d'un air penaud.

Un peu plus tard, alors qu'ils sortaient tous de l'église, il arrêta Joe qui accompagnait Genevieve et Eileen.

— Cette pauvre Barbara est si timide ! lança-t-il. Il fallait que j'applaudisse. Je veux dire : les gens ne se sont intéressés qu'à cet égocentrique de Don Tracy, alors que c'était son intervention à elle qui méritait des éloges.

— C'est très gentil de votre part, dit Eileen d'un ton sincère.

Ils se retrouvèrent dehors. Raif et Tom étaient partis avant la fin de la cérémonie, constata Joe en regardant Jared escorter Mary vers une limousine. Jared se retourna pour regarder Joe, une lueur de reproche dans les yeux. Puis il monta dans la limousine avec Mary et le véhicule s'ébranla sans bruit.

Mais, en les voyant s'éloigner, Joe s'aperçut qu'ils étaient suivis.

Visiblement, les flics gardaient l'œil sur Jared et sa tante.

Il se promit d'essayer dès le lendemain d'interroger Mary Vincenzo. Elle semblait en général moins sûre d'elle que Jared. Peut-être était-elle la personne idéale pour fournir des indices sur la culpabilité — ou l'innocence — de ce dernier.

— Thorne aurait été horrifié, déclara Lila Hawkins en rejoignant le petit groupe.

— Pourquoi ? demanda Eileen, surprise. J'ai trouvé que c'était une belle cérémonie. Un peu longue, mais Thorne aurait apprécié toutes ces lectures faites à voix haute, en son honneur.

— Je veux dire qu'il aurait été horrifié de constater que Jared n'avait pas donné de réception, qu'il n'avait invité personne après le service.

— Il est peut-être trop bouleversé, suggéra Eileen.

Lila renifla d'un air sceptique et se tourna vers Gen.

— Avez-vous parlé de Larry Levine à M. Connolly ? demanda-t-elle en adressant à Joe un regard entendu.

— Je n'en ai pas eu le temps, répondit Genevieve.

Puis elle fit part à Joe des soupçons de Lila.

— Avez-vous une raison particulière de l'accuser ? demanda Joe.

— Il a toujours été tellement jaloux de Thorne ! répondit Lila.

— Je vais enquêter sur ses allées et venues au moment du crime, assura Joe.

— Très bien. Et maintenant, puisqu'il n'y a pas de rafraîchissements, je m'en vais. Bonsoir ! jeta Lila.

— As-tu appris quelque chose au cours de cette soirée ? demanda Genevieve tandis qu'ils rejoignaient la voiture de Joe.

— Peut-être.

— Quoi donc ?

Il eut un grand sourire.

— Je ne suis pas encore sûr. Il faut voir.

— Lila soupçonne fortement Larry, mais…

— Mais ?

— Eh bien, c'est ma mère qui a évoqué le fait que les femmes ont tendance à recourir au poison.

— Historiquement, c'est exact.

— Alors, tu penses que…

— J'aimerais savoir ce qu'il convient de penser, répondit-il à voix basse.

Ils raccompagnèrent Eileen chez elle et la laissèrent aux bons soins d'Henry et de Bertha. Puis, quand ils arrivèrent devant chez Genevieve, Joe gara sa voiture et accompagna la jeune femme jusqu'à sa porte. Une fois sur le seuil, il resta immobile, hésitant.

— Tu ne vas pas partir, n'est-ce pas ? dit-elle doucement.

— Sauf si tu me le demandes, répondit-il.

— Je te demande de rester, fit-elle en souriant.

Ces heures passées en compagnie de Genevieve s'avérèrent tout aussi inoubliables que celles de la veille. C'était une amante exquise, généreuse, capable tour à tour de volupté, de tendresse et de passion. Il éprouvait pour elle un sentiment profond. N'avait-il pas failli tomber amoureux d'elle la première fois qu'il l'avait vue, dans de dramatiques circonstances ? Maintenant, alors que ce n'était que leur deuxième nuit ensemble, leur relation avait déjà pris une tournure de profonde intimité, comme s'ils étaient amants depuis des années. Quand ils s'endormirent enfin, il se sentait physiquement épuisé et affectivement comblé.

Rien ne justifiait que son cauchemar se reproduise, et pourtant ce fut le cas.

Il contemplait le visage de Genevieve, plongeait son regard dans le sien. Elle fixait sur lui ses extraordinaires yeux bleus, brillants, pétillants, vivants.

Ensuite…

Ensuite, tout changeait. Ces yeux enflaient, devenaient

énormes, des vaisseaux éclataient en stries rouges autour de la pupille, et des hématomes noirs et violets encerclaient le cou, dessinant peu à peu le contour de deux mains sur la peau pâle…

— Joe !

Il entendait faiblement la voix de Genevieve. Il haletait, dans un effort désespéré pour empêcher quelqu'un de l'étrangler. Il n'y arrivait pas. Il ne voyait pas l'agresseur. Il était certain qu'elle courait à une mort certaine. Il voyait sa mort…

Il la voyait mourir.

— Joe ! répéta Genevieve en le secouant par les épaules.

Il se réveilla en sursaut, et la regarda un long moment avant de comprendre qu'elle était bien vivante et qu'il venait de refaire le même cauchemar.

Il ne répondit pas immédiatement, se bornant à passer un bras autour de sa taille pour l'attirer contre lui. Un bruit assourdissant lui résonnait aux oreilles : les battements de son propre cœur.

— Joe, dit-elle encore en se dégageant pour lever les yeux vers lui, que se passe-t-il ?

« Je n'arrête pas de te voir mourir. » Bien sûr, il était hors de question de dire ça à voix haute. Il secoua la tête pour s'éclaircir les idées et grommela :

— Un cauchemar, c'est tout.

Elle semblait perplexe. Sa chevelure retombait souplement sur ses épaules comme des flammes légères dans la pénombre.

— Je ferais peut-être mieux de te licencier, dit-elle.

Il secoua la tête et plongea son regard dans le sien.

— Tu peux toujours essayer : je ne partirai pas.

Elle sourit.

— Tu es… vraiment extraordinaire, Joe.

— Merci. Je précise que c'est également vrai quand je ne suis pas au lit.

Le sourire de Genevieve s'élargit. Elle se lova contre lui et murmura tandis qu'il l'étreignait :

— Je suis inquiète pour toi, Joe.

Il prit son temps avant de répondre :

— Tu sais, toi aussi, tu as dû faire un mauvais rêve, la nuit dernière.

— Ah bon ?

Il hocha la tête.

— Je ne me souviens pas, dit-elle.

— Tant mieux, assura-t-il en se rappelant la façon dont elle s'était brusquement redressée dans son sommeil, comme si elle observait quelque chose ou qu'elle surveillait quelqu'un.

Eh bien ! Finalement, ils étaient tous les deux bons pour la psychanalyse.

Sauf que Genevieve ignorait que quelque chose n'allait pas. Elle ne se rappelait pas avoir rêvé. Et elle ne savait pas que…

Que lui, Joe, entendait des morts parler.

— Tu te sens bien, tu es sûr ? demanda-t-elle d'un air anxieux. Je ne veux pas te mettre la pression, tu sais. Je suis ravie de t'avoir avec moi, mais…

— Ne t'inquiète pas. Je me sens très bien.

— Joe, insista-t-elle, Joe, tu as parlé en dormant, et…

— Qu'est-ce que j'ai dit ?

— « Non, ne meurs pas ! Tu ne peux pas mourir. »

Il grimaça. Qu'est-ce qui serait pire : mentir en répondant qu'il avait rêvé de Leslie, ou lui avouer qu'il voyait quelqu'un l'étrangler, elle ?

— Je sais ce que tu penses, mais je ne rêvais pas de Leslie, dit-il doucement.

Elle déglutit, le regard empreint de tendresse et de compassion.

— Tu disais aussi autre chose, Joe.

— Quoi donc ?

— « Je ne parle pas aux morts. C'est faux. »

— Waouh ! On dirait que j'ai des cauchemars de première classe, non ?

— Il y a longtemps que tu fais ce genre de rêve ?

— Je ne pense pas.

— Est-ce… à cause de moi ? reprit-elle, l'air un peu abattu.

— Seigneur Dieu, bien sûr que non !

— La dernière chose que je souhaite, c'est te faire du mal, Joe.

— Moi non plus, je ne veux surtout pas te faire de mal, affirma-t-il. Et je ne laisserai personne t'en faire. Si quelqu'un essayait, je serais capablc dc lc tucr.

Elle effleura son visage d'un geste qui n'appartenait qu'à elle. Et il se sentit fondre.

— Joe, je suis tellement heureuse que tu sois ici avec moi. J'en avais envie depuis… depuis un bon moment, je dois le dire.

— Tu es une femme de rêve, lui dit-il avec feu. Tu évoques le plus merveilleux des rêves, et en aucun cas un cauchemar.

Après un moment d'hésitation, Genevieve finit par esquisser un sourire légèrement ironique.

— Je sais que je dois me méfier de ton côté tête de mule… mais je persiste à dire que tu es exceptionnel.

— Vous me faites trop d'honneur, madame.

Il fit courir sa main le long de son dos, avec une lenteur calculée, érotique. Puis il se tourna vers elle pour l'embrasser.

Et il lui fit l'amour.

Ils se rendormirent sans qu'aucun rêve ne vienne plus les troubler.

Joe avait un problème. Elle en était sûre, même s'il s'ob-stinait à le nier.

Le lendemain matin, assise à sa table de travail, son bol de café devant elle, Genevieve tournait et retournait l'idée dans sa tête : Joe était sérieusement préoccupé.

Je ne parle pas aux morts. C'est faux.

Elle décrocha le téléphone, hésita, puis raccrocha.

Elle était dévorée d'inquiétude.

Joe l'aimait sincèrement, elle n'en doutait plus. Sa passion, quand il faisait l'amour, n'était pas feinte. Il la taquinait et, quand elle ripostait sur le même ton, il éclatait d'un rire joyeux.

Seulement, il avait ces terribles cauchemars. De ceux qui vous font vous redresser brusquement, en pleine nuit, comme un animal aux aguets. Des cauchemars qui semblaient l'enserrer brutalement dans un étau.

C'était probablement récent. Depuis qu'il couchait avec elle ?

Cela n'augurait sûrement rien de bon pour leur future relation.

Elle ouvrit un tiroir de son bureau qu'elle n'avait pas inspecté depuis des mois. Il contenait les coupures de presse parlant de son kidnapping.

Et aussi de son sauvetage.

Sur une photo, dans l'un des articles, on reconnaissait un certain Adam Harrison. A l'époque, il était venu suivre l'affaire car il était ami avec Leslie. Or, Leslie avait des talents de médium. Des talents parfaitement authentiques.

Depuis cette période difficile, Genevieve se rappelait fort bien Adam et son entreprise : les Enquêtes Harrison. Adam s'exprimait toujours d'une voix égale, rassurante, et il n'avait jamais traité Genevieve en petite chose fragile autour de laquelle il aurait fallu chuchoter et marcher à pas de loup. Eileen le connaissait, elle aussi, mais par l'intermédiaire d'une autre source : ils étaient nés tous deux dans un milieu très fortuné et ils se croisaient régulièrement dans diverses manifestations caritatives.

Genevieve alluma son ordinateur et se mit à surfer sur internet. Elle dénicha plusieurs reportages sur d'étranges phénomènes qui cessaient après l'intervention des enquêteurs de chez Harrison. On comprenait entre les lignes que même le gouvernement avait fait appel aux services d'Adam.

La jeune femme alla ensuite sur la page d'accueil du site « Enquêtes Harrison », mais elle n'y apprit rien.

C'était juste un formulaire du type « pour nous contacter ».

Genevieve réfléchit. Puis elle répondit aux questions types pour expliquer qui elle était…

Et ce qui arrivait à Joe dans son sommeil.

Joe avait pris rendez-vous avec Larry Levine pour déjeuner. Ils se retrouvèrent dans un bar, non loin de la cathédrale Saint-Paul.

— J'ai lu votre article sur la cérémonie, ce matin, dit Joe.

Larry sourit, l'air flatté.

— Il était bon, hein ?

— Excellent. Un bel hommage, répondit Joe.

— Votre enquête avance ? Puis-je vous aider en quoi que ce soit ? s'enquit Larry d'un ton anxieux.

— Le jour où Thorne est mort, vous étiez à votre bureau, n'est-ce pas ?

— Oui. Je n'ai pas quitté les locaux de la journée.

— Pourquoi ? demanda Joe.

Brusquement, Larry eut l'air beaucoup moins coopératif.

— Je ne suis pas riche. Je dois travailler d'arrache-pied pour gagner ma vie, dit-il.

Joe sourit machinalement.

— Et donc vous travaillez tous les jours de la semaine ?

— S'il le faut, oui, répondit Larry d'un air sombre. Je suis sans cesse à l'affût d'un scoop. Comme n'importe quel reporter.

— Pourquoi ne pas écrire un livre ? Y avez-vous déjà songé ? Comme cet essai que Thorne a publié sur la vie et l'œuvre d'Edgar Poe ?

Larry resta silencieux, les yeux fixés sur Joe. Il attrapa le sucrier et versa du sucre dans son café.

— C'est moi qui ai suggéré à Thorne d'écrire ce livre, dit-il enfin. En utilisant les informations que nous avions recueillies lors de nos réunions. Essayez de comprendre. Nous avons tous une vie personnelle, nous ne passons pas le plus clair de notre temps à honorer la mémoire d'un poète maudit. Mais Poe est un sujet d'étude particulièrement fascinant. C'était un homme à la fois brillant et mélancolique. Il était son propre ennemi. Savez-vous que la première lecture publique du « Corbeau » a eu lieu à Greenwich Village ? Bref, oui, j'aimerais bien écrire un livre sur Poe, moi aussi. Ou sur autre chose. Ça n'enlève rien au fait que Thorne a réussi une sacrément bonne biographie. Je lui enviais son talent, c'est vrai. Mais je me trouvais dans les locaux du journal le jour où il est mort. J'étais invité au même dîner que lui et c'est pour ça que j'étais au bureau : comme j'avais fait la foire avec des amis de Buffalo, le vendredi, au lieu de finir mes rubriques habituelles, j'étais venu travailler le dimanche. C'est facile à vérifier.

Larry avait l'air parfaitement sincère.

— Que pensez-vous des autres membres du conseil d'administration ? lui demanda Joe.

Larry se mit à rire.

— Nous sommes censés être amis, mais… Vous voulez une réponse franche ?

— De préférence.

— Voyons voir. Le statut social de Lila et la fortune dont elle a hérité lui permettent d'occuper le devant de la scène. Par-dessus le marché, elle a des opinions bien arrêtées et, à mon avis, elle avait le béguin pour Thorne. Thorne ne lui accordait aucune attention, bien entendu. Avec son fric, il avait des jeunesses à ses basques en permanence. Lou… Lou est d'une tout autre nature. Barbara est une petite souris, mais au moins c'est une petite souris qui aime Edgar Poe. Eileen est tout simplement la classe incarnée. Mary Vincenzo ne se montrait que pour accompagner Thorne et Jared… Jared ? Un gosse de riches. Un enfant gâté. Don Tracy, lui, aime s'écouter parler. Il fraye avec les plumes célèbres, juste pour avoir son nom dans le journal. Brook Avery aimerait bien être un grand écrivain, mais il a encore du chemin à parcourir. Nat Halloway est un financier qui aime fréquenter des cercles un peu artistiques, ce que lui permettaient ses relations avec Thorne… Sam Latham ? Un brave type. J'espère qu'il sortira bientôt de l'hôpital.

— Finalement, qui a tué Thorne, d'après vous ?

— Lila, répondit Larry sans hésiter.

Quand Joe s'en alla, son carnet de notes était rempli des noms et des numéros de téléphone de gens qui, d'après Larry, étaient prêts à affirmer qu'il avait travaillé sans interruption le jour de l'assassinat de Thorne. Joe avait aussi l'intime conviction — même si ça ne prouvait rien — que Larry disait la vérité, au moins pour ce qui le concernait. En revanche, il n'était absolument pas convaincu de la culpabilité de Lila. Elle insistait bien trop pour accuser Larry. Les vrais coupables ont tendance à faire profil bas. Or, Lila adoptait l'attitude inverse.

Il était tard et Joe se mit à déambuler au hasard. Il aimait le bas de Manhattan et, en même temps, il le détestait à cause de tout ce qu'il y avait perdu. Il finit par se retrouver debout sur le trottoir, en face de l'une des plus anciennes demeures historiques du quartier : Hastings House. C'était là que Matt était mort dans une explosion et que Leslie avait failli périr avec lui. Mais, ce jour-là, elle avait survécu, et elle était revenue à New York. Puis à Hastings House.

Et puis, finalement, elle était morte, elle aussi, pour sauver Genevieve.

Il contempla la bâtisse. La dernière visite guidée était terminée depuis longtemps. Etonné, il vit la porte s'ouvrir. A sa connaissance, pourtant, personne après Leslie n'avait plus jamais séjourné dans cette ancienne maison coloniale. Les tunnels qui, par les caves, conduisaient au réduit abandonné du métro dans lequel Genevieve avait été retenue prisonnière avaient été condamnés, définitivement détruits à la dynamite.

Personne n'aurait dû se trouver là. Il ne voyait d'ailleurs aucune silhouette, alors même que la porte s'était ouverte.

Instinctivement, il porta la main à son arme, dissimulée sous sa veste, et traversa la rue.

Le portail du jardin s'ouvrit sous sa poussée, alors même qu'il aurait dû, lui aussi, être verrouillé.

Peut-être qu'un membre du personnel était encore là. Peut-être que l'un des guides en costume d'époque finissait un travail, et qu'un simple courant d'air avait ouvert la porte…

Sans aucune raison logique, il se sentait responsable

de cette maison. Peut-être en souvenir de Leslie. Parce qu'elle lui avait transmis son goût pour le passé et pour l'histoire.

En outre, Leslie adorait cette demeure, même après que Matt y eut trouvé la mort.

Il remonta l'allée et grimpa les marches du perron.

La seule lumière qui brillait à l'intérieur était celle des ampoules rouges du système de sécurité. Joe fit un pas et s'immobilisa.

— Il y a quelqu'un ? lança-t-il à voix haute.

Il s'avança dans le hall, leva les yeux vers l'escalier. L'étage était noyé dans l'obscurité.

— Il y a quelqu'un ? répéta-t-il.

Il sentit quelque chose lui frôler la joue.

Joe.

Ce n'était qu'un murmure, si faible qu'il pouvait l'avoir imaginé.

Bien sûr qu'il l'avait imaginé, voyons !

Est-ce qu'il perdait la tête ?

Il faillit se précipiter hors de la maison en hurlant. Mais cette réaction aurait manqué de virilité.

— Qui est là, bon sang ?

Joe, tout va bien. Tu dois juste apprendre à écouter.

Un bruit de trottinement lui parvint depuis la cuisine. Il se força à diriger ses pas dans cette direction, même si son instinct le poussait à fuir.

— Qui êtes-vous ? Montrez-vous, maintenant !

Le trottinement se fit de nouveau entendre.

De mieux en mieux. Qu'est-ce qu'il allait trouver ? Une silhouette fantomatique, drapée de blanc et flottant au-dessus du sol ?

Il sentit de nouveau un frôlement, comme une brise imperceptible, mais tiède au lieu d'être froide, presque vivante… presque tendre. *Joe, reste calme ! Je t'en prie, Joe !*

Serrant les dents pour se maîtriser, il entra dans la cuisine. Alors que toutes les autres pièces étaient meublées dans le style de l'époque, la cuisine était équipée de façon ultramoderne. Il entendit encore une fois un léger bruit de pas, et serra le poing sur la crosse de son arme.

Non, Joe… Tu ne risques rien, dit la voix.

Il nota que la voix et le bruit de pas ne provenaient pas du même endroit.

Quelque chose se mit à bouger. Une ombre s'éleva.

Joe, ce n'est qu'une gosse.

Puis l'ombre elle-même se mit à crier d'une voix juvénile :

— Ne me faites pas de mal !

10

— Montrez-vous ! ordonna Joe.

L'ombre se trouvait près du réfrigérateur. A la lueur rougeâtre des alarmes, il vit qu'il s'agissait d'une adolescente. Elle avait des cheveux blonds, ébouriffés, et un petit visage émacié par la faim.

— Ne me tirez pas dessus ! Je vous en prie, ne tirez pas !

Joe exhala un long soupir. Il ne s'était même pas rendu compte qu'il retenait sa respiration. En fait, il n'avait jamais été aussi soulagé de sa vie. Cette gamine était vivante. En chair et en os.

Sauf que… ce n'était pas elle qui avait murmuré à l'oreille de Joe.

— Qui êtes-vous ? Que faites-vous ici ? demanda-t-il.

La réaction de l'adolescente le prit au dépourvu. Elle fondit en larmes et vint en courant se jeter dans ses bras.

— J'ai tellement peur ! lui dit-elle.

— Allons, allons, tout va bien ! répondit-il maladroitement.

Il s'écarta en songeant qu'il devait s'agir d'une fugueuse.

— Comment vous appelez-vous ?

— Debbie.

— Debbie comment ?

— Smith.

Il faillit éclater de rire. Elle donnait le premier nom qui lui venait à l'esprit, c'était évident.

— Eh bien, mademoiselle Debbie… Smith, qu'est-ce qui vous fait si peur ? Et que faites-vous dans cette maison ? demanda-t-il avec douceur.

— Je… je me suis faufilée avant la fermeture.

— En laissant la porte ouverte.

Elle le dévisagea en secouant la tête.

— Non. J'ai refermé, affirma-t-elle.

— D'accord. Attendez une minute, fit-il en prenant son téléphone portable.

Il avait l'intention d'alerter la police, mais, après réflexion, il appela Genevieve.

— Joe !

Elle paraissait soulagée de l'entendre et, en même temps, embarrassée. Il en fut surpris, mais il n'avait pas le temps de lui demander pourquoi.

— Gen, je… je vais avoir besoin de vos talents d'assistante sociale, dit-il.

— Ah bon ? Où êtes-vous ? demanda-t-elle, intriguée.

— A Hastings House.

— A Hastings House ? répéta-t-elle d'une voix inquiète.

— La porte était ouverte et j'ai découvert à l'intérieur une jeune personne nommée Debbie Smith. Elle se cachait et je ne sais pas très bien ce que je dois faire d'elle.

— Quel âge a-t-elle ? demanda Genevieve.

— Je l'ignore.

— J'arrive tout de suite.

— Non !

Il ne voulait pas qu'elle sorte seule, la nuit.

— Eh bien, venez me chercher si vous préférez. Vous pouvez amener cette jeune fille avec vous. Je resterai à côté du portier jusqu'à votre arrivée.

— D'accord. Je serai là dans dix minutes.

Il raccrocha et regarda l'adolescente.

— Vous… vous n'allez pas prévenir la police, n'est-ce pas ? supplia-t-elle.

— Pas encore. Pour l'instant, nous allons chez l'une de mes amies. Ensuite, j'appellerai quelqu'un pour qu'on vienne fermer cette maison.

Il laissa la porte ouverte après l'avoir franchie. Pourtant, elle se referma derrière eux et il entendit un verrou glisser dans sa gâche.

— Bon sang ! s'écria la gamine avec un haut-le-corps.

— Ça doit se refermer automatiquement, dit-il, soulagé de ne pas devoir appeler les responsables de Hastings House pour leur raconter ce qui venait de se passer.

Il guida la jeune fille dans l'allée. Quand ils se retrouvèrent dans la rue, le portail se referma derrière eux de la même façon.

— Vous n'allez pas me laisser en plan, hein ? supplia Debbie d'un air paniqué.

— Non. Nous allons chez une amie, je vous l'ai dit. Elle saura quoi faire.

Quand ils eurent récupéré sa voiture, ils se retrouvèrent coincés dans les embouteillages. Joe se rongeait les sangs à l'idée que Genevieve l'attende dehors. Il devenait parano, d'accord, mais ses récents cauchemars le hantaient.

Il commençait même à se demander s'il n'était pas en train de perdre la boule.

La jeune fille restait silencieuse. Il aurait voulu l'aider à s'exprimer, mais il ne savait pas très bien par où commencer.

— Dites-moi, Debbie… d'où venez-vous ? demanda-t-il enfin.

Elle lui jeta un regard terrifié, comme s'il avait menacé de la torturer.

— Je suis d'ici, répondit-elle.

Un mensonge, comme le fait de s'appeler « Smith ».

— Admettons, marmonna-t-il. Bon, je vais essayer autre chose… Quel est votre plat préféré ?

Cette fois, elle tourna la tête vers lui.

— En ce moment, je peux manger n'importe quoi, du moment que ça ne sort pas d'une poubelle, répliqua-t-elle.

Cette fois, se dit-il, elle ne mentait pas.

Il se trouvait dans un tel état de tension que quand il put enfin se garer devant l'immeuble de Genevieve et qu'il la vit en train de bavarder avec Mac, le portier, il éprouva un immense soulagement.

La jeune femme se précipita vers la voiture et s'assit en un clin d'œil sur le siège arrière.

— Bonjour ! dit-elle gaiement à Debbie. Je m'appelle Genevieve.

— Debbie, murmura la gamine.

— Où allons-nous ? demanda Joe en regardant Genevieve dans le rétroviseur.

Elle haussa les épaules.

— Chez O'Malley's, bien sûr !

Il acquiesça.

Quelques minutes plus tard, il déposait les deux femmes devant le pub et partait en quête d'une place de parking. Par chance, il en trouva une assez vite.

Quand il rejoignit Genevieve et Debbie, elles étaient en train de jouer aux fléchettes avec les deux vieux habitués qu'il préférait : Angus MacHenry et Paddy O'Leary.

— Joseph Connolly, tu en as mis du temps ! lança Paddy.

— C'est que je vieillis, répliqua Joe.

— En tout cas, cette jeune personne est championne aux fléchettes, dit Angus. Et c'est une Douglas. Une véritable Ecossaise.

Joe regarda Genevieve, qui haussa les épaules en souriant.

— Une Douglas de Philadelphie, murmura-t-elle.

Debbie vint alors se planter devant Joe, et elle l'étreignit rapidement. Puis elle le regarda d'un air embarrassé.

Il lui sourit en essayant de dissimuler sa propre gêne.

— Philadelphie, alors, c'est ça ? dit-il.

Elle hocha la tête et lança une fléchette.

— Joli coup ! fit Genevieve d'un ton encourageant.

Joe regarda Angus lancer un défi à Debbie pour une partie à deux. Elle accepta en promettant de faire mieux que lui.

— Fugue ? chuchota-t-il à l'oreille de Genevieve.

— Oui. Mais nous avons appelé ses parents. Ils sont en route.

Elle se tourna vers lui pour expliquer à voix basse :

— Elle est venue à New York avec des amis plus âgés qui ont fini par la laisser tomber, il y a quelques jours, quand ils se sont liés d'amitié — et plus — avec un couple de drogués. Comme il y avait dans la rue des marginaux un peu agressifs, elle a eu peur et s'est réfugiée dans Hastings House. Heureusement, ils n'ont pas réussi à la suivre.

— Ils n'ont pas pu entrer derrière elle ?

Genevieve haussa les épaules.

— Non. C'est bizarre, hein ?

— Pourquoi, « bizarre » ? demanda-t-il d'une voix étranglée.

— Quand elle s'est mise à courir vers la maison, le portail et la porte d'entrée se sont ouverts. Mais dès qu'elle est entrée, ils se sont tous les deux refermés. A clé.

Joe fronça les sourcils, sans quitter Genevieve du regard.

— Il doit y avoir des faux contacts dans le système d'alarme, marmonna-t-il.

— C'est ça… des faux contacts, répéta-t-elle, l'air peu convaincu.

— Tu as passé une bonne journée ? reprit-il.

Elle hocha la tête en souriant.

— Très bonne. Et ton entretien avec Larry Levine ? Ça s'est bien passé ?

Joe haussa les épaules.

— Je le crois sincère.

— Bref… pour l'instant, toujours aucune piste, dit-elle.

— Gen, tu sais aussi bien que moi que ça peut prendre beaucoup de temps, dit-il.

Elle acquiesça en se mordant la lèvre.

— Et voilà des hamburgers !

Kathryn, la serveuse qu'ils avaient vue quelques jours plus tôt, se frayait un chemin dans la petite foule agglutinée près du bar. Debbie se retint pour ne pas applaudir.

— Merci ! dit-elle avec ferveur.

Angus donna une bourrade à Joe.

— Merci de notre part aussi, Joe. Gen dit que tu invites tout le monde, aujourd'hui.

— Avec plaisir, dit Joe en riant, tandis qu'Angus, Paddy et Debbie s'emparaient du ketchup et de la moutarde.

— Tu sais, Joe, tu as eu une bonne réaction, tout à l'heure, dit Genevieve.

— Laquelle ?

— En n'appelant pas la police. Debbie avait mal choisi ses compagnons, voilà tout. Elle traînait depuis cinq jours. Ses parents avaient signalé sa disparition, mais… tu sais comment ça se passe. Bref, si tu avais alerté les flics, ça aurait pu devenir très compliqué.

— Alors… je suis ravi de t'avoir appelée.

— Moi aussi. Tu veux un hamburger ?

— Bien sûr ! Je vais suivre le mouvement.

Avec un grand sourire, Genevieve fila vers le bar prévenir Kathryn. Joe se glissa sur la banquette, à côté d'Angus.

— As-tu entendu la façon dont cette vieille baraque de Hastings House a abrité la petite ? lui demanda Paddy.

— Quoi ? fit Joe.

Debbie le regarda. C'était une ravissante gamine, avec de grands yeux bruns.

— Ce soir, cette maison m'a sauvé la vie, dit-elle. Enfin, vous aussi, bien sûr. Mais la façon dont la maison s'est ouverte pour me laisser passer, juste au moment où on me poursuivait… c'est bizarre.

— C'est l'alarme, fit Joe sans croire à ce qu'il disait.

Car il avait *entendu.*

Il avait entendu Leslie chuchoter à son oreille, s'assurer qu'il ne prenait pas Debbie pour une criminelle, puis le dissuader de tirer.

Et il ne pouvait pas s'empêcher de penser qu'elle avait aussi essayé de lui dire autre chose.

Il serra les dents.

— Un problème d'alarme, voilà tout, répéta-t-il.

Debbie le dévisagea.

— Cette maison m'a sauvée, répéta-t-elle d'un air sombre. Vraiment.

Hastings House. L'endroit où Matt était mort, songea Joe. Là où se trouvait la galerie où Leslie était morte, elle aussi. Et où Genevieve avait été retenue prisonnière.

Un endroit maudit, se dit-il.

Mais certainement pas hanté. Impossible !

Quelques minutes plus tard, Genevieve réapparut et s'assit à son côté.

— Quel âge a-t-elle exactement ? demanda Joe.

Il parlait de Debbie, qui venait de finir son hamburger et était retournée jouer aux fléchettes.

— Quinze ans.

— Encore une gosse ! dit-il.

Genevieve haussa les sourcils.

— Elle a de la chance. Tu dois le savoir, avec tous les enfants disparus que tu as dû rechercher. En général, à quinze ans, elles sont déjà camées et à deux doigts de la prostitution.

— Et elles deviennent des Candy Cane, conclut Joe.

— Exactement, fit Genevieve. Au fait, tu as de ses nouvelles ?

Il secoua la tête.

— Non. J'y retournerai demain.

Quelques heures plus tard, les parents de Debbie entrèrent dans le pub. Ils serrèrent leur fille dans leurs bras en versant des torrents de larmes, puis remercièrent Joe et Genevieve.

Au moment de partir, Debbie étreignit longuement Genevieve, puis se tourna vers Joe et braqua sur lui un regard grave.

— Merci, dit-elle simplement.

— Ne quittez plus vos parents, d'accord ? Ils m'ont l'air sympa, dit-il.

— Oui… Mais ce n'est pas mon père, chuchota-t-elle. C'est le mari de ma mère. Ils viennent d'avoir un bébé.

— Mais ils vous aiment.

Elle redressa les épaules.

— Ecoutez, je sais que je me suis conduite comme une idiote. J'ai juste imaginé que ce serait super de voir New York. Et je pense aussi que… ça va vous paraître bizarre, mais… je pense que cette maison s'est servie de moi pour entrer en contact avec vous.

Il secoua la tête.

— Voyons, Debbie, ce n'est qu'une maison !

Elle soutint son regard sans ciller.

— Non. C'est bien plus. Le bâtiment… il *respire*. Comme s'il avait un cœur en train de palpiter. Je vous jure. Ça n'a rien de diabolique. Ça m'a sauvée, moi. Pourtant, c'est *vous* qu'on voulait voir.

Joe sentit un léger frisson le parcourir. Une gamine — une *gamine* — était en train de lui expliquer que Hastings House… était *vivante*.

C'était grotesque.

Debbie avait eu peur. Elle était traumatisée. Du coup, elle interprétait les événements de manière effrayante, alors qu'il y avait forcément une explication parfaitement logique à tout ça.

Dès qu'elle fut partie, Joe se dit qu'il avait besoin d'une bière.

Ensuite, ils rentrèrent chez Genevieve.

Il feignit d'être absolument épuisé et alla se coucher. Il n'avait pas le choix. On chuchotait à son oreille, et c'était la voix de Leslie.

Dès qu'il sombra dans le sommeil, il se mit à rêver. Genevieve marchait vers lui. Ils se trouvaient sur une plage, ou peut-être même au milieu des nuages. Elle portait un vêtement aérien qui flottait comme une traîne dans la brise. Elle souriait, l'air radieux. Ses cheveux fouettaient son visage comme une soie sombre.

Quant à scs yeux…

Leur bleu évoquait l'éternité.

Son sourire était enthousiaste, comme si elle attendait quelque chose… un événement positif.

Puis des marques sombres apparaissaient sur sa gorge. Ses yeux commençaient à sortir de leurs orbites. Elle le regardait fixement, haletait, s'étranglait.

Il l'entendit murmurer : *Aide-moi, je t'en prie, aide-moi !* Il se réveilla en sursaut.

Genevieve dormait à côté de lui, vêtue d'un débardeur et d'un boxer jaune pâle. Elle respirait calmement. Les rais de lumière filtrant des rideaux allumaient des braises scintillantes dans ses cheveux.

Il se rallongea, convaincu qu'il devenait fou, puis se rassit brusquement, comme mû par un ressort.

Debbie affirmait que Hastings House semblait respirer, et que la maison l'avait volontairement sauvée.

Or, quelque chose — ou quelqu'un —, dans Hastings House, avait chuchoté à son oreille, quand il était entré.

Les morts lui parlaient.

Il fixa le plafond, les mâchoires serrées. Non ! Il refusait de communiquer avec les revenants. Il n'avait rien à faire avec eux. Il ne croirait jamais qu'une maison puisse être hantée, et encore moins vivante.

Subitement, il eut peur. Non pas pour lui-même, mais pour Genevieve.

Peur que ces cauchemars aient une signification et qu'elle soit réellement en danger.

Appuyé sur un coude, il la regarda dormir, résistant à l'envie de la toucher.

Mais elle battit des paupières, comme si elle percevait l'inquiétude de Joe, même dans son sommeil.

Elle ouvrit les yeux et vit qu'il l'observait.

— Que se passe-t-il ? demanda-t-elle en se redressant.

— Rien, dit-il doucement.

— Mais…

— Je te regardais, c'est tout, fit-il en se disant qu'il ne mentait qu'à moitié.

Elle lui effleura le visage d'un geste qui lui était

particulier. Et, quelques secondes plus tard, ils étaient en train de faire l'amour.

Quand elle se rendormit, il resta immobile, conscient de lui avoir caché la vérité. A savoir, qu'il était entré à Hastings House et qu'une femme dont il avait été autrefois amoureux avait murmuré des mots à son oreille.

Leslie.

Une morte.

Genevieve ignorait également qu'il la voyait, elle, dans son cauchemar. Et que quelqu'un était en train de l'étrangler.

Elle ne savait pas que l'homme auquel elle accordait sa confiance perdait peu à peu la raison.

Le lendemain matin, il partit avant qu'elle ne se réveille.

Il était anxieux, car Lori Star ne l'avait pas recontacté.

Il se rendit chez elle, mais personne ne répondit à son coup de sonnette. Il se dirigea vers l'appartement de Susie qui, au même instant, ouvrit sa porte et vint lui parler, l'air désemparé.

— J'allais vous appeler aujourd'hui, dit-elle. Je ne sais plus quoi faire. J'ai l'impression que Lori n'est jamais revenue chez elle.

Joe fronça les sourcils.

— Vous ne l'avez pas vue depuis dimanche ?

— Non. Je ne sais vraiment pas quoi faire. Je ne fais pas partie de sa famille. Et puis j'ai toujours entendu dire qu'il fallait attendre quarante-huit heures pour lancer un avis de recherche, en cas de disparition. Mais je ne sais même pas si elle a disparu… Mon Dieu, je suis morte d'inquiétude !

— Vous avez raison, il est temps de signaler sa disparition. Je vais vous accompagner au commissariat.

— Au commissariat ? Non. Ecoutez, monsieur Connolly, je… j'ai déjà été arrêtée, vous savez.

— Ça n'a pas d'importance, assura-t-il.

Mais comme elle refusait obstinément de le suivre, il décida d'appeler Raif.

— C'est un boulot pour les Personnes recherchées, lui dit Raif.

— Oui, mais il s'agit de la jeune femme qui est passée à la télévision après l'accident sur l'autoroute FDR. Celle qui se prétend médium.

— Alors, adresse-toi au service de la circulation.

— Raif, bon sang ! Sam Latham a été blessé dans cet accident. Il y a peut-être un rapport.

— Et peut-être pas.

Joe se retint pour ne pas exploser.

— Bon. Avez-vous du nouveau sur l'assassinat de Thorne Bigelow ? demanda-t-il.

— Non, avoua Raif.

Il soupira et enchaîna :

— D'accord, je t'envoie quelqu'un.

— Il faut entrer dans l'appartement, dit Joe.

— Demande à son amie si elle a la clé, dit Raif. Peut-être qu'elle était chargée d'arroser les plantes, ce genre de truc.

Joe se tourna vers Susie.

— Avez-vous une clé de chez Lori ? demanda-t-il.

Elle fit signe que non.

Joe reprit son portable.

— Rien à faire, Raif. Pourrais-tu nous fournir un mandat, sous un prétexte quelconque ? Au cas où elle serait morte et que son corps se trouverait à l'intérieur ?

— D'accord, d'accord, dit Raif. J'arrive dès que je peux.

Il arriva enfin, accompagné d'un enquêteur du service des disparitions.

Susie fit de son mieux pour répondre aux questions, mais elle ne savait pas grand-chose. Elle n'avait jamais rencontré aucun membre de la famille de Lori, et elle ne savait même pas si Lori Star était son vrai nom.

Tandis que l'officier interrogeait Susie, Raif, mandat en poche, pénétra dans l'appartement. Joe le suivit sans même demander la permission.

— Tout semble en ordre, dit Raif.

Il se tourna vers Joe avec un soupir.

— Ecoute, je sais que tu la prends au sérieux, mais… c'est une prostituée. Elle s'est peut-être installée dans un motel, quelque part.

— D'après Susie, elle est partie sans emporter aucun effet personnel, répliqua Joe. Elle allait « voir un type à propos d'un cheval ». Mon sentiment, c'est qu'elle avait rendez-vous avec quelqu'un et que ça n'a pas très bien tourné.

— Ou alors, ça a *très* bien tourné, au contraire ! riposta Raif. Est-ce que tu as vu *Pretty Woman* ?

— Raif, tu parles sérieusement ? demanda Joe.

— Non. En fait… je ne sais pas quoi te dire.

Joe fouilla l'appartement. Mais il eut beau le passer au peigne fin, tout semblait normal. Lori n'avait même pas noté l'adresse de son rendez-vous sur le bloc-notes du téléphone.

— Pourrais-tu au moins retrouver la trace de ses conversations téléphoniques ?

— Je vais mettre quelqu'un dessus, promit Raif.

Finalement, n'ayant plus rien à faire sur place, Joe s'en alla, contrarié.

En quittant l'immeuble, cependant, il se remémora la première fois que Genevieve lui avait soumis le problème du meurtre de Thorne Bigelow.

Avec cette note : « Meurs, dit le corbeau. »

A New York, Poe n'avait pas été traité comme il le souhaitait. Certes, il était plutôt défaitiste, mais il était quand même venu dans l'espoir de faire fortune. Or, il n'avait trouvé dans cette ville ni la gloire qu'il espérait, ni la richesse. En désespoir de cause, il était parti chercher du travail à Philadelphie.

Après son départ, un meurtre avait été commis : celui de Mary Rogers, décrite à l'époque comme la « jolie cigarière ». Elle avait disparu un dimanche.

Exactement comme Lori Star.

Elle avait quitté son domicile de son plein gré.

Comme Lori.

Brusquement, Joe se sentit pris de panique. Il fallait absolument qu'il voie Genevieve, qu'il s'assure qu'elle allait bien. Il fonça jusque chez elle et donna son nom au gardien, qui l'autorisa à monter.

Genevieve vint lui ouvrir la porte, l'air inquiet.

— Que se passe-t-il, Joe ?

— Lori Star n'est jamais rentrée chez elle.

Genevieve saisit le téléphone, sur le plan de travail, et dit à un interlocuteur inconnu :

— Je vous rappelle plus tard, d'accord ?

Elle raccrocha et se tourna vers Joe.

— As-tu prévenu la police ?

— Oui, bien sûr.

Puis il ajouta en plongeant son regard dans le sien :

— Je vais rentrer chez moi.

— D'accord.

— Mais j'aimerais que tu viennes avec moi.

— Entendu.

La tension qui étreignait Joe s'atténua légèrement.

Genevieve était en sécurité. Il n'avait aucune raison de se laisser de nouveau envahir par la panique.

— Joe, qu'est-ce qui te préoccupe à ce point ? demanda-t-elle.

— Rien. Je… c'est juste une période difficile, répondit-il en se forçant à paraître détendu. Je ne serai pas tranquille tant que nous n'aurons pas retrouvé le meurtrier de Thorne Bigelow.

Elle le regarda en hochant la tête. Elle se doutait bien qu'il y avait autre chose, mais elle sentait qu'il n'aurait servi à rien de discuter.

Tandis qu'ils roulaient vers Brooklyn, il évita volontairement d'aborder des sujets graves. Il demanda juste à Genevieve si elle prenait régulièrement des nouvelles de sa mère.

— Bien entendu, répondit-elle.

Comme ils arrivaient devant chez Joe, elle demanda :

— Quel est le programme ? Que cherchons-nous ?

Il réfléchit, puis répondit :

— Ça te paraîtra peut-être exagéré et absurde…

— Vas-y, je t'écoute.

— Eh bien, supposons que quelqu'un ait décidé de reproduire les romans d'Edgar Poe avec de vraies victimes. Dans le cas de Sam, soit c'était prémédité, soit le meurtrier a saisi une occasion qu'il n'attendait pas. Mais si l'accident est bien lié au reste, alors il a dû avoir sacrément peur en voyant Lori Star partout dans les médias.

— Même si l'accident de Sam n'a rien à voir, le fait que Lori Star ait su ce qui s'était passé a très bien pu gêner quelqu'un, fit remarquer Genevieve.

— Exact.

— Tu crains qu'elle soit morte, n'est-ce pas ?

Il commença par nier, mais lorsqu'il croisa le regard de Genevieve, il dut lutter pour ne pas l'imaginer aux mains d'un étrangleur, comme dans ses pires cauchemars.

— Oui, fit-il.

— Et tu… tu penses que ces trois morts sont liées ? Même si tu m'as bien fait remarquer qu'on ne trouvait aucun homicide par accident de la circulation dans l'œuvre d'Edgar Poe ?

Soutenant toujours son regard, il répéta clairement :

— Oui.

— D'accord. Que faisons-nous, maintenant ?

— Des recherches.

— Sur ?

— *Le mystère de Marie Roget.* Etudie la nouvelle. Pendant ce temps, je vais me pencher sur le fait divers authentique.

Genevieve parut sceptique, mais elle prit le recueil

de nouvelles qu'il lui tendait. Il alla s'installer derrière son ordinateur et ils travaillèrent en silence pendant un bon moment.

Joe trouvait beaucoup de choses sur internet et il se mit à prendre des notes.

— Il y a une introduction intéressante dans ce livre, dit Genevieve qui s'était pelotonnée dans un fauteuil.

— Oui ?

— *Le mystère de Marie Roget* a d'abord été publié en trois volets. Poe connaissait sans doute la jeune fille mais il habitait déjà Philadelphie quand elle a été tuée. Il s'est dit que cette histoire pouvait le lancer dans le monde littéraire. Il était convaincu que la première disparition de Mary — elle avait en effet disparu une première fois, quelques années auparavant, pendant plusieurs jours — avait quelque chose à voir avec sa mort. La deuxième fois, elle était partie pour se faire avorter, et l'on pensait qu'elle était peut-être morte dans une maison du New Jersey, une espèce de modeste pension qui appartenait à une femme appelée Loss, mère de trois garçons. Les enquêteurs supposaient que les fils avaient pu faire disparaître le corps. En tout cas, personne n'a été poursuivi, et l'on n'a jamais découvert la vérité. Poe avait modifié son histoire avant la publication de la troisième partie, pour s'adapter aux dernières découvertes de l'enquête.

— « Quand on retrouva son corps, lut Joe sur l'écran de son ordinateur, le coroner remarqua qu'elle avait été étranglée. Elle avait des hématomes sur la gorge, et un morceau de sa robe avait été si étroitement noué autour de son cou qu'il avait entaillé les chairs. »

Il regarda Genevieve et ajouta :

— Je ne crois pas que Mary Rogers soit morte des suites d'un avortement, même si c'est pour ça qu'elle était venue dans le New Jersey. Je pense que le premier rapport du coroner était exact et qu'on l'a étranglée. Mais mes déductions n'ont pas d'importance. Ce qui compte, c'est que l'actuel meurtrier pense, *lui aussi,* qu'elle a été étranglée. A mon avis, il a agi en fonction de cela.

— Nous parlons de la méthode avant même d'être certains que Lori soit morte, Joe !

— Allons dans le New Jersey, suggéra-t-il.

— Tu penses la retrouver là-bas ? fit Genevieve avec une moue dubitative.

— C'est là qu'on va retrouver son corps, répondit-il brièvement.

Au même instant, son portable sonna. Il répondit :

— Ici Connolly.

— Joe, c'est Raif.

Raif avait une drôle de voix.

— Que se passe-t-il ? demanda Joe. Vous êtes tombés sur quelque chose ?

Il entendit Raif prendre une longue inspiration avant de répondre :

— Oui.

— Quoi donc ?

— Nous avons trouvé le corps.

Genevieve, les sourcils froncés, ne quittait pas Joe des yeux.

— Celui de Lori Star ? fit Joe, déjà sûr de la réponse.

C'était forcément ça. Et il imaginait déjà l'état du cadavre.

— Oui. En tout cas, c'est ce qu'on pense. Le corps est salement amoché.

— Vous l'avez trouvé flottant près de la rive, côté New Jersey, n'est-ce pas ? reprit Joe.

— Comment le sais-tu ? demanda Raif.

— J'ai lu *Le mystère de Marie Roget*, répondit Joe.

— Quoi ? Ah, la nouvelle de Poe ? Merde. Il va falloir que je me rafraîchisse la mémoire.

— C'est l'histoire d'un vrai meurtre.

— Extra ! dit Raif. Exactement ce qu'il nous fallait.

Joe pouvait imaginer Raif, assis sur le siège du passager, grommelant dans son téléphone tandis que Tom conduisait.

Vers le New Jersey ?

— Si je comprends bien, ce crime va être pris en charge par la police du New Jersey ? reprit Joe.

— Ouais, mais l'officier principal n'est pas un mauvais bougre. Je lui ai dit que ça nous intéressait et il a compris. Il sait que nous essayons de faire le lien entre Lori Star et les deux autres victimes. Ils tiennent à leurs prérogatives territoriales, mais ils ne sont pas stupides. Nous sommes les bienvenus.

Joe fit une grimace et se passa la main dans les cheveux.

— Est-ce que je peux me raccrocher au wagon ? demanda-t-il.

— C'est pour ça que je t'appelle, dit Raif. Nous sommes en route pour Jersey City.

« Bingo ! » songea Joe.

— Dites-moi où vous allez et je vous y retrouverai, fit-il.

Interlude

C'est vraiment très difficile, d'être un revenant. D'essayer de communiquer avec les vivants.

Ça tient à la nature humaine, j'imagine. Quand on est vivant, on meurt d'envie de savoir ce qu'il y a au-delà, après le monde où l'on respire. Et en même temps, on redoute de l'apprendre. Tant qu'on est vivant, on préfère se voiler la face, croire qu'on est immortel. « Les autres peuvent mourir, mais pas moi. »

Même les plus courageux des humains, ceux qui sont capables de se battre jusqu'au bout pour une cause, de pénétrer dans des immeubles en feu afin de sauver des vies, reculent à l'idée de regarder en face ce qui se cache au-delà de la mort.

Ce que les vivants ignorent, c'est que parfois, quand on a beaucoup de chance, on trouve quelqu'un qui vous attend de l'autre côté, et qui vous aide.

D'après Matt, je ne devrais pas pousser les gens à entrer dans Hastings House, là où je suis au sommet de mes pouvoirs. Il m'incite sans cesse à sortir. Mais quand ces deux-là sont passés tout près, j'ai bien été obligée d'intervenir. Evidemment, l'un comme l'autre *savaient*.

Au moins, ça m'a permis d'aider cette fille. Et c'est exactement ça le but : venir en aide aux autres.

Je me fais du souci pour Genevieve, d'ailleurs. Je n'ai aucune envie qu'elle meure. Or, j'ai la nette impression que quelqu'un *souhaite* sa mort.

Matt et moi, nous nous tenons au courant de ce qui se passe dans le monde. Il a trouvé le moyen d'allumer la télévision et il m'arrive à moi aussi d'y arriver. La plupart du temps, cela dit, la télé est déjà allumée, car les étudiants la regardent toute la journée. Ils laissent aussi traîner des journaux, ce qui nous permet d'avoir des nouvelles fraîches.

C'est pour cette raison que Matt a voulu sortir de Hastings House. Pour entrer en contact avec d'autres. Pour les aider.

Cela a été épuisant. Je peux me déplacer assez facilement dans les galeries du métro, et même me connecter au réseau des trains qui parcourt le New Jersey, mais dès qu'on quitte les tunnels, ça devient vraiment pénible.

Mais bon, je n'avais pas le choix. Nous avons suivi une galerie jusqu'à l'Hudson, puis nous sommes sortis et nous avons commencé à la chercher. Je n'arrêtais pas de me dissoudre. Matt ne m'a pas lâchée et il a trouvé le moyen de me maintenir à flot, de me garder, disons… « en vie », même si le terme n'est pas très heureux.

C'était très dur, mais nous avons réussi. Nous l'avons trouvée.

Lori Star. Elle tremblait encore de peur et elle se

sentait totalement perdue. Quant à ce qu'elle nous a raconté…

Dans un sens, ça nous a servi. Mais dans l'autre…

Pas du tout.

11

Genevieve se sentit encore plus choquée qu'elle ne l'aurait cru en apprenant que Lori Star était effectivement morte.

Assassinée. Sans doute par le meurtrier de Thorne Bigelow.

Personne, évidemment, à part Joe et elle-même, n'aurait aussitôt fait le lien entre les deux affaires. Mais Joe l'avait tout de suite pressenti. Il *savait*, avant même qu'on ne retrouve le corps de Lori, qu'elle avait été tuée, tout comme il savait que c'était dans le New Jersey qu'on allait la retrouver.

Genevieve se doutait bien qu'il n'allait pas l'emmener à son rendez-vous avec la police de cet Etat. Il se trouvait dans une position délicate et c'était une chance pour lui d'avoir Raif de son côté, tout comme Raif avait de la chance que la brigade criminelle du New Jersey, en acceptant l'hypothèse d'un lien entre la présente affaire et la mort de Thorne Bigelow, laisse les policiers new-yorkais assister à l'enquête.

Ça ne la dérangeait pas de rester là. D'autant moins qu'elle ne serait pas seule. Ce qui la tourmentait, c'était de le voir en permanence préoccupé, et surtout… comme hanté.

Elle se faisait du souci. La nuit précédente, par exemple, il s'était comporté bizarrement.

— Surtout, donne-moi de tes nouvelles ! lui dit-elle tandis qu'il la raccompagnait chez elle. Je t'en supplie !

— C'est entendu. En échange, promets-moi de ne pas bouger, d'accord ?

— Promis, répondit-elle.

Peu de temps après qu'il fut parti, elle reçut le coup de téléphone qu'elle attendait : celui d'Adam Harrison. Il avait bien eu son message. Il venait d'arriver à New York et il était tout disposé à la rencontrer quand cela lui conviendrait. Elle lui demanda de venir sur-le-champ.

En fait, elle avait l'impression de le connaître assez bien. Quand on l'avait retrouvée, après son kidnapping, et ramenée à l'air libre, il était là. Il avait assisté à l'enterrement de Leslie, dont il avait fait connaissance quand il était venu la guider dans ses visions pour l'aider à retrouver le souterrain abandonné où Genevieve était retenue prisonnière.

Adam Harrison était un homme digne, grand et mince, au port altier en dépit de son âge, avec une chevelure de neige et un regard empreint de bonté. Sa plus grande qualité était sans doute sa capacité d'écoute.

Il salua Genevieve avec chaleur, la tint à bout de bras quelques instants, la dévisagea d'un œil critique et décréta qu'elle avait une mine superbe.

Genevieve lui offrit du thé, s'assit en face de lui, s'enquit du temps qu'il faisait en Virginie, puis demanda des nouvelles de Brent et de Nikki Blackhawk, les agents d'Adam qu'elle avait rencontrés à New York l'année précédente.

De son côté, Adam demanda des nouvelles d'Eileen.

En fait, Genevieve n'arrivait pas à entrer dans le vif du sujet.

Adam posa gentiment une main sur la sienne et lui lança un regard encourageant.

Elle prit une profonde inspiration, puis se jeta à l'eau.

— Avez-vous déjà entendu parler d'un certain Thorne Bigelow ?

Adam fronça les sourcils.

— Oui, ma foi. Il a écrit un excellent essai sur Edgar Poe. Et il a été récemment assassiné, répondit Adam.

La jeune femme hocha la tête. Adam attendit patiemment qu'elle enchaîne.

— Il appartenait à un club, l'Association new-yorkaise des amis d'Edgar Poe, qui existe toujours et dont les membres s'appellent eux-mêmes les « Corbeaux ». Il faisait partie du conseil d'administration, comme ma mère.

— Ah ! murmura Adam.

Il s'assit plus confortablement et enchaîna :

— J'imagine que, du coup, vous avez engagé Joe pour enquêter sur l'affaire, car vous vous faites beaucoup de souci pour votre mère.

— Exactement.

— D'accord. Mais il s'est passé autre chose pour que vous soyez aussi inquiète, poursuivit Adam.

Genevieve lui raconta tout ce qu'elle savait sur le meurtre de Thorne Bigelow, sur l'accident de l'autoroute

FDR, sur la disparition de Lori Star et la toute récente découverte de son corps. Adam l'écouta d'un air grave.

— La police agit-elle efficacement, d'après vous ? demanda-t-il.

— Les enquêteurs chargés de l'affaire sont des amis de Joe, répondit-elle.

Elle haussa les épaules avant d'ajouter :

— Il a l'air de les trouver tout à fait compétents.

— Vous savez certainement, Genevieve, que mon entreprise mène des enquêtes sur l'occulte, dit-il.

— Oui.

— Croyez-vous avoir vu un fantôme ?

— Non, répondit-elle.

Mais aussitôt elle fronça les sourcils. La fois où elle s'était réveillée en pleine nuit, parce que Joe faisait un cauchemar... est-ce qu'elle n'avait pas rêvé, elle aussi ? En se retrouvant dans la peau de quelqu'un d'autre ? C'était flou.

— Je ne pourrai pas vous aider si vous ne me dites rien de plus, déclara Adam.

Elle eut un sourire sans joie.

— En fait, vous savez, j'ai toujours eu envie de voir un fantôme. J'avais même fini par me convaincre que j'en avais vu deux, l'an dernier, au cimetière : Matt et Leslie, bras dessus, bras dessous, disparaissant derrière une petite éminence... Mais je m'étais dit que j'avais simplement pris mes désirs pour des réalités, qu'il nous arrive souvent de voir et d'entendre ce que nous avons envie de voir et d'entendre. Vous ne croyez pas ?

— Je présenterais les choses comme ça, dit Adam : nos énergies, quand nous mourons, partent ailleurs, et il existe des gens capables de les percevoir. Mais ce n'est pas pour ça que vous m'avez fait venir. Dites-moi une fois pour toutes ce qui vous préoccupe tellement.

— C'est Joe, fit-elle.

— Je vois.

— Je pense qu'il est perturbé par quelque chose.

— Il vous l'a dit ?

— Non.

— Mais alors…

— Je m'en rends compte tout de même.

— Qu'est-ce qui vous interpelle chez lui ?

— Il est… bizarre. Comme si… je ne sais pas. Je n'arrive pas à expliquer. Tout a commencé quand…

Elle fit une pause pour se concentrer, puis enchaîna :

— Un jour, nous avions rendez-vous au musée, à l'occasion d'une réception. En l'honneur de Leslie, d'ailleurs.

Adam hocha la tête.

Elle poursuivit :

— Il ne s'est pas montré. Quand je l'ai appelé, il était chez O'Malley's. Il m'a dit qu'il n'avait pas pu venir à cause des embouteillages. Il y avait eu un terrible carambolage sur l'autoroute FDR, et Joe lui-même a sorti une petite fille d'une voiture. Sam Latham, un autre Corbeau membre du conseil d'administration, a été blessé dans cet accident…

— Quelqu'un a-t-il été tué ?

— Oui. L'oncle de la petite fille.

— Mmm…, murmura Adam, pensif.

— Et puis, hier soir… Joe est entré dans Hastings House.

— Ah bon ? s'écria Adam, aussitôt alerté.

— Il dit qu'il passait dans le quartier et qu'il a vu la porte ouverte. Il est entré et a trouvé une adolescente cachée à l'intérieur.

— Vivante, j'espère ? fit Adam.

— Oui, mais elle s'est comportée bizarrement. Elle affirme que la maison l'a sauvée. Quand des voyous se sont mis à la pourchasser, la maison se serait ouverte devant elle pour la protéger. Après cette histoire, Joe s'est montré étrange, lui aussi. Je suis convaincue qu'il s'est mis à penser sans cesse à Leslie. J'ai jugé préférable de ne pas aborder le sujet avec lui, même plus tard, quand… euh…

Un léger sourire se dessina sur les lèvres d'Adam.

— Dois-je comprendre que Joe et vous êtes… ensemble ?

Genevieve s'étonna de rougir aussi facilement.

— Oui. En tout cas, pour l'instant, répondit-elle. Je crains qu'il ne soit surtout poussé par une tendance hyperprotectrice à mon égard.

— Quand on a juste une attitude protectrice, on dort sur le canapé, souligna doucement Adam. Or, vous avez rougi d'une manière qui n'évoque rien de tel.

— Eh bien, euh…, balbutia-t-elle.

— Votre vraie crainte, c'est qu'il soit amoureux d'un fantôme, n'est-ce pas ? demanda Adam.

Comme elle n'avait pas envie d'admettre que les fantômes puissent exister, elle répliqua :

— Je pense qu'un homme peut effectivement être amoureux d'un souvenir.

— On a souvent tendance à enjoliver les souvenirs, fit remarquer Adam.

— Joe n'est pas du genre à avouer qu'il voit des revenants, déclara Genevieve. Mais étant donné la façon dont il a réagi à ce qu'a dit cette jeune fille, je pense qu'il a pu avoir ce genre de vision. Ou, en tout cas, qu'il s'imagine que c'est arrivé.

— Il ignore que vous m'avez fait venir, n'est-ce pas ?

Elle rougit de nouveau en hochant la tête.

Adam tambourina des doigts sur la table.

— Eh bien, il faut que je le voie, de toute façon. Ne serait-ce que par courtoisie. J'étais un ami très proche de Leslie et il le sait.

— Pensez-vous… pensez-vous pouvoir faire quelque chose ?

Au grand étonnement de Genevieve, Adam garda le silence un long moment.

— A mon avis, dit-il enfin, si Joe voit des fantômes, c'est que l'un d'entre eux — peut-être Leslie elle-même — essaie de lui faire passer un message.

Genevieve sentit la consternation l'envahir et elle s'en voulut. Elle voulait aider Joe, et ce n'était vraiment pas le moment d'être jalouse.

Surtout d'une revenante.

— Est-ce que, euh… est-ce que ça se passe toujours de cette façon ? demanda-t-elle d'un ton involontairement froid.

— Ecoutez, vous avez engagé Joe parce que vous étiez inquiète, n'est-ce pas ?

— Oui.

— Mais aussi parce que vous souhaitiez l'avoir près de vous…

Elle baissa la tête.

Adam lui caressa la main en disant :

— Vous avez bien fait. Je suis prêt à parier que Joe voulait être près de vous, lui aussi.

— Merci, fit-elle en levant vers lui un regard intrigué. Alors, comment ça se passe ? On marche tranquillement dans la rue et, tout à coup, on voit un fantôme ?

— Non, pas exactement. De toute façon, je… n'ai aucun don de cet ordre.

— Ah bon ? Mais vous êtes Adam Harrison, des Enquêtes Harrison !

Adam se leva, les mains croisées dans le dos, et s'approcha de la fenêtre pour regarder dans la rue.

— J'avais un fils… il est mort.

— Je suis navrée, murmura-t-elle.

— Il va bien. Il est mort depuis longtemps. Lui, il avait vraiment un don. Avant même de mourir, il savait ce qui allait lui arriver. Il savait qu'il n'en avait plus pour très longtemps. Il m'avait prévenu de la date de sa mort, et il m'avait décrit exactement ce qui se passerait.

— Je suis vraiment, vraiment navrée, répéta-t-elle.

— En fait, il n'est pas vraiment parti, murmura Adam.

Genevieve sourit, mais Adam comprit qu'elle était intriguée.

— Il arrive que les âmes de ceux que nous aimons restent proches de nous. Quand cela s'avère nécessaire, expliqua-t-il.

— Nécessaire ? répéta-t-elle d'un ton interrogateur.

— Parfois, c'est simplement parce qu'ils ont besoin

de comprendre ce qui leur est arrivé. Certains sont juste perdus. D'autres ont une mission à accomplir, quelque chose à faire, quelqu'un à sauver…

Il s'interrompit, puis reprit en la regardant :

— Leslie MacIntyre possédait un don exceptionnel. De son vivant, elle a aidé beaucoup d'âmes en peine.

— Elle a aidé… des morts ? demanda Genevieve.

Elle était prête à croire que les âmes des disparus existaient vraiment et qu'en perdant la vie Leslie MacIntyre avait bel et bien rejoint pour l'éternité son bien-aimé, Matt.

Mais ça… c'était très perturbant. Et même un peu effrayant.

Comment Joe allait-il réagir en apprenant qu'elle avait fait venir un chasseur de fantômes pour veiller sur lui ?

— Parfois, reprit Adam d'un ton léger, ce genre de don passe d'une personne à une autre.

Il précisa dans un murmure :

— Après la mort de la première.

Genevieve sentit un frisson glacé la parcourir.

— Autrement dit, Joe aurait… hérité du don de Leslie ? C'est ce que vous voulez dire ?

Adam haussa les épaules et revint s'asseoir en face d'elle.

— Peut-être Joe, peut-être vous, peut-être tous les deux, je ne saurais dire. Il n'y a pas de règle à proprement parler, et bien sûr aucun manuel.

Genevieve frissonna de nouveau. Elle n'aurait pas dû faire venir cet homme. Tout ce qu'il disait ajoutait à son désarroi, et par-dessus le marché elle risquait sérieusement de s'attirer les foudres de Joe.

Comme s'il lisait dans ses pensées, Adam lança :

— Ne vous inquiétez pas, Genevieve. Je suis en excellents termes avec Joe Connolly. Il ne sera pas étonné de me voir. Je vais simplement devoir faire venir un ou deux collaborateurs.

— Des chasseurs de fantômes ?

— Oui. Joe connaît déjà certains d'entre eux. Il aime beaucoup Brent et Nikki, et vous les apprécierez aussi.

— Je les ai déjà rencontrés. Lui est d'origine indienne, n'est-ce pas ?

— A moitié.

Adam se mit à rire et ajouta :

— Pour l'autre moitié, il est irlandais. Il ne sera absolument pas dépaysé chez O'Malley's.

Sans savoir s'il la taquinait ou non, elle répliqua :

— Je ne suis pas sûre que tout cela plaise beaucoup à Joe.

— J'espère que si ! En tout cas, ça lui sera utile.

L'étau qui nouait l'estomac de Genevieve se desserra un peu. En regardant Adam, elle comprit qu'en fin de compte elle avait eu raison de le faire venir. C'était la seule solution.

— Nous allons devoir creuser cette affaire, dit-il.

Il avait l'air grave et, soudain, Genevieve se demanda si elle-même ne courait pas un risque.

Peut-être aurait-elle dû s'en laver les mains ?

Non. Impossible. Elle avait bien trop d'affection pour Joe. Seulement, maintenant, elle avait peur.

Elle ne faisait pourtant pas partie des Corbeaux ! Mais Lori Star non plus.

*
* *

A première vue, il y avait peu de similitudes entre la mort de Mary Rogers, dans les années 1840, et la situation que Joe découvrit en arrivant dans le New Jersey.

Raif et Tom le mirent au parfum en l'accompagnant à la morgue, où le corps avait déjà été transporté.

— On l'a sortie de la rivière environ une heure et demie avant notre coup de fil, dit Raif.

— Elle a séjourné dans l'eau un bon moment, précisa Tom.

— Ce n'est pas très beau à voir, ajouta Raif.

— L'eau abîme énormément les corps, expliqua Tom.

Joe le savait.

— La cause de la mort ? demanda-t-il.

— Strangulation, probablement, répondit Raif. L'autopsie le confirmera. Ça ne va pas tarder. Ils veulent faire vite, au cas où il y aurait un rapport avec l'affaire Bigelow.

— Je vous remercie encore de m'avoir laissé venir, dit Joe. Ça n'a pas posé de problème avec les types du New Jersey ?

— Non, répondit Tom. Vic dit qu'il a déjà travaillé avec toi.

Vic ? Ça ne pouvait être que Victor Nelson. Il avait la cinquantaine, maintenant, et il avait dû passer de la brigade des mœurs à la Criminelle. Quelques années plus tôt, Joe avait été chargé de retrouver une adolescente disparue. Il l'avait dénichée dans un squat de fumeurs de crack, à Jersey City. Son enquête avait permis aux flics locaux — dont Victor Nelson — de faire fermer le squat et, par la même occasion, de mettre fin à un trafic d'armes.

Dans la salle d'autopsie, Victor Nelson accueillit courtoisement Joe et ses compagnons. Le médecin légiste s'appelait Ben Sears. Il les salua d'un hochement de tête, puis se mit au travail.

La peau de Lori Star était marbrée, décolorée. Ses chairs étaient rongées. Les poissons et autres créatures aquatiques avaient fait leur œuvre, s'attaquant en priorité aux extrémités.

— Tant qu'elle était mouillée, on ne pouvait pas voir les ecchymoses de son cou, expliqua Victor.

C'était un type bourru, mais un bon flic, consciencieux. En cet instant, il avait l'air légèrement nauséeux, et Joe se dit qu'il était rassurant de voir que même après des années de pratique l'autopsie d'une victime continuait à le bouleverser.

Le coroner confirma que les marques étaient apparues au fur et à mesure que la peau séchait.

Ces marbrures bleues et noires égrenaient un sinistre collier tout autour du cou de la jeune femme, exactement comme dans le rêve de Joe.

Sauf que dans ce rêve… il s'agissait du cou de Genevieve.

Il se sentit gagné par la nausée. Il avait pourtant assisté à des centaines d'autopsies…

Mais, en cet instant, il voyait un autre visage à la place de celui du cadavre, un visage qu'il connaissait intimement… Comme s'il fixait non pas les yeux de Lori, mais ceux de Gen. Des yeux qui jetaient sur lui un regard accusateur.

Il se remémora un document qu'il avait lu sur internet le matin même.

> 28 juillet 1841. Un groupe de jeunes gens partis en promenade le long de la rivière Hudson, à Hoboken, dans un coin du New Jersey connu sous le nom de Caverne de Sybil, où le public vient chercher le dépaysement pendant le week-end, ont aperçu flottant dans l'eau ce qu'ils ont pris pour un paquet de vêtements. Après avoir précipitamment détaché une barque d'un ponton voisin, pour aller voir, ils se sont rendu compte qu'il s'agissait en fait du corps d'une jeune femme. Son visage était couvert de contusions. Elle offrait un terrible spectacle.
>
> Sur le moment, ils n'auraient jamais pu associer ce cadavre en décomposition à la jeune femme récemment disparue dont toute la ville vantait la beauté.

Joe déglutit avec difficulté, et se força à regarder le visage ravagé de Lori.

Personne n'aurait pu la reconnaître.

Elle aurait même été bien en peine de le fixer du regard, car on distinguait à peine l'emplacement de ses yeux.

Tout en opérant, Ben Sears livrait ses commentaires d'une voix claire et monocorde dans le micro suspendu au-dessus de lui. Le corps avait été nettoyé, préparé et pris en photo avant de lui être confié. Maintenant, un officier de police prenait d'autres clichés des blessures que Sears lui indiquait.

— Ces marques suggèrent une strangulation manuelle. Un fragment de dentelle provenant sans doute du chemisier de la victime a, par ailleurs, été noué si étroitement autour du cou qu'il s'est incrusté dans les chairs, avant même le gonflement post-mortem dû à l'immersion. Le mode d'étranglement indique que le criminel est sans doute droitier.

Il poursuivit du même ton monotone, indiquant que les blessures infligées par l'agresseur concernaient essentiellement la tête et le visage. Les autres traces de blessures et de décomposition étaient dues au séjour prolongé dans l'eau.

Joe, immobile, le regarda ouvrir la poitrine d'un coup de scalpel. Sears confirma d'un ton net que la cause du décès était bien l'étranglement et non pas la noyade.

Ensuite, il pesa les organes, puis préleva quelques échantillons.

Une analyse des fragments, sous les ongles, indiqua que la victime n'avait pas pu lutter contre son agresseur. Des marques de liens à ses poignets prouvaient qu'on lui avait ligoté les mains. En revanche, les atteintes aux organes sexuels étaient survenues après la mort, et étaient probablement l'œuvre des animaux aquatiques.

Sears termina l'autopsie et demanda à ses assistants de recoudre le corps. Il ajouta dans le microphone qu'il fournirait des commentaires supplémentaires sur les causes du décès quand il aurait reçu les analyses des divers prélèvements.

En levant les yeux vers les policiers réunis autour de la table en acier, Joe se rendit compte qu'ils semblaient aussi troublés que lui.

Ils étaient tous figés sur place.

Mais, très vite, ils réagirent et se dirigèrent vers la sortie dans le silence le plus total.

— Mon Dieu ! s'écria Vic en mettant le pied dehors.

Il leva les yeux vers le ciel et inhala une grande goulée d'air frais.

— Rude épreuve, cette fois ! dit Tom Dooley.

— Alors ? Est-ce que ce meurtre est l'œuvre de votre suspect ? demanda Vic aux flics new-yorkais.

— Je pense que nous pouvons partir de cette hypothèse, répondit Raif.

Il ne croyait pas si bien dire. Au même instant, un assistant du coroner les rattrapa en brandissant un sachet de plastique scellé qui contenait un morceau de papier déchiré.

— Inspecteur Nelson ?

Vic se retourna.

— Le Dr Sears pense que vous devriez faire analyser ça de toute urgence. Nous l'avons retrouvé dans la poche de la victime. Nous envoyons les vêtements au laboratoire, de toute façon, mais le docteur s'est dit que ça vous intéresserait d'avoir ce papier immédiatement.

Vic prit le sac et le tendit à la lumière pour que tout le monde puisse en voir le contenu.

C'était un fragment de papier de qualité ordinaire, mais sur lequel on devinait quelques mots délavés. Joe les lut à voix haute :

« Meurs, dit le corbeau. »

Les médias se déchaînèrent.

Le Dr Sears affirma qu'il n'avait jamais parlé du fragment à la presse. Peut-être l'un de ses assistants avait-il vendu la mèche, mais, quoi qu'il en soit, l'essentiel était là : le public *savait*.

Le soir même, toutes les chaînes diffusaient l'affaire et reliaient l'assassinat de Lori Star — née Lori Spielberg, comme l'avait découvert un reporter — à celui de Thorne Bigelow.

L'un des journalistes avait déniché une photo où Lori était très en beauté, puis il avait rapproché l'affaire du fait divers Mary Rogers/Marie Roget, si bien que, désormais, on comparait Lori à la jolie cigarière de l'entreprise Anderson, morte tragiquement, que le grand Edgar Allan Poe avait fait revivre pour la postérité.

Lori était devenue bien plus célèbre qu'elle ne l'aurait jamais rêvé.

Plus personne n'évoquait son passé douteux. On évoquait une médium qui, par le biais de talents surnaturels, avait été témoin de l'accident survenu à Sam Latham et l'avait associé à la mort de Thorne Bigelow. Une piste que la police explorait avec avidité.

Joe s'était installé dans un bar avec Vic, Raif et Tom pour regarder les informations. Finalement, écœuré par le battage médiatique, il s'excusa et prit congé. Au lieu de regagner sa voiture, il décida de suivre à pied le chemin qui avait été celui de l'assassinat commis dans les années 1840. Il se mit à marcher le long de la rive de l'Hudson, à Hoboken. Même s'il lui était impossible de remonter cent cinquante ans en arrière, il pouvait faire appel à son imagination.

Cela dit, le criminel ne pouvait pas remonter le temps, lui non plus. D'ailleurs, le meurtre de Thorne Bigelow ne suivait que d'assez loin l'œuvre de Poe. Certes, Bigelow avait été victime de sa passion pour le bon vin, mais il n'avait pas été emmuré vivant et n'était pas mort de soif ou d'asphyxie, pleinement conscient de son agonie. Il avait été empoisonné : une méthode nettement plus simple.

Mais s'il était facile d'empoisonner quelqu'un qui ne se méfiait pas, songea Joe, le fait d'étrangler une jeune femme enthousiaste et confiante requérait une certaine force physique.

Fallait-il pour autant éliminer les femmes du champ des suspects ?

Il continua à avancer sur la rive puis, au bout d'un moment, il comprit qu'il attendait depuis des jours quelque chose, sans savoir quoi.

Maintenant, il savait ce dont il s'agissait.

Il attendait que les morts lui parlent.

Les chuchotements qu'il percevait ne pouvaient pas avoir d'autre explication.

D'une voix forte, il lança dans la brise :

— Avant de me rendre fou, donnez-moi des informations utiles !

Même si personne ne pouvait l'entendre, il se sentait un peu ridicule.

Quand il comprit que les voix n'allaient rien lui dire de particulier, il renonça et retourna jusqu'à sa voiture pour rentrer à Manhattan.

Le récent crime chamboulait tout. Plus un seul Corbeau, désormais, ne se sentait à l'abri.

Joe s'empressa d'appeler Genevieve chez elle. Elle décrocha aussitôt et il fut soulagé d'entendre sa voix.

— Vous avez vu les infos ? demanda-t-il.

— On ne peut pas y échapper. C'est sur toutes les chaînes.

— Exact.

— Vous allez bien ? s'enquit-elle.

— Très bien.

Il demanda ensuite des nouvelles d'Eileen. Gen lui assura qu'elle était chez elle, en sécurité. Puis ils raccrochèrent tous deux.

Les pensées de Joe se tournèrent ensuite vers Sam Latham qui se trouvait toujours à l'hôpital et courait un nouveau danger.

En arrivant au centre-ville, il décida d'aller le voir pour vérifier que Dorothy Latham avait bien embauché un garde du corps. Car il y avait maintenant un tueur en circulation, et Sam était très probablement l'une de ses cibles.

En arrivant à l'hôpital, Joe découvrit avec soulagement un homme imposant assis sur une chaise, devant la porte de la chambre. Ce garde du corps lui demanda qui il était. Joe lui montra ses papiers d'identité.

— Oh ! j'ai entendu parler de vous, dit l'homme. J'aurais dû vous reconnaître.

— Tiens, pourquoi ? demanda Joe.

— On vient de vous voir à la télévision !

— Ah bon ? A quel propos ?

— Le meurtre de Lori Star. Ils l'ont associé à je ne sais quel club littéraire, fréquenté par des gens riches, dont l'un des membres a une fille : une certaine Genevieve O'quelque chose, qui avait été kidnappée l'an dernier. A l'époque, vous étiez intervenu, alors ils ont parlé de vous.

Le gars ne semblait pas plus ému que s'il venait de réciter ses tables de multiplication. Joe le dévisagea en jurant intérieurement.

Flûte ! Qu'on puisse le reconnaître, l'identifier, c'était la dernière chose dont il avait besoin.

Quand Joe entra dans la chambre, Sam dormait. Dorothy, assise sur une chaise à côté du lit, regardait une petite télévision dont on avait baissé le son.

— Monsieur Connolly ! Je suis ravie de vous voir, dit-elle en se levant.

— Bonjour, madame Latham. Je suis soulagé que vous ayez engagé un garde du corps.

Elle hocha la tête en le dévisageant.

— Sam a été victime d'un accident provoqué, n'est-ce pas ? demanda-t-elle.

Sa voix, comme ses yeux, trahissait son inquiétude.

— Nous n'en sommes pas certains, mais il vaut mieux prévoir le pire et s'entourer de précautions.

— Je dois admettre que, maintenant, je suis morte de peur.

— Soyez simplement prudente et vigilante, madame Latham.

Elle eut un sourire chaleureux.

— Appelez-moi donc Dorothy.

— O. K., Dorothy. Appelez-moi Joe.

— Merci, Joe, dit-elle.

Elle n'avait pas fini de parler que le moniteur de contrôle cardiaque de Sam se mit à grésiller.

— Mon Dieu ! s'écria-t-elle.

Joe fronça les sourcils, les yeux rivés sur la perfusion fichée dans le bras de Sam.

— Qui est entré ici ? demanda-t-il.

— Juste une infirmière, il y a quelques instants.

Joe n'hésita pas une seconde.

A tort ou à raison, il fonça vers le lit et arracha la perfusion.

12

Dans le penthouse de Jared Bigelow, sur Park Avenue, Mary Vincenzo regardait les informations.

Elle venait juste de rentrer et découvrait ce que tous les médias reprenaient à longueur d'antenne.

C'était un véritable battage médiatique.

Elle écoutait à présent l'interview d'un porte-parole de la police, sur l'une des grandes chaînes nationales. En arrière plan se pressaient des reporters de chaînes régionales et même d'une bonne demi-douzaine de chaînes câblées.

Le porte-parole, un bel homme mince aux cheveux argentés, comparait d'un air grave le meurtre de Lori Star à celui dont le criminel s'était volontairement inspiré : l'assassinat de Mary Rogers, commis plus d'un siècle auparavant.

Mary Rogers. Une femme qui portait le même prénom qu'elle, se dit Mary. La coïncidence la mettait profondément mal à l'aise. Chaque fois que le présentateur utilisait son prénom, elle en avait des frissons.

Mais pourquoi ? Après tout, la jeune femme qu'on venait de tuer s'appelait Lori.

Sans quitter l'écran des yeux, elle secoua la tête. Elle

voyait très bien qui était la victime : elle se rappelait l'avoir vue aux informations, juste après le carambolage sur l'autoroute FDR. Quelle idiote d'avoir étalé comme ça ses visions sur la place publique ! Evidemment, elle ne pouvait pas savoir, à l'époque. Quand elle avait alerté les chaînes de télévision, elle était loin de s'imaginer que cette fille serait la prochaine victime du tueur.

Mary restait rivée à l'écran comme un papillon de nuit attiré par une flamme. Le tueur qui avait assassiné Lori était-il le même que le meurtrier de Thorne ? Il y avait des points communs entre les deux crimes, mais la police se gardait bien d'affirmer qu'il s'agissait d'un seul et même auteur. Par exemple, il se pouvait fort bien que l'assassin de Lori ait décidé, pour écarter les soupçons, de faire porter le chapeau au maniaque d'Edgar Poe.

Derrière elle, Jared Bigelow renifla avec mépris.

— Une actrice ! Et médium, en plus ? Tu parles ! lança-t-il. Elle est morte, d'accord, mais ça ne fait pas d'elle une sainte.

— Tu pourrais quand même avoir un peu de respect. Elle a été assassinée.

— Oui, et maintenant elle repose en paix, et ce n'est pas franchement mérité, après toutes les sornettes qu'elle a débitées sur l'accident pour se faire valoir ! riposta Jared.

Mary se tourna vers lui.

— Tu penses qu'elle l'a bien cherché, c'est ça ?

— C'est toi qui le dis, pas moi.

Mary frémit et croisa frileusement les bras.

— Ma chère mademoiselle Mary, reprit-il comme il le faisait souvent.

Puis il vint s'asseoir à côté d'elle et passa un bras autour de ses épaules avant d'enchaîner :

— Cette fille était une moins-que-rien, Mary. Un déchet.

— Mais, Jared…

— Avec moi, tu es en sécurité.

Elle le regarda. Fils unique et seul héritier d'un homme riche, il était intelligent, bien élevé et très séduisant, dans le genre un peu artiste. Il avait toujours eu ce qu'il voulait. Pourtant, il se montrait par moments aussi capricieux et boudeur qu'un enfant de deux ans.

Mary avait cinq ans de plus que lui.

Elle était tombée amoureuse de Jared quand il avait dix-sept ans. A l'époque, son mari était encore vivant et requérait toute son attention. Il était bien plus âgé qu'elle, héritier d'une vaste fortune et sans enfant. Autrement dit, très, très riche.

Mary était restée fidèle à son mari tant qu'il était en vie, et s'était montrée reconnaissante pour toutes les portes que la fortune des Bigelow lui avait ouvertes. Elle n'avait jamais eu besoin de travailler, ce qui n'était pas le cas de sa sœur qui était restée dans leur Iowa natal pour servir des hamburgers frites au sein d'une gargote.

Tout le temps de son mariage, Mary avait donc mesuré la chance qui était la sienne, même si elle rêvait parfois d'hommes plus jeunes et d'une vie mondaine plus stimulante… Oui, elle s'était vraiment donné du mal pour être une bonne épouse.

Puis son mari était mort d'une crise cardiaque. L'ironie

de la chose — détail qui ne s'était pas retrouvé dans les colonnes des journaux —, c'est qu'il était mort dans les bras d'une femme plus jeune. Mary avait presque trouvé ça amusant. Elle s'efforçait de se montrer blanche comme neige et, pendant ce temps-là, il prenait une maîtresse…

Il avait toujours été très proche de son frère et de son neveu.

Elle aussi.

Elle faisait partie de la famille, après tout. Et, finalement, elle était tombée amoureuse du neveu.

Elle cédait à toutes ses fantaisies, même quand il se conduisait comme un enfant gâté…

Elle le dévisagea la gorge nouée.

— Il me semble pourtant que si quelqu'un peut se montrer compatissant, c'est toi, dit-elle. Cette jeune femme est morte de façon atroce.

— Toutes les morts ne sont-elles pas atroces ? répliqua-t-il d'un ton léger.

Il l'attira contre lui, et lui caressa les seins de manière suggestive. Elle sentit une onde de désir la parcourir. Jared était jeune, beau… et riche.

Pour qu'il ne se lasse pas d'elle, elle devait continuer à mimer des jeux vaguement interdits. Il fallait absolument qu'elle reste excitante et érotique.

Elle se leva et souleva sa jupe pour pouvoir enfourcher Jared. Elle savait qu'il appréciait ce qui était un peu tabou, un peu cochon. Il aimait faire l'amour dans des endroits où ils risquaient d'être découverts. Il aimait la prendre quand elle était tout habillée. Il n'avait qu'à soulever sa jupe. Comme aujourd'hui.

Elle glissa la main vers son pantalon, fit mine de se battre avec la boucle de sa ceinture et la fermeture à glissière, tout en feignant l'impatience.

Avec lui, c'était facile.

Surtout qu'elle lui plaisait. Elle le rendait fou. Peut-être qu'il l'aimait, au fond.

Ils firent l'amour sur le canapé, frénétiquement, rapidement, puis elle s'appuya contre lui sans changer de position.

Dans le feu de l'action, elle avait totalement oublié la télévision. Mais, brusquement, elle entendit le présentateur expliquer que Lori avait peut-être été sexuellement agressée. Elle avait été vue pour la dernière fois le dimanche, entre 16 heures et 21 heures, peu de temps avant sa mort. Le séjour prolongé dans l'eau avait accéléré la décomposition du corps.

Mary plongea les yeux dans ceux de Jared, et sentit qu'il se durcissait de nouveau en elle.

— Jared ?

— Quoi ?

Où étais-tu, dimanche après-midi ?

Elle ne parvint pas à prononcer cette phrase. Elle secoua la tête, ferma les yeux et se pelotonna contre lui.

Pourvu qu'il ne lise pas dans ses pensées !

Chez O'Malley's, Don Tracy, Brook Avery et Larry Levine avaient pris place autour d'une table.

— C'est épouvantable, dit Brook en frissonnant.

— Jamais plus, c'était le cas de le dire, fit Don en prenant sa bière.

— Merde ! lança Larry.

Brook lui posa une main sur l'épaule.

— On s'en sortira, Larry.

Larry fronça les sourcils.

— Bien sûr qu'on s'en sortira ! Ce n'est pas ça qui me pose problème.

— Alors, qu'est-ce que c'est ? demanda Don.

— C'est que j'aurais dû être sur place, merde ! cria Larry. Vous vous rendez compte ? Je suis un Corbeau : c'est le scoop de l'année. C'est moi qui aurais dû le couvrir.

Au même moment, Eileen Brideswell et les autres membres du conseil d'administration entrèrent dans le bar et les rejoignirent en jetant au passage un coup d'œil au poste de télé.

Les autres tirèrent une table supplémentaire à leur intention.

Dans son coin, Paddy sortit son portable. Il détestait jouer les commères, mais il se faisait du souci pour Eileen et, en l'occurrence, il préférait quand même prévenir Genevieve que sa mère était là.

Albee Bennet, assis dans son salon en robe de chambre, regardait les informations du soir. Il brandit sa tasse de thé en direction de l'écran.

— *Le corbeau dit…*, murmura-t-il tristement. L'ironie de la situation t'aurait plu, mon vieux Thorne.

Puis il posa sa tasse et regarda autour de lui.

La nuit s'était soudain faite menaçante.

Il se leva pour aller verrouiller sa porte, en dépit de l'excellent système d'alarme dont était pourvue la demeure et qui, ces temps-ci, était branché en permanence.

Il n'avait nullement l'intention de finir comme Thorne. Il ne ferait confiance à personne. Ça valait mieux.

Pourtant, il ne put s'empêcher d'avoir peur.

Genevieve réfléchissait. Elle avait engagé Joe Connolly pour ses compétences professionnelles, et même s'il existait des raisons moins avouables, ces compétences étaient réelles. Le seul fait qu'elle soit vivante le prouvait.

Adam, qui possédait un pied-à-terre du côté de Central Park, était parti un peu plus tôt pour préparer l'arrivée de ses collaborateurs. Brent Blackhawk, qui venait avec sa femme Nikki, était shérif en Virginie. C'était donc un représentant de l'ordre, ce qui devrait apaiser Joe quand il découvrirait le pot aux roses, se dit-elle.

Depuis le départ d'Adam, elle essayait de raisonner comme Joe. Il était tout à fait possible que le tueur n'ait rien à voir avec les Amis d'Edgar Poe et qu'il utilise l'association comme écran de fumée. En fait, la première question à se poser était celle-ci : tous les crimes traduisaient-ils une volonté significative d'imiter les nouvelles de Poe ?

Réponse : non.

L'usage de vin empoisonné, par exemple, n'apparaissait pas en tant que tel dans l'œuvre de l'écrivain, et n'avait d'ailleurs rien d'unique dans les annales.

Sam Latham avait été blessé dans un carambolage alors qu'il n'y avait aucun accident de circulation dans les nouvelles de Poe. D'ailleurs, aucun message n'avait été retrouvé sur les lieux.

En fait, le meurtre de Lori était le seul qui s'inspirait très directement de Poe. Et, même dans ce cas, le parallèle n'était pas parfait.

L'assassin avait-il entrepris de tuer tous les membres du club ou tous ceux qui faisaient partie du conseil d'administration ? Impossible à dire. En tout cas, il ne se limitait pas au club puisqu'il s'en était pris à Lori. Même si elle avait clairement fait allusion à l'affaire des Corbeaux.

« Bon, se dit Genevieve. Il est temps de procéder par élimination. »

Elle dressa une liste des membres du conseil d'administration et étudia chaque nom en se demandant s'il pouvait cacher un suspect. Trois furent éliminés immédiatement : Thorne, parce qu'il était mort ; Sam, parce qu'il était à l'hôpital. Et enfin sa mère… parce que c'était sa mère.

Restaient Jared Bigelow et Mary Vincenzo, qui couchaient probablement ensemble. Tous deux bénéficiaient de la mort de Thorne : Jared, en tant qu'héritier direct, et Mary par le biais de sa relation avec Jared. Ensuite, Lila Hawkins : improbable, mais pas impossible. Lou Sayles ? Il fallait espérer que non : une femme qui travaillait pour le bien des enfants depuis des années ! La simple idée d'une meurtrière dans ce type de milieu fit frémir Genevieve. Barbara Hirshorn ? C'était une petite souris, mais qui sait ?

Administrer du poison demandait de l'habileté, mais étrangler quelqu'un comme on avait étranglé Lori requérait de la force.

Quatre hommes figuraient encore dans la liste des suspects. Cinq, en comptant Albee Bennet, comme le faisait Joe. Après tout, il avait bel et bien admis qu'il se trouvait sur les lieux quand Thorne avait été assassiné. Genevieve ajouta donc son nom dans la colonne, avec ceux de Larry Levine, Brook Avery, Don Tracy et Nat Halloway.

Elle mourait d'envie de discuter avec Joe, mais le fait d'avoir appelé les chasseurs de fantômes la faisait hésiter. Pourtant, Joe était si visiblement préoccupé qu'elle ne pouvait s'empêcher de penser qu'Adam Harrison était l'homme de la situation.

Son téléphone sonna. Elle décrocha distraitement.

A l'autre bout, on entendait du bruit et de la musique celtique. Elle fronça les sourcils : quelqu'un l'appelait de chez O'Malley's.

— Allô !

— Est-ce vous, ravissante Genevieve ?

A l'intonation légèrement irlandaise, Genevieve devina de qui il s'agissait.

— C'est vous, Paddy ? Que se passe-t-il ?

— Votre maman est ici, et je me suis dit que je ferais mieux de vous prévenir. Elle est avec tous ses copains du club des oiseaux.

— Avec les Corbeaux ? Merci de m'avoir prévenue, Paddy.

Genevieve raccrocha et bondit sur ses pieds. Que fabriquait donc Eileen, dehors, sans protection, et avec des membres de l'association, par-dessus le marché ?

Préoccupée, la jeune femme attrapa son sac et fila.

Joe conseilla aux médecins de vérifier ce que contenait la perfusion de Sam.

Au début, il avait craint d'être accusé par le garde du corps, mais Dorothy avait immédiatement pris sa défense. En outre, une infirmière s'était mise à crier qu'elle trouvait une allure bizarre au liquide contenu dans la poche. On l'emporta donc pour l'analyser. L'un des médecins soupçonnait une overdose de morphine, mais il déclara qu'il fallait attendre les résultats du labo.

Une fois que les soignants eurent disparu, Dorothy éclata en sanglots. Joe s'efforça de l'apaiser.

— J'ai engagé un garde, j'ai fait tout ce que je pouvais, dit-elle. Pourquoi cherche-t-on à tuer Sam ?

« Oui, pourquoi ? » se demanda Joe.

Deux officiers de police qu'il ne connaissait pas arrivèrent quelques minutes plus tard. Ils interrogèrent le garde du corps, puis Dorothy, puis Joe, et enfin tout le personnel de service. Aucun d'entre eux n'était venu renouveler la perfusion de Sam.

Le changement d'équipe avait eu lieu à 7 heures, un quart d'heure environ avant l'arrivée de Joe. Dorothy se rappelait que quelqu'un était venu précisément durant ce quart d'heure pour ajuster l'intraveineuse. C'était le moment idéal pour enfiler une blouse, en profitant des allées et venues, puis se glisser tranquillement dans la chambre et ajouter à la perfusion une substance qui n'aurait sûrement pas dû s'y trouver.

Dorothy n'était pas sûre de pouvoir reconnaître l'individu en question. Elle somnolait à ce moment-là.

Le garde du corps jura ses grands dieux que tous ceux qu'il avait laissés passer portaient la blouse réglementaire.

Il fallut un long moment avant que l'effervescence

ne retombe. Raif Green et Tom Dooley étaient arrivés. Ils semblaient épuisés.

Les interrogatoires reprirent.

La police mit en place une surveillance de tous les instants, et les spécialistes de scènes de crime passèrent la chambre au peigne fin.

Vers 10 heures, Sam reprit conscience. Comme il avait dormi tout au long de l'incident, il ne put rien ajouter que la police ne sût déjà. Après avoir entendu toute l'histoire, il se déclara simplement soulagé d'être encore en vie.

Genevieve se demandait pourquoi sa mère ne l'avait pas prévenue qu'elle comptait sortir avec les Corbeaux. Elle descendit prendre sa voiture au parking dans un état de profond malaise. Sans être sombre, le parking n'était pas inondé de lumière et il y régnait des zones d'ombre. Heureusement, on ne pouvait y accéder qu'avec un badge de résident, depuis la rue comme depuis l'intérieur de l'immeuble.

Mais à peine la porte se fut elle refermée derrière elle qu'elle sentit une étrange sensation l'envahir. Ce n'était pas exactement de la peur. Pas au début. Plutôt l'impression que quelqu'un était là.

Et, tout de suite après, elle sentit un courant d'air glacé.

Comme si les ombres elles-mêmes s'étaient mises à se mouvoir, comme si l'obscurité s'incarnait et l'enserrait.

La touchait.

Elle accéléra le pas en regardant autour d'elle. Elle ne vit personne.

Elle faillit revenir sur ses pas, mais sa voiture était

tout près. Elle se mit à courir pour l'atteindre et, alors même qu'il n'y avait personne, elle *sentit* une présence. Quelqu'un qui essayait de l'arrêter.

Quand elle atteignit sa voiture, sa main tremblait tellement qu'elle n'arriva pas à déverrouiller la portière.

L'ombre semblait s'élever derrière elle comme quelque chose de vivant. Elle en sentait presque le souffle.

Elle réussit enfin à ouvrir, se précipita à l'intérieur, claqua la portière et la verrouilla. Puis elle prit une profonde inspiration pour lutter contre la panique, et se retourna. Elle s'attendait presque à voir quelqu'un assis sur la banquette arrière. Quelqu'un qui se serait caché là pour l'attendre et qui, maintenant, allait lui sauter dessus…

Mais il n'y avait personne, bien sûr.

Sauf…

Elle entendit vaguement quelqu'un murmurer : *Aidez-moi !*

Genevieve retint un hurlement de peur.

Au même moment, elle vit quelqu'un s'avancer dans le parking, et entendit nettement le son d'un sifflet. Son sang se figea dans ses veines.

— Bonsoir, mademoiselle O'Brien !

Genevieve se laissa aller sur son siège, et regarda d'un air hagard Tim Rindle, l'un des gardiens de nuit. Tim était un beau garçon d'une vingtaine d'années, sportif et totalement digne de confiance. Il venait de finir son service militaire et travaillait la nuit pour payer ses études.

— Ça va ? demanda-t-il en se penchant pour examiner Genevieve, qui était pâle comme une morte.

Elle déglutit, se redressa. Elle se sentait parfaitement ridicule.

— Ça va, Tim.

— Vous en êtes sûre ? Vous ne voulez pas que je vous aide à remonter chez vous ? demanda-t-il d'un ton anxieux.

La peur quittait Genevieve comme un châle qui glisse à terre. Il était tellement évident qu'il n'y avait qu'eux deux dans le parking !

Elle faillit éclater de rire, mais vit à cet instant le sourire de Tim s'effacer.

— Il faut vous montrer prudente, vous savez, mademoiselle O'Brien.

— Bien sûr ! Mais je le suis toujours.

— On n'arrête pas de parler de cette pauvre fille qui s'est fait tuer.

— Je serai vigilante, Tim.

Il ne la quittait pas des yeux, le front plissé, l'air soucieux.

— Si je n'étais pas de service, je vous accompagnerais où vous souhaitez aller.

— Je vais simplement chez O'Malley's. Je connais tout le monde, là-bas, et tout le monde me connaît. Ma mère m'y attend, avec plusieurs amis.

Elle salua de la main et mit le contact. Puis elle lança par la vitre ouverte :

— Tim ?

— Oui ?

— Vous êtes deux gardiens, cette nuit, n'est-ce pas ?

— Oui, comme d'habitude, répondit-il.

— Vous n'avez vu personne pénétrer dans le parking, par hasard ?

— Personne à part le chat de Mme Larson. Vous savez, la dame du 10-D… Je le lui ai rendu il y a dix minutes.

Genevieve se mit à rire :

— Gros matou ?

— Ouais, fit-il en secouant la tête. Il faut qu'elle garde son chat chez elle. Il va se faire écraser, un de ces jours, à force de se faufiler dehors chaque fois que quelqu'un ouvre la porte.

Genevieve sourit et agita de nouveau la main.

— Bonsoir, et merci !

Tout en se glissant dans le flot des voitures, elle se dit qu'elle commençait à perdre la boule et que c'était la faute de Joe. Enfin, peut-être un peu aussi la sienne. Après tout, c'était elle qui venait de faire venir les Enquêtes Harrison.

Il fallait qu'elle redescende sur terre, tout simplement. Qu'elle soit prudente, qu'elle ne se rende que dans des endroits sûrs.

Et, surtout, qu'elle veille à ce que sa mère fasse exactement la même chose.

Elle se gara dans une rue pleine de monde, non loin du pub. Mais lorsqu'elle descendit de voiture pour mettre de la monnaie dans le parcmètre, elle sentit de nouveau une présence étrange, évanescente. Pendant un quart de seconde, ce fut comme si une chape de peur et d'obscurité tombait sur elle.

Elle se répéta qu'elle était à New York, dans une rue animée, à un jet de pierre du pub, et qu'elle avait d'excellents poumons qui lui permettaient de hurler comme une folle en cas de nécessité.

Puis elle fit volte-face et, cette fois, vit qu'il y avait *vraiment* quelqu'un derrière elle.

Un clochard.

— Z'auriez pas une petite pièce, m'dame ?

Soulagée, elle lui tendit un dollar.

Il la remercia d'un sourire édenté et s'éloigna.

Elle fila vers le pub en secouant la tête.

13

Quand elle entra, tout le monde parlait, et la musique qui jouait en sourdine ne faisait qu'ajouter au brouhaha.

Paddy, debout près du jeu de fléchettes, fut le premier à la voir.

— Gen ! cria-t-il en se frayant un chemin dans la foule pour la rejoindre.

— Bonjour, Paddy, dit-elle en l'embrassant sur la joue.

— Ça va, ma grande ?

— Très bien, merci.

— Votre mère est là.

Il baissa la voix jusqu'au murmure pour ajouter :

— Elle ne devrait pas fréquenter les Corbeaux en ce moment, voilà mon avis.

Genevieve sentit sa gorge se nouer.

— Je suis d'accord avec vous, chuchota-t-elle d'un air complice.

Puis elle sourit et ajouta :

— Heureusement, elle est en sécurité ici. Angus et vous gardez l'œil sur elle, je le sais.

Il hocha la tête avec gravité.

— Sur vous aussi, Gen.

— Merci, Paddy. Saluez Angus de ma part, d'accord ? Je vais aller voir ce que fait maman.

— Entendu. Et en cas de besoin, n'hésitez pas à m'appeler !

— C'est promis.

Il se retourna, puis s'immobilisa et ajouta :

— Adam Harrison est là, lui aussi.

— Adam ?

En effet, il était seul au bout du bar, appuyé au mur, en train de surveiller la salle. Il leva son verre de bière à l'intention de Genevieve en accompagnant son geste d'un regard lourd de sens.

Un regard très réprobateur, même. Elle pouvait presque l'entendre dire : « Vous n'auriez pas dû faire le trajet toute seule. »

Elle sourit.

— Adam ! dit-elle en arrivant à sa hauteur. Je suis contente que vous soyez là.

— Vous n'avez même plus besoin de m'appeler pour me dire que vous arrivez !

Elle s'empourpra.

— J'aurais dû prévenir quelqu'un que je sortais ?

— Oui. Vous auriez dû.

— Adam, honnêtement, ce n'est pas moi qui suis concernée par cette histoire. C'est Eileen.

Il se pencha et proposa, l'air taquin :

— Nous irons donc de concert lui présenter nos hommages, si vous le souhaitez.

— Pourquoi pas ?

Adam vida sa bière, reposa son verre et reprit :

— Genevieve…

— Oui ?

— Des meurtres peuvent être commis n'importe où, n'importe quand. Que cela vous plaise ou non, vous êtes concernée par l'affaire du maniaque d'Edgar Poe. Vous devriez vous montrer beaucoup plus vigilante.

Elle se remémora la terreur qu'elle avait éprouvée, un peu plus tôt, dans le parking.

— Je n'ai aucune envie de devenir parano, répondit-elle. Et, de toute façon, je fais très attention. Sérieusement.

— Vous êtes venue seule, en voiture ?

— Oui. Parce qu'on m'a dit que ma mère était ici.

— Je n'appelle pas cela se montrer prudent, dit-il avec douceur.

— Et vous, par quel miracle êtes-vous là ? demanda-t-elle en plongeant ses yeux dans les siens.

Il soutint son regard sans faiblir.

— Une intuition, répondit-il. Maintenant, avant que nous n'allions saluer votre mère, j'aimerais savoir qui sont les gens qui se trouvent avec elle. Certains visages me disent quelque chose, mais je pense qu'un petit cours de rattrapage ne me fera pas de mal.

Genevieve le renseigna, puis il la prit par la main pour la guider à travers la foule.

Quand Eileen aperçut Genevieve, elle pâlit légèrement car elle se sentait coupable.

Elle avait négligé de prévenir sa fille. En fait, Brook l'avait appelée pour lui proposer de les rejoindre au pub et elle avait accepté sans réfléchir.

A vrai dire, elle ne se sentait réellement en danger

avec aucun d'entre eux. C'était plutôt pour Genevieve qu'elle se rongeait les sangs.

Puis elle aperçut Adam, et elle eut un sourire ravi.

— Adam ! s'écria-t-elle.

— Eileen ! répondit-il avec un sourire qui n'appartenait qu'à lui.

Eileen était assise entre Larry et Lila. Elle se leva en murmurant des excuses, vint serrer Adam dans ses bras, embrassa Genevieve, puis se tourna vers les autres pour faire les présentations. Adam avait déjà croisé plusieurs d'entre eux lors de manifestations de bienfaisance. Les salutations fusèrent de part et d'autre.

Maintenant qu'Eileen était debout, en train de bavarder avec Adam, Larry et Lila — qui s'étaient réciproquement et vigoureusement accusés du meurtre de Thorne — se retrouvaient côte à côte. Mais ils s'ignoraient ostensiblement. Tout à coup, Lila se redressa et lança :

— Alors, monsieur Harrison, qu'est-ce que vous êtes venu faire à New York ?

— J'espère que ce n'est pas cette affreuse histoire qui vous amène ? renchérit Lou.

— Oh, je suis juste venu pour affaires, répondit Adam d'un ton léger.

— Eh bien, vous arrivez en pleine crise, dit Larry.

Pendant qu'ils parlaient, Brook avait apporté des chaises supplémentaires, et tout le monde put s'asseoir.

— C'est vrai, reprit Larry, toute la ville ne parle que du dernier meurtre. Il n'est même plus question des problèmes du Moyen-Orient ou du réchauffement climatique.

— Cette jeune fille… je comprends pourquoi elle

fascine tellement les gens, dit Brook : c'est une enfant perdue de New York.

— Une enfant perdue de New York ? L'expression me plaît, déclara Larry. Puis-je l'emprunter ? Ça ferait un titre du tonnerre.

— Je vous en prie. Je chercherai autre chose pour le magazine. Quelque chose de plus profond, qui s'attaque aux aspects psychologiques de l'événement, répondit Brook en haussant les épaules.

— Vous êtes aussi horribles l'un que l'autre ! s'exclama Barbara.

Le silence se fit. Tous les regards convergèrent dans sa direction. Elle reprit en rougissant :

— D'abord, vous vous plaignez que les journalistes présentent l'affaire comme une tragédie mondiale, et, tout de suite après, vous réfléchissez froidement au titre que vous allez choisir pour en parler.

— Bravo ! lança Don Tracy en applaudissant.

Barbara rougit encore.

— J'ajouterai que nous sommes tous en train d'oublier que nous sommes personnellement impliqués, dit Lou à voix basse.

— De quelle manière ? demanda Nat Halloway.

— Voilà ce que j'aime chez toi, cher financier : tu es gentil, accommodant, et totalement dépourvu d'imagination, répondit Lou sans méchanceté. Nous sommes impliqués parce qu'il y a quelque part un malade mental qui fait une fixation sur Poe. Et personne dans cette ville n'est en sécurité. Nous moins que les autres.

— Comment diable vous êtes-vous tous retrouvés ici ce soir ? demanda Adam d'un ton badin.

— Oh, nous nous donnons régulièrement rendez-vous au pub ! répondit Don.

Il se mit à rire et ajouta :

— Cela dit, moi, je suis venu parce que j'avais besoin de boire un verre.

— Moi, j'ai appelé Eileen, dit Lou. Elle m'a affirmé qu'elle appelait Lila, et Lila a appelé Barbara.

— En fait, c'est notre Q. G., conclut Larry.

— Exactement ! approuva Don en brandissant son verre. Ici, tout le monde nous appelle par notre nom.

— Nous avions besoin de réconfort, expliqua Nat.

Les autres se turent. Même s'il manquait souvent d'imagination, Nat avait vu juste.

La tablée était encore silencieuse quand Genevieve, du coin de l'œil, vit quelqu'un entrer dans le pub et se diriger vers le bar.

C'était Joe.

Elle aurait dû essayer de l'appeler. Ne fût-ce que pour le prévenir qu'elle allait chez O'Malley's, et peut-être même lui proposer de les rejoindre. Mais, de son côté, il ne lui avait pas dit où il allait, ce jour-là.

En tout cas, elle ne s'attendait pas à le voir.

Il les aperçut et fendit la foule pour les rejoindre.

— Hello ! fit-il à la cantonade.

Mais c'était Adam qu'il dévisageait, sans chercher à dissimuler sa surprise.

Adam s'était levé. Les deux hommes se serrèrent la main, échangèrent une brève accolade, puis reculèrent d'un pas pour se regarder, comme le font deux connaissances qui ne se sont pas vues depuis longtemps.

— Vous avez bonne mine, Joe.

— Vous aussi. Qu'est-ce qui vous amène ici ? demanda Joe d'un ton léger, sans trahir sa méfiance.

Ils étaient en public, et il devait jouer le jeu, se dit Genevieve. Mais quand il tourna la tête vers elle, elle se raidit. Ses yeux exprimaient une telle froideur…

Il avait deviné. Sans qu'elle sache comment, il avait deviné que c'était elle qui avait appelé Adam.

— J'avais quelques affaires à régler à New York, répondit Adam, et j'ai saisi l'occasion d'appeler Genevieve, naturellement.

— Naturellement, répéta Joe d'un ton sec.

Il se tourna vers la jeune femme et enchaîna :

— Et tu es venue au pub tout à fait par hasard, j'imagine ?

— Nous parlions justement du fait que O'Malley's était notre point de ralliement favori, intervint Eileen avec un sourire radieux.

S'il y avait quelqu'un que Joe admirait, c'était bien Eileen, et il tourna vers elle un regard adouci.

— Quelle est votre opinion sur ce dernier crime, Joe ? demanda Brook.

— Je n'ai aucune idée concernant l'identité du meurtrier, si c'est là votre question, répondit Joe.

— La victime avait disparu le dimanche, dit Barbara, le regard fixe, l'air absent. Mary Rogers. Et on l'a retrouvée un mercredi. Dans l'eau. C'est exactement le même scénario.

— Il fait des progrès, déclara Don Tracy d'un air sombre.

— Des progrès ? répéta Joe d'un ton interrogateur.

Don grimaça.

— Avec Thorne, on a un meurtre qui évoque indirectement plusieurs nouvelles de Poe, mais sans vrai parallèle. Aujourd'hui, par contre, c'est du copié-collé. On a trouvé cette fille dans la rivière, relativement près de l'endroit où l'on avait retrouvé Mary Rogers, et plus ou moins dans le même état de… de décomposition.

— Seulement, cette fois, l'enquête sera très différente, dit Eileen d'un ton ferme.

— Qu'est-ce qui te fait dire ça, Eileen ? demanda Nat.

— Les progrès scientifiques. La police dispose d'infiniment plus de moyens, de nos jours. Vous savez bien, Joe : les scènes de crime sont devenues bavardes. C'est vrai, n'est-ce pas ?

— Oui, répondit-il.

— Ce n'est peut-être pas quelqu'un de très intelligent, dit Barbara avec un frisson, fixant sur Joe ses grands yeux effrayés.

— Ils vont l'attraper, j'en suis certain, affirma Joe.

Barbara hocha la tête, comme si elle le croyait sur parole.

— Eh bien, espérons qu'ils l'attrapent avant… Enfin, qu'ils l'attrapent bientôt, dit Lou.

— Cette fille était une traînée, fit remarquer Lila.

— Oh, Lila ! lança Nat Halloway sur un ton de reproche. Personne ne mérite de mourir comme ça.

— Je n'ai pas dit qu'elle le méritait ! rétorqua Lila. J'ai juste dit que… les gens récoltent ce qu'ils ont semé.

— On retrouvera le meurtrier, répéta Joe.

Un silence pesant suivit ses paroles.

— Eh bien, pour ma part, je ne vais pas tarder à y aller, déclara Larry. L'information n'attend pas.

— Nous devrions tous partir, suggéra Lou. Je suis ravie de vous avoir vus, cela dit.

Tout le monde se leva. Il y eut des poignées de main et, finalement, seuls restèrent Eileen, Adam, Joe et Genevieve.

Eileen invita Adam à s'asseoir à côté d'elle.

— Venez donc ici. Je suis enchantée de vous voir.

Joe dévisageait Genevieve, qui avait pris place en face de sa mère. Elle mourait d'envie de l'interroger sur ses activités de l'après-midi, mais songea que ce n'était sans doute pas le moment.

Sans attendre d'y avoir été invité, Joe s'assit à côté d'elle et tourna vers Adam un regard scrutateur.

— Alors, dites-moi, qui vous a fait venir ? Eileen ou Genevieve ?

« Mentez, Adam », pria silencieusement Genevieve.

Il ne le fit pas.

— C'est Genevieve, dit-il d'une voix calme.

Joe hocha la tête.

— Bon. Vous savez que la situation est dangereuse.

— Je peux peut-être vous aider, dit Adam.

— Genevieve et Eileen devraient sans doute quitter New York pendant un moment, reprit Joe.

— Joe…

Mais Eileen posa la main sur le bras de sa fille pour l'interrompre, et répondit en regardant Joe fixement :

— Nous pourrions, c'est vrai. Mais si quelqu'un a décidé que Genevieve ou moi devait mourir, ce quelqu'un saura nous retrouver où que nous soyons, Joe. Je crois que nous avons plutôt intérêt à rester ici et à éclaircir cette histoire.

— Qu'avez-vous appris aujourd'hui ? demanda Adam à Joe.

— Que Don avait raison. Le meurtrier a fait une bien meilleure imitation de Poe, cette fois.

Il s'exprimait d'un ton abrupt, grinçant. Gen n'osait pas imaginer le spectacle qu'il avait pu découvrir un peu plus tôt.

— Tu es resté dans le New Jersey toute la journée ? demanda-t-elle.

Il fit signe que non.

— Je suis allé voir Sam à l'hôpital.

Il parcourut la tablée des yeux, croisant tous les regards les uns après les autres, et ajouta :

— On a encore essayé de l'assassiner.

Après tout ce qu'il venait de vivre, il était bien normal que Joe ait envie d'être un peu seul, se dit Genevieve. A moins que son refus de rentrer avec elle soit plutôt lié à la présence d'Adam.

Cela dit, il semblait faire confiance à l'homme d'expérience qu'était Adam, sûrement parce qu'il l'avait connu par l'intermédiaire de Leslie. En outre, il était convaincu qu'Adam était arrivé ce jour-là chez O'Malley's en compagnie d'Eileen et de Genevieve, et heureusement, sur ce point, Adam ne l'avait pas détrompé.

Joe prit donc congé des trois autres après avoir suggéré que Gen passe la nuit chez sa mère.

Genevieve ouvrit la bouche pour protester, mais sa mère la devança :

— Accepte, ma chérie, je t'en prie ! Juste pour cette fois.

Une heure plus tard, Genevieve était donc dans le salon de sa mère, en train de bavarder avec Adam, qui avait raccompagné les deux femmes sous prétexte de veiller sur elles.

— Il est vraiment furieux que je vous aie appelé, dit-elle.

— Il a eu une rude journée.

— Ça n'a rien à voir.

— Avez-vous déjà assisté à une autopsie ? demanda Adam.

— Non, mais je vous assure que ça n'a rien à voir.

— Il a juste besoin d'être un peu seul pour récupérer, Genevieve.

— Exact. Mais c'est parce qu'il pense que, d'une certaine façon, je l'ai trahi.

— Laissez-lui le temps. Parlons plutôt de vous.

— Moi ? Eh bien, j'ai fait un cauchemar, avoua-t-elle. Je l'avais d'abord oublié, puis je me le suis rappelé…

— Quel genre de cauchemar ?

Elle se tut un moment et frissonna comme si l'on faisait courir un glaçon le long de sa colonne vertébrale.

— J'ai rêvé qu'on m'étranglait, dit-elle. Mon Dieu !

— « Mon Dieu » quoi, Genevieve ?

— C'était comme si…

— Continuez.

— Comme si j'étais Lori Star. C'était dimanche soir, le jour où elle a disparu. Mon Dieu, Adam, si ça se trouve, j'ai fait ce cauchemar exactement quand… quand on était en train de la tuer !

Elle s'interrompit, haletante, puis reprit :

— Je l'avais vue à la télévision, et elle disait exactement ça… qu'elle avait eu l'impression d'être le conducteur de la voiture, sur l'autoroute FDR. Qu'elle avait ressenti de la colère… une volonté de nuire.

Elle se tut. Elle avait la chair de poule et elle aurait donné n'importe quoi pour revenir quelques minutes en arrière, pour ne jamais avoir prononcé ces mots. Pour chasser l'horreur.

— Très bien, dit Adam d'une voix douce.

— Très bien ?

Il sourit tristement.

— Ça va peut-être vous permettre de mieux explorer ce qui concerne la victime.

— Explorer ce qui concerne la victime ?

Il acquiesça, et reprit :

— Y a-t-il autre chose ?

— Non.

Elle se rendit compte qu'elle mentait. Elle n'avait pas envie d'en dire plus. Pourtant, elle savait qu'elle n'avait pas le choix.

— En fait, oui, marmonna-t-elle.

— Dites-moi tout, Genevieve, je vous en prie.

Elle prit une inspiration.

— Tout à l'heure, dans le parking… j'ai eu l'impression qu'il y avait quelqu'un dans l'ombre. Une présence. Ou pour être plus précise… que les ombres elles-mêmes étaient animées. Cela a-t-il un sens pour vous ?

— Aussi surprenant que cela puisse paraître, oui, répondit-il en se levant. Maintenant, je vais aller dormir un peu.

— Quoi ?

— J'ai besoin de sommeil. Votre mère a eu la gentillesse de me faire préparer une chambre.

— En somme, vous me lancez une bombe à retardement, et ensuite vous allez tout bonnement vous coucher ?

— Une longue journée nous attend, demain.

— Je vois. Vous *lisez dans l'avenir* que la journée sera longue !

Pourquoi lui en voulait-elle autant ? C'était elle qui l'avait fait venir, après tout.

Elle avait peur. C'était pour ça.

— Adam…

— Joe aura besoin d'aide, dit-il.

Puis il quitta la pièce.

Joe devait admettre qu'il se sentait furieux.

Qu'avait-il donc fait pour que Genevieve décide d'appeler Adam Harrison ?

Il n'avait parlé à personne du cadavre qui s'était adressé à lui, à la morgue. Ni de sa conversation avec un mort, sur l'autoroute. Sauf au secouriste, mais à ce moment-là, il ne savait pas encore que l'homme était décédé.

Après avoir quitté le pub, il ne regagna pas sa voiture. Il était trop préoccupé pour rentrer directement chez lui. Tout en marchant dans New York, il essaya de réfléchir rationnellement.

Bon, d'accord : ça lui déplaisait profondément que Genevieve ait fait venir Adam à cause de lui. Il y avait des problèmes bien plus urgents à régler : la nouvelle agression dont Sam venait d'être victime, par exemple. D'après la police, il valait mieux distiller les informations au compte-gouttes car il devenait évident qu'ils avaient affaire à un tueur en série, fétichiste réel ou supposé d'Edgar Poe, et la plus grande prudence s'imposait si l'on voulait éviter que des hordes de timbrés ne se fassent passer pour lui.

Oui, il y avait un tueur en liberté, et, en tant qu'enquêteur, il avait besoin de toute sa concentration. « Réfléchis posément », se dit-il.

Il avait déjà examiné les alibis des membres du conseil d'administration du Club pour l'après-midi et la soirée du jour où Thorne avait été tué, dans l'espoir d'en écarter certains. Maintenant, le processus d'élimination devenait plus facile : quand il saurait où chacun d'entre eux se trouvait vers 19 heures, le jour du carambolage, ainsi que la nuit où Lori avait disparu, il pourrait croiser toutes ses informations et rayer plusieurs noms de la liste des suspects.

Aujourd'hui, ils s'étaient tous retrouvés chez O'Malley's à l'heure de l'apéritif. Mais où avaient-ils passé la journée ?

Joe se promit de le découvrir. Mais, évidemment, ça ne lui donnerait pas l'identité du meurtrier, lequel ne faisait peut-être pas partie du Club. Quoique… Thorne Bigelow n'avait sûrement pas accordé sa confiance à un grand nombre de personnes.

Tout à coup, Joe se rendit compte que ses pas l'avaient ramené à Hastings House.

C'était fermé, comme la dernière fois. Le musée n'ouvrait en soirée que pour des occasions particulières, comme la réception organisée le jour où Matt avait trouvé la mort et où Leslie était brièvement passée de l'autre côté, avant de revenir parmi les vivants…

Pour un an.

Suffisamment longtemps, en tout cas, pour capturer… Le cœur de Joe ? Son âme ?

Debout sur le trottoir, immobile, il remarqua que le portail était entrouvert.

— Non ! s'écria-t-il.

Mais il ne put s'en empêcher. La pulsion était trop forte. Il voulait simplement prouver une fois pour toutes qu'il ne se passait là rien d'irrationnel… Non. En vérité, il cherchait autre chose. Il le savait.

Il franchit le portail et remonta l'allée jusqu'au perron. Là, il leva les yeux vers la maison et se dit que ce n'était rien d'autre que ça : une maison. Des briques, du ciment, du bois. Une bâtisse. Ça ne respirait pas. Quoi que puisse en penser Debbie, la maison ne l'avait pas sauvée. Les briques, le ciment et le bois n'avaient jamais sauvé personne.

Contrairement à Leslie.

Maintenant, il allait devoir entrer dans la maison et entendre — ou croire entendre — la voix de Leslie, comme si elle était là…

Il grimpa les marches du perron.

La porte s'ouvrit.

Il entra.

A l'intérieur, rien n'avait changé. Il observa l'escalier, baigné dans la pâle lueur rougeâtre de l'alarme. Il examina les meubles de l'entrée, regarda sous le tapis. Sur le mur, il y avait des bougies dans des appliques, ainsi qu'une peinture à l'huile représentant un cavalier avec un tricorne.

Contrairement à la fois précédente, on n'entendait aucun bruit. Un profond silence régnait.

Bizarrement, la maison semblait chaude. Sans doute parce que c'était un musée et qu'il fallait protéger le mobilier de l'humidité. Mais l'endroit n'était ni bon ni mauvais. C'était juste une maison.

Joe…

L'impression de chaleur qu'il ressentait s'accrut, puis il sentit quelque chose lui frôler la joue, presque tendrement.

— Je veux que tu sois ici, dit-il à voix haute.

Il se sentait parfaitement ridicule, mais il n'avait pas pu se retenir.

Son portable se mit à sonner.

— Flûte ! grommela t il en le fermant.

Mais qu'est-ce qu'il espérait ? Qu'en entrant dans le hall, il allait trouver Leslie en train de l'attendre tranquillement, vêtue d'un jean et d'un T-shirt, détendue, les cheveux sur les épaules ? Et que, de sa voix tout à la fois prenante et mélodieuse, elle lui proposerait du thé ?

— Je suis un imbécile.

Il retourna vers la porte.

Et sentit une main. Oui, une main, bon sang ! Sur son épaule.

Joe…

Ce n'était pas la voix de Leslie.

C'était celle de Matt !

Il devenait complètement cinglé. Leslie n'était pas là pour l'accueillir : elle se trouvait là avec Matt. Ils étaient installés à Hastings House. Ou peut-être simplement dans les méandres torturés de son esprit.

N'aie pas peur. Ecoute-nous, s'il te plaît. Nous pouvons t'aider.

Joe poussa un bref juron et plissa les yeux pour sonder l'obscurité.

Là ! Est-ce que ça n'avait pas bougé ? Ne voyait-il pas se dessiner devant lui comme un contour brumeux ? Allait-il serrer la main de son cousin d'une minute à l'autre ?

Il jura de nouveau. Maintenant, oui, il était vraiment mûr pour le divan.

Il fit une grimace.

— Si tu… si tu es là, laisse-moi tranquille ! murmura-t-il.

Fou. Il devenait complètement fou.

Il fit volte-face et fonça hors de la maison sans s'apercevoir que la porte se refermait et se verrouillait derrière lui.

14

Le lendemain, Lori Star faisait la une de toutes les émissions matinales.

Il était triste de penser qu'elle aurait probablement apprécié la célébrité, même de cette manière horrible, se dit Genevieve.

Elle s'était levée tôt pour rentrer chez elle.

Assise devant le poste de télévision, elle décida d'appeler sa mère pour lui redemander avec insistance de rester chez elle, bien à l'abri.

Et tant pis si elle devenait hyperprotectrice !

— Je t'interdis de sortir avec Lou, Lila ou n'importe lequel d'entre eux ! lança-t-elle fermement.

— Voyons, Genevieve, sois sérieuse ! Aucune de ces personnes ne peut être le tueur.

— Je te le demande quand même. Je n'arrive pas à croire que tu aies pris le risque de sortir, hier soir.

— Mais toi aussi, tu es sortie !

— Je ne fais pas confiance aux gens de ton club.

— Tu fais bien confiance à Adam et à Joe !

— Rien à voir ! S'il te plaît, promets-moi de ne pas bouger aujourd'hui. D'accord ?

Un soupir.

— D'accord, dit Eileen. A propos… c'est toi qui as fait venir Adam ? Tu l'as appelé ?

— Oui.

— Leslie ne jurait que par lui, tu sais ? Ils étaient très proches.

— Je sais. Mais c'est aussi un ami à toi, non ?

— Eh bien, au départ, nos familles se connaissaient. Durant des années, je l'ai croisé régulièrement dans diverses fondations. Et puis, l'an dernier, à l'époque où j'ai engagé Joe parce qu'on te cherchait partout, je l'ai vu assez souvent, c'est vrai.

Elle se tut et Genevieve, au bout du fil, attendit qu'elle poursuive. Comme rien ne venait, elle insista :

— Est-ce que vous avez vu… ?

— Est-ce que j'ai jamais eu affaire à des phénomènes paranormaux ? compléta Eileen. Non.

Elle s'interrompit, puis enchaîna :

— Adam est quelqu'un de très bon. Joe le sait. J'espère qu'il lui fera confiance, quoi qu'il arrive.

— Je l'espère aussi. Tu sais, maman… je t'aime.

— Moi aussi, je t'aime. Plus que je ne pourrai jamais le dire, répondit Eileen avec douceur.

A 10 heures, Adam appela Genevieve.

— Mes amis Brent et Nikki Blackhawk sont arrivés, annonça-t-il.

— Vous avez vu la réaction de Joe, hier soir. Je ne suis pas sûre qu'il ait envie de les rencontrer…

— Oh, il le fera ! Brent a des informations à lui transmettre.

— Ah bon ?

— Oui. Il n'est pas seulement chasseur de fantômes,

vous savez, dit Adam, sans que Genevieve puisse distinguer s'il la taquinait ou non. C'est aussi un remarquable enquêteur, et je pense qu'il peut vraiment aider Joe. Quoi qu'il en soit, ne vous inquiétez pas. Je vais appeler Joe moi-même et organiser un déjeuner.

« De mieux en mieux ! songea-t-elle. Joe va être enchanté. » Elle se borna à répondre :

— Tenez-moi au courant.

Elle raccrocha et revint dans son salon, où le visage de Lori Star s'étalait encore sur l'écran de télévision. Elle se détourna et, à cet instant, entendit une voix dire : « Aidez-moi. »

Elle fit volte-face. Pendant quelques instants, le regard de Lori sembla fixé sur elle, puis elle se rendit compte qu'ils repassaient la vidéo tournée lorsque Lori était venue clamer sur toutes les chaînes qu'elle avait eu une « vision » de l'accident. Ce qui se déroulait à l'écran était donc parfaitement normal.

Pourtant, elle dut lutter contre une brusque envie de quitter son appartement et de fuir à toutes jambes.

Sauf qu'on ne pouvait pas se fuir soi-même. Elle le savait. Elle se rappela son rêve, cette étrange sensation d'être une autre femme. Elle revit les ombres qui bougeaient et s'animaient dans le parking de son immeuble. Et maintenant elle avait la troublante impression qu'une morte, par le biais de la télévision, l'appelait à l'aide en la regardant droit dans les yeux.

L'étrange comportement de Joe relevait-il du même phénomène ? Est-ce qu'il fuyait, lui aussi ?

Peut-être étaient-ils tous les deux en train de devenir fous.

Elle éteignit la télévision. Au même instant, son portable sonna. C'était Adam.

— J'ai réservé pour 13 heures. Comme j'ai loué une voiture, je passerai vous prendre à moins le quart.

— Joe est d'accord ?

— Il sera là.

Genevieve raccrocha en méditant sur l'énorme différence qui existait entre « être d'accord » et « être là ».

Le Dr Frank Arbitter semblait chez lui, à un détail près : on avait l'impression que son chez-lui, c'était la morgue, se dit Joe. Frank pouvait boire, manger, bavarder et lire des bandes dessinées en présence du cadavre qui attendait son intervention, sans paraître perturbé le moins du monde.

Ce matin-là, il y avait sur la table le corps d'une femme âgée dont on ne voyait que la tête. Joe ignorait où en était l'autopsie. Frank lui dit bonjour en lui indiquant une chaise devant son bureau. Au passage, sous le regard de Frank mais sans aucun commentaire de sa part, Joe remonta doucement le drap pour recouvrir le visage de la morte.

— Un assassinat ? demanda-t-il.

— Non. Simplement, elle vivait seule. Je suis pratiquement sûr que c'est une crise cardiaque, mais comme il n'y avait aucun témoin, il faut une autopsie. Dis donc, tu ne voudrais pas un chat ?

— Quoi ?

— Il est arrivé avec elle. Il s'était caché sous les couvertures.

— Frank, je suis la dernière personne au monde

à pouvoir prendre un animal domestique. Je ne suis jamais chez moi !

Frank haussa les épaules en secouant la tête.

— C'est un très beau chat. Avec une fourrure magnifique.

— Elle est peut-être morte en essayant de le brosser, suggéra Joe.

— Moi qui te prenais pour un type bien…

— Je demanderai autour de moi. Raif Green a des enfants. Peut-être qu'il sera intéressé.

— Tu devrais réfléchir, Joe. Un animal transformerait ton appartement en foyer. Quoique… une femme, ce serait encore mieux.

— Lâche-moi, s'il te plaît ! On peut en venir au fait ?

— O.K. Assieds-toi.

Joe obéit.

— As-tu eu des contacts avec ton homologue du New Jersey ?

— Tu veux parler du médecin légiste chargé de Mlle Star, le Dr Benjamin Sears ?

— C'est ça.

— Il m'a envoyé une copie de son rapport, dit Frank. Mais pourquoi cette question ? C'est toi qui étais à l'autopsie, pas moi.

— D'après Sears, presque toutes les blessures sont post-mortem, y compris celles de la zone génitale. Comment interprètes-tu ça ?

Frank haussa les sourcils d'un air surpris.

— Hé, je suis un mécanicien de la médecine, pas un psychiatre ! Je ne regarde que les rouages.

— D'accord, je vais préciser. Est-ce que tu penses

que le tueur a pu vouloir imiter un autre crime, au lieu de commettre directement le sien sous l'empire de la passion ?

Frank soutint sans ciller le regard de Joe.

— J'ai vu les informations, moi aussi. Sais-tu qu'il y a eu deux autopsies de Mary Rogers ? La première a eu lieu dans le New Jersey et la seconde, à New York. Malgré cela, on n'a jamais su si elle était morte des suites d'un avortement ou après une agression. A l'époque, toute la zone des Five Points était aux mains des gangs. Beaucoup de gens préféraient la seconde hypothèse. C'était un moyen de forcer la police à faire le ménage.

Joe lui jeta un regard surpris.

— Je ne suis pas un expert d'Edgar Poe, dit Frank, mais je connais l'histoire de New York.

— D'accord. Alors, écoute mon hypothèse et donne-moi ton avis, demanda Joe en se penchant en avant. Le tueur est un opportuniste. Pour brouiller les traces, après avoir tué Thorne Bigelow, il a eu l'idée de faire croire à un autre mobile que le sien. Il a donc laissé dans la pièce une note faisant allusion à Edgar Poe, même si son crime ne rappelait que de très loin les nouvelles de l'écrivain. Ensuite, il a enchaîné les autres crimes à la faveur des événements. Il a vu Sam Latham sur l'autoroute et il s'est dit que c'était l'occasion de donner du poids à l'hypothèse d'un maniaque d'Edgar Poe. Il a pris Sam en chasse et n'a réussi qu'à l'envoyer à l'hôpital, mais ça a tout de même servi ses intérêts. Peut-être même trop, d'ailleurs. Quand Lori Star s'est mise à raconter partout qu'elle était médium et qu'elle savait ce qui s'était passé, il a dû avoir des sueurs froides. Par chance pour lui, elle n'était pas difficile à éliminer. Il suffisait de se faire passer pour un quelconque reporter, de lui promettre la célébrité et de lui donner rendez-vous. Tu connais la suite. Là, il a pu mettre le paquet, côté Edgar Poe. Il aurait dû se sentir tranquillisé, mais il a repensé à Sam, à qui la mémoire des événements pouvait revenir. Alors, il a commencé à s'inquiéter. D'où une nouvelle agression.

— Quelqu'un a fait une nouvelle tentative pour tuer Sam ? Je n'ai rien vu là-dessus aux infos.

— Tu ne verras rien. La police préfère la discrétion, pour avoir un coup d'avance sur le tueur.

— Comment s'y est-il pris, cette fois ? demanda Frank en plissant le front.

— Il s'est déguisé en infirmier et a glissé dans la perfusion une bonne dose d'un produit, probablement de la morphine. S'il avait réussi, je parie qu'on aurait retrouvé tôt ou tard un nouveau message... Alors, que penses-tu de ma théorie ?

C'est assez convaincant, mais, pour le moment, rien de tout ça n'est prouvé. La police n'a aucune piste, n'est-ce pas ?

— Non, aucune, reconnut Joe.

— Si ça se trouve, le premier crime est dû au hasard, et il y a eu escalade.

— Non ! affirma Joe. Thorne Bigelow a fait entrer le meurtrier chez lui. Aucun hasard là-dedans.

— Exact.

Frank garda le silence un long moment avant de reprendre :

— Tu sais, à l'époque… on n'a jamais retrouvé le tueur. Il y a eu tout un tas d'hypothèses, mais personne n'a été poursuivi.

— Je sais. Mais cette fois, ce sera différent.

— Pourquoi ?

— Parce que, si on ne retrouve pas ce type, il continuera.

Joe se leva brusquement en concluant :

— Merci, Frank.

— De quoi ? Je n'ai rien fait.

— Plus que tu ne penses. Tu m'as amené à me poser une question très importante.

— Laquelle ?

— Pourquoi, au juste, voulait-on la mort de Thorne ?

Genevieve tournait dans son appartement comme un lion en cage.

Elle avait toujours été très active. Elle s'était constamment investie pour aider les autres en utilisant ses connaissances dans le domaine des sciences sociales et de la psychologie. Elle avait aidé des filles des rues à quitter leur souteneur, et elle avait trouvé un vrai travail à bon nombre d'entre elles. Elle savait faire attention dans les quartiers dangereux. Si on l'avait enlevée, c'était uniquement parce qu'elle ne s'était pas méfiée de quelqu'un qu'elle connaissait, en qui elle avait confiance.

Tout comme Thorne Bigelow.

Mais lui, il n'avait pas survécu.

Genevieve pensa ensuite à Lori Star. Tout à coup, elle avait envie d'en savoir plus sur elle.

Il n'était plus possible de bavarder avec elle, évidemment, mais il existait d'autres moyens de se renseigner. Joe serait furieux d'apprendre qu'elle était sortie pour mener l'enquête, mais tant pis. Qu'il aille au diable !

Elle s'empara de ses clés et fila. Au lieu de prendre sa voiture, elle s'arrêta dans le hall pour demander au portier de lui appeler un taxi, et se fit conduire chez Lori Star.

Elle entra dans l'immeuble et grimpa les trois étages.

Un ruban de scène de crime bloquait la porte de Lori, mais ce n'était pas pour ça qu'elle était venue, et elle alla directement chez Susie.

Avant qu'elle ait eu le temps de frapper, la porte s'ouvrit. Susie, les yeux rougis, jeta un coup d'œil alentour, puis entraîna rapidement Gen à l'intérieur.

— Excusez-moi, mais la presse n'arrête pas de me harcclcr, cxpliqua-t-cllc.

— Ah bon ? Personne ne m'a empêchée de monter, dit Genevieve.

— Je suppose que les flics sont partis. Ou alors ils ont estimé que vous n'aviez pas l'air d'une journaliste.

— Probablement.

A vrai dire, Gen avait la nette impression que la police avait arrêté de surveiller l'immeuble. Quant aux journalistes, ils avaient probablement déjà tiré tout ce qu'ils pouvaient des voisins de Lori.

Elle ne livra pas ses conclusions à Susie qui, visiblement, avait beaucoup pleuré et semblait prête à recommencer d'une minute à l'autre.

Genevieve se sentit envahie par un sentiment de compassion.

— Un de ces types m'a proposé de l'argent pour que je lui donne des photos sexy de Lori, ou bien que je lui raconte des histoires sordides, dit-elle avec un air méprisant. Ils la traitent de putain, mais ils ne valent pas mieux que de vulgaires maquereaux. Je ne me ferai jamais d'argent sur le dos d'une amie.

— Je suis sûre que Lori vous en serait reconnaissante, dit Genevieve en posant une main sur son bras.

Susie ravala ses larmes, essuya ses joues et eut un faible sourire.

— Vous n'êtes pas comme les autres, vous et ce type : Joe. Il voulait faire quelque chose. Je suis sûre qu'il a tenu parole.

— Oui, c'est un type bien, dit Genevieve.

Susie fronça les sourcils.

— Bref, pourquoi êtes-vous venue ?

— Je voulais vous voir.

— Pourquoi ?

— Je ne sais pas très bien, en fait, avoua Genevieve. J'imagine que… il me serait peut-être utile d'en savoir plus sur Lori.

— Asseyez-vous, proposa Susie en désignant le divan. Je vais vous dire tout ce que je sais. Pour commencer, Lori voulait vraiment être actrice. Elle faisait beaucoup de figuration, elle passait des auditions. On l'a même rappelée une ou deux fois, mais elle n'avait pas encore eu l'occasion qu'elle attendait.

Genevieve hocha la tête d'un air encourageant.

— Elle était… normale, poursuivit Susie. Bon, c'est vrai, elle faisait des passes de temps en temps, mais elle était discrète. Elle n'allait qu'avec des types qui lui plaisaient, et elle prenait ce qu'on lui offrait. Mais elle se préparait vraiment à devenir actrice, et je pense qu'elle aurait fini par y arriver.

— Alors, pourquoi se faisait-elle appeler Candy Cane ? Pourquoi avoir donné ce nom quand on l'a arrêtée ? demanda Genevieve.

Susie eut un petit rire dur.

— Moi, c'est Peppermint Patsy ! Nous avons toutes des surnoms pour sortir le soir. Ça vaut mieux. Si je veux passer un bon moment avec un type tout en me faisant un petit bénéfice, je n'ai pas envie qu'il connaisse mon vrai nom.

— A votre avis, Lori savait-elle, en alertant les médias, qu'ils risquaient d'enquêter sur elle et de s'apercevoir qu'elle avait un casier judiciaire ?

— Elle s'est probablement dit que ça valait la peine de tenter le coup. L'important, c'est qu'elle disait la vérité quand elle a raconté ce qu'elle avait vu. Elle était totalement sincère. A moi, elle n'aurait pas menti.

Une grosse larme roula sur la joue de Susie.

— On mène des vies de merde et après, on meurt. Super, hein ?

Genevieve retrouvait soudain tous ses instincts d'assistante sociale.

— Susie, il est trop tard pour aider Lori. Mais si *vous*, vous voulez un vrai job, je peux m'en occuper.

Susie grimaça.

— Je travaille déjà très dur et je n'arrive jamais à rien. J'ai confectionné des hamburgers pendant un moment mais ça ne payait même pas le loyer.

— Je connais un endroit où vous pourriez servir en salle avec de bons pourboires.

— Est-ce qu'il faut danser autour d'un poteau ? demanda Susie d'un air sceptique.

Genevieve se mit à rire.

— Non. C'est un vieux pub irlandais. Ils ont toujours du monde et ils cherchent en permanence des serveuses. Ça vous plaira, je vous le promets.

— Vous pourriez vraiment me recommander ? demanda Susie, à moitié convaincue. Où est-ce ? J'ai perdu un job parce qu'il fallait marcher deux kilomètres après la station de métro. Je passais mon temps à me faire harceler sur le chemin et j'étais toujours en retard.

— Ce n'est pas très loin d'ici.

— Dans Manhattan ?

Gen hocha la tête. Puis, à son grand désarroi, Susie fondit en larmes.

— Je suis désolée de vous faire pleurer, dit Genevieve.

— Non, c'est simplement que Lori aimait tellement ce quartier ! Vous savez ce qu'elle aurait aimé faire, si elle avait eu son bac ?

— Quoi donc ?

— Archéologue. Elle le disait souvent. Elle adorait tous ces vieux bâtiments : l'église de la Trinité, Saint-Paul, l'hôtel de ville… et Fraunces Tavern, même si la restauration est un peu toc. Elle passait sa vie dans ce genre d'endroit. Elle aimait aussi les cimetières.

Incapable de poursuivre, Susie se mit à sangloter sans retenue. Genevieve ne savait que faire pour la consoler. Elle songea que Leslie MacIntyre aurait sûrement aimé connaître Lori Star…

Brusquement, elle eut l'impression qu'elle venait d'apprendre beaucoup de choses sur Lori. Elle se leva et tendit la main à Susie.

— Je vais me renseigner sur ce travail. Promis.

— J'imagine que vous avez le bras long, dit Susie.

— Moi, non, mais je connais des gens capables de vous aider.

Susie garda le silence un moment, puis demanda :

— Est-ce que vous pensez pouvoir éviter la fosse commune à Lori ?

— Ça, oui, promit Genevieve.

Avant qu'elle ne sorte, Susie l'étreignit impulsivement.

Genevieve la serra dans ses bras en songeant à l'époque qui avait précédé son enlèvement. Elle se débrouillait bien, alors. A force d'indignation, elle arrivait à faire bouger les choses. Elle obligeait les autorités à faire leur travail. Maintenant, elle se félicitait d'être née riche car ça lui permettait d'agir elle-même. De payer des funérailles décentes, par exemple.

— Je vous appellerai bientôt, et ce n'est pas une promesse en l'air, dit-elle.

Susie la remercia et s'essuya les yeux en s'efforçant de reprendre contenance.

Genevieve ne se rendit compte de l'heure qu'une fois dans la rue : elle était restée chez Susie plus longtemps que prévu. Il était déjà midi. Et impossible de trouver un taxi.

Jurant à voix basse, elle se mit à marcher.

Plus vite. Il est juste derrière toi.

Elle sursauta, stoppa, fit volte-face pour regarder derrière elle.

A sa gauche, un homme tenait en laisse un yorkshire. Un prêtre la dépassa avec un signe de tête poli. Deux ados gothiques tout habillés de noir avançaient dans sa direction en ricanant. Une femme juchée sur des talons hauts, une serviette à la main, se frayait un chemin dans la foule tout en téléphonant.

Les dents serrées, Genevieve se dit que son imagination lui jouait des tours. Elle se remit en marche.

Accélérez ! Je vous en supplie !

On était en plein jour, les rues étaient noires de monde. Elle ne courait donc aucun danger.

Pourtant, à l'instant même où elle se disait cela, elle passa devant une impasse étroite, encombrée de détritus et plongée dans l'ombre, même en plein midi. Un agresseur n'aurait eu qu'à y pousser sa victime, et ensuite…

Elle pressa le pas en remarquant des détails qu'elle ne voyait pas d'habitude : toutes ces encoignures, entre les bâtiments, sur les chantiers, où il aurait suffi d'avancer un pied pour disparaître.

Et tout à coup, dans un éclair de lucidité, elle comprit qu'elle était *effectivement* suivie.

Elle descendit en hâte sur le macadam, le bras levé, déterminée à ne plus bouger jusqu'à ce qu'un taxi s'arrête.

Le premier qui surgit stoppa net, comme si elle avait brusquement acquis le pouvoir d'imposer sa volonté. Elle s'installa rapidement à l'arrière, donna son adresse, puis jeta derrière elle un coup d'œil anxieux.

Beaucoup de gens se croisaient sur le trottoir. Parmi eux, un homme lui tournait le dos. Il était vêtu d'un trench-coat et d'un chapeau, et elle n'aurait pu dire ni son âge ni la couleur de ses cheveux. Mais elle aurait mis sa main à couper qu'il s'était détourné parce qu'elle le regardait.

Quand elle sortit du taxi, devant son immeuble, elle éprouva un soulagement enfantin à voir le visage familier du portier. Elle lui adressa un grand sourire et s'approcha pour bavarder. Avec lui, elle était en sécurité, et c'était un bon moyen d'attendre Adam, qui devait arriver dix minutes plus tard. Il serait toujours temps, ensuite, de s'interroger sur l'expérience qu'elle venait de vivre et sur sa propre santé mentale.

Joe avait du mal à le croire, mais il allait bel et bien déjeuner avec une bande de médiums. Il respectait Adam Harrison, un homme qui avait permis à Leslie de rester saine d'esprit après l'explosion de Hastings House et qui avait ensuite gardé avec elle des liens étroits.

A l'époque, Joe clamait haut et fort qu'il ne croyait à rien de tout ça. Il se doutait bien qu'il se mentait à lui-même, mais c'était comme si le fait de nier certains événements les effaçait purement et simplement.

Cela dit, Adam Harrison avait une façon convaincante de présenter les choses.

— Si mes collègues et moi pouvons être d'une quelconque utilité, pourquoi ne pas nous laisser faire ? avait-il déclaré le plus calmement du monde. Vous avez envie de mettre la main sur ce type, n'est-ce pas ?

Joe revit le corps de Lori Star, sur la table d'autopsie, puis il songea à la façon dont elle était morte, et aux cauchemars qui l'assaillaient, depuis. Des cauchemars dans lesquels on étranglait Genevieve.

Il regrettait un peu d'avoir accepté ce déjeuner. Le matin même, il avait finalement échafaudé une hypothèse, et il voulait la vérifier, ce qui impliquait pas mal de déplacements. Il s'agissait de savoir où se trouvait chaque membre du club des Corbeaux, non seulement à l'heure de la mort de Thorne Bigelow, mais aussi lors des épisodes qui avaient suivi. Au téléphone, Raif lui avait assuré que Tom et lui allaient vérifier tous les alibis. Joe savait qu'ils s'y prendraient aussi minutieusement que lui, et probablement avec plus de moyens, mais il préférait s'assurer de certaines choses par lui-même. Il aimait notamment recueillir les paroles de vive voix car il pouvait ainsi noter le langage corporel, les intonations… tout un tas de détails souvent bien plus révélateurs que les mots.

Hélas, il avait accepté de déjeuner avec Adam. Voilà pourquoi il se retrouvait maintenant devant un restaurant tranquille de la ville basse, où l'on mangeait de la bonne viande, et qui n'avait pas changé depuis des années. Il donna son nom à l'accueil, et on le conduisit à une table réservée pour cinq personnes. Brent Blackhawk était déjà là.

C'était un homme fascinant, avec des traits fortement marqués par ses origines indiennes et, en même temps, des yeux clairs, saisissants. Il se mouvait avec l'aisance d'un athlète.

Seul à la table, il étudiait le menu. En voyant Joe, il se leva et sourit d'un air chaleureux.

— Bienvenue, Joe ! Ravi de vous retrouver.

Ils ne s'étaient pas revus depuis l'enterrement de

Leslie. Leslie qui appréciait Brent et sa femme, Nikki, et qui leur faisait confiance…

Blackhawk était un type bien, Joe le savait. Intelligent, résolu sans être agressif, sportif. Bref, un homme, un vrai. Qu'est-ce qui clochait chez lui ?

Eh bien, par exemple, le fait qu'il croyait à un au-delà que la plupart des gens ne pouvaient pas voir. Et Joe n'avait aucune intention de l'imiter.

— Salut, Brent ! lança-t-il.

Même s'il ne voulait pas laisser voir sa méfiance, il parlait d'un ton sec.

— Comment va Nikki ? demanda-t-il.

— Très bien. Elle arrive… Alors, qu'est-ce que vous devenez ? reprit Brent.

— Comme c'est Adam qui vous a fait venir, je suis sûr que vous avez la réponse.

— Je n'ai pas demandé : « Qu'est-ce que vous *faites* ? » mais : « Qu'est-ce que vous *devenez* ? »

— Vous voulez savoir si je vois Leslie dans mes rêves ? La réponse est non, déclara Joe.

Il ne précisa pas qu'il lui arrivait d'entendre Leslie lui chuchoter à l'oreille, et qu'il pensait même avoir entendu parler son cousin, mort depuis deux ans.

Il se montrait agressif, il s'en rendait compte, mais Brent n'eut pas l'air de s'en soucier, et il haussa négligemment les épaules.

Nikki arriva au même instant. C'était une belle femme à la chevelure souple, aux traits fins, qui possédait la même aisance gestuelle que son mari.

Les deux hommes se levèrent.

— Comment allez-vous, Joe ? fit Nikki avec un sourire radieux.

Elle était aussi blonde et gracile que Brent était brun et costaud. Ils formaient un très beau couple, se dit Joe. Tout chez eux attirait la sympathie, même s'ils croyaient aux fantômes.

— Bien, répondit-il. Sauf que nous nous rencontrons de nouveau dans de tragiques circonstances, n'est-ce pas ?

Voilà qu'il se montrait encore hostile !

— Il est clair que nous devons tout faire pour qu'elles s'arrangent, dit Brent.

— Mieux que la dernière fois, j'espère ! riposta Joe.

Il fit une grimace, puis ajouta aussitôt :

— Excusez-moi. Nous avons tous fait ce que nous pouvions, à l'époque, je le sais.

— Ne vous excusez pas, dit Nikki en posant doucement une main sur la sienne.

Il plongea son regard dans le sien. Elle avait de grands yeux empreints d'empathie. Pas de compassion : d'empathie.

— Oui, bon… Alors, qu'est-ce que nous sommes censés faire ? Des tours de passe-passe ? C'est ça, l'idée ?

Brent et Nikki échangèrent un coup d'œil. Joe sentit que Brent, d'ordinaire impassible, n'allait pas tarder à sortir de ses gonds. Il semblait prêt à lancer une réplique bien sentie, mais, apparemment, sa femme le retint en lui envoyant un coup de pied sous la table.

— Nous allons utiliser la remarquable intuition de Brent, mais aussi un ordinateur, dit-elle.

— Ne te fatigue pas, Nikki ! dit Brent. Tout le monde connaît nos compétences dans le domaine du paranormal. Ce que je crois, pour l'instant, c'est que Joe lui-même a connu récemment des expériences… particulières.

Brent avait prononcé ces derniers mots d'un ton sec, et Joe dut reconnaître qu'il l'avait bien cherché. De là à admettre qu'il avait effectivement connu des expériences « particulières », c'était hors de question.

— Tu lui as montré les articles ? demanda Nikki à son mari.

— Quels articles ? lança Joe.

Brent se pencha pour prendre sa sacoche, et il en tira une chemise qu'il posa sur la table. Joe l'ouvrit. Elle contenait plusieurs photocopies d'articles de journaux.

— Qu'est-ce que c'est ?

— Lisez.

Joe s'exécuta. Le premier article, vieux de trois ans, provenait d'un journal de Richmond. Un gros titre barrait la une :

« UN SPÉCIALISTE D'EDGAR POE
RETROUVÉ MORT DANS SA CAVE. »

Joe poursuivit sa lecture. Un professeur de littérature nommé William Morton avait été étranglé dans son cellier à vin. L'article ne mentionnait nulle part la présence d'un message, mais le professeur était un spécialiste d'Edgar Poe, ce qui permettait de faire un lien avec les meurtres de Thorne Bigelow et Lori Star.

— Est-ce que le tueur avait laissé un message quelconque près du corps ? demanda Joe.

— Je connais les flics qui ont mené l'enquête, dit Brent. En théorie, elle est toujours en cours, même s'il n'y a rien eu de nouveau depuis des mois. La réponse est non : on n'a pas retrouvé le moindre message près du corps.

— Avez-vous… euh… *travaillé* vous-même sur cette affaire ? poursuivit Joe.

— Non. Il se trouve simplement que je connais les flics qui en ont hérité. Lisez l'article suivant.

Il s'agissait cette fois d'un journal de Baltimore, daté de l'année précédente. La une disait :

« UN PROFESSEUR D'UNIVERSITÉ, EXPERT D'EDGAR POE, MEURT D'UNE CRISE CARDIAQUE DANS SON CAVEAU DE FAMILLE. »

Joe parcourut rapidement l'article. Bradley Hicks, âgé de cinquante ans, avait été retrouvé sans vie dans le mausolée familial. La porte en était ouverte, mais le coroner avait conclu que le malheureux, s'imaginant enfermé, avait été pris de terreur, et que son cœur avait lâché.

Joe se tourna vers Brent et sa femme. Ils soutinrent son regard sans prononcer le moindre mot, pour lui laisser le temps d'échafauder ses propres conclusions.

Joe relut les deux articles.

Le second citait plusieurs monographies écrites par le défunt. Le premier rappelait qu'une biographie romancée d'Edgar Allan Poe par William Morton avait eu un grand succès.

— Pas de message du tueur, là non plus ? demanda Joe.

— Pour être franc, je ne connaissais pas l'existence de ce deuxième décès avant d'avoir mené certaines recherches, à la suite du coup de fil d'Adam. En fait, la mort de Hicks n'apparaît dans aucun registre d'homicides, car elle est considérée comme accidentelle. En ce qui concerne William Morton, je suis certain que personne n'a jamais fait le lien entre son assassinat et Edgar Poe. D'ailleurs, il n'y en a peut-être aucun.

Joe se dit que ce déjeuner s'avérerait peut-être plus intéressant que prévu. Blackhawk venait de lui fournir des éléments réellement importants, peut-être même le détail qui lui manquait pour dénouer enfin son enquête.

— Il va falloir vérifier si les membres du conseil d'administration du club new-yorkais se trouvaient dans l'une ou l'autre de ces deux villes au moment où les crimes ont été commis, dit-il.

— Aucun d'eux n'y résidait, déclara Brent.

Joe fronça les sourcils.

— Vous avez déjà vérifié ?

— Bien sûr !

— Mais on peut se rendre facilement de New York à Richmond ou à Baltimore ! fit remarquer Nikki.

— Sait-on si l'un ou l'autre des Corbeaux se trouvait en vacances dans ces coins-là ?

— Je n'ai pas encore eu le temps d'examiner leurs relevés de carte bancaire. Etant donné que nous travaillons sur trois villes différentes de trois Etats différents, ça prend du temps. Mais nous y arriverons, assura Brent.

Il désigna le premier article de journal.

— Je connais la veuve de William Morton, dit-il.

Joe le dévisagea.

— Vraiment ?

— Oui. Il se trouve que j'ai fait sa connaissance alors que je séjournais à Richmond pour un… travail au cimetière Hollywood. Elle venait déposer des fleurs sur la tombe. Nous avons bavardé. Je pense qu'elle me considère comme un ami.

— Est-il possible de l'interroger ? demanda Joe.

— Oui. Et je vais vous révéler un détail important : son mari connaissait Thorne Bigelow.

— Ce n'est pas surprenant, dans la mesure où ils s'intéressaient tous les deux à Poe. Cela dit, il serait temps que les services de police des deux Etats coordonnent leurs enquêtes. Il faudrait même alerter le FBI, dit Joe.

— Ça ne tardera pas, répondit Brent. Mais toute coordination entre services entraîne malheureusement un tas de complications juridiques.

Joe avait l'impression d'entendre Raif Green. Décidément, les flics ne faisaient pas ce qu'ils voulaient. Ils étaient fonctionnaires.

Lui, non.

A cet instant, Brent se leva. Adam et Genevieve venaient d'arriver. Adam portait un costume qui lui donnait l'air d'un golden boy. Quant à Genevieve…

Joe se crispa. Elle le regardait fixement, avec une expression profondément blessée.

Il soutint son regard, en se demandant si elle aussi lisait dans ses yeux son sentiment d'avoir été trahi.

En même temps, il était profondément heureux qu'elle soit là. En la regardant, il comprit qu'elle avait pris beaucoup d'importance dans sa vie. Et même bien plus que cela : sa présence lui était devenue vitale.

Cependant… il se détourna. Il lui en voulait quand

même. Elle l'avait appelé à l'aide, et puis elle l'avait trahi.

Elle avait fait venir Adam Harrison et les deux autres.

Maintenant, elle échangeait avec eux des embrassades.

— Brent, Nikki ! Quel plaisir de vous revoir ! Merci infiniment d'être venus ! s'écria-t-elle avec enthousiasme.

Puis elle se tourna vers Joe.

— Hello, Joe !

C'était nettement moins enthousiaste.

— Hello, Gen ! répondit-il en l'embrassant maladroitement sur la joue.

Quand les rafraîchissements arrivèrent, Joe reprit le fil de sa conversation avec Brent.

— Il me reste certains détails à régler, ici à New York, dit-il en luttant pour ne pas lever les yeux vers Genevieve. Mais, ensuite, j'aimerais passer au commissariat de Baltimore, puis descendre à Richmond afin de bavarder avec vos amis de la police. Et avec la veuve du défunt.

— Que se passe-t-il ? demanda Genevieve.

— Brent a trouvé deux décès que l'on peut peut être relier à vos crimes locaux. Ce qui pourrait bien nous rapprocher de la vérité, expliqua Adam.

— Vraiment ? fit Genevieve. Eh bien, quand partons-nous ?

— J'ai besoin de l'après-midi pour liquider les détails dont je parlais, dit Joe. En particulier, je voudrais mettre Raif Green et Tom Dooley au courant de ce que je viens d'apprendre.

— Je crois qu'il y a un autre point à régler, dit Brent.

Pourquoi le regardait-il ainsi ? se demanda Joe.

— Vous et moi avons une petite visite à faire, poursuivit Brent.

— Une visite ? Ensemble ? De quoi parlez-vous ? demanda Joe d'un ton impatient.

— De Hastings House, répondit Blackhawk.

15

Genevieve remarqua que Joe n'avait pas l'air content. Pourtant, elle aussi elle avait besoin d'aide.

Seulement, elle n'avait jamais parlé à Joe des expériences étranges qu'elle avait vécues, pas plus qu'il ne lui avait révélé ce qui le préoccupait et le rendait aussi bizarre.

Ils n'avaient pas encore commencé à manger quand Joe déclara :

— Je dois partir. Excusez-moi. Je viens de me rappeler une tâche urgente. Profitez bien du déjeuner.

Là-dessus, il tourna les talons.

Les autres le regardèrent disparaître, bouche bée.

— Ma foi, ça aurait pu être pire, dit Nikki au bout d'un moment.

Genevieve se mit à rire nerveusement.

— Je parle sérieusement. Ça aurait pu être pire, répéta Nikki.

— Qu'est-ce qui vous fait dire ça ? demanda Genevieve.

— Pour commencer, il ne nous a pas dit d'aller nous faire foutre ! lança Brent avec un sourire encourageant.

Adam héla le serveur et Genevieve comprit qu'ils

allaient quand même déjeuner. Malheureusement, elle se sentait incapable d'avaler quoi que ce soit.

— Et vous, Genevieve, comment allez-vous ? demanda Nikki après qu'ils eurent tous passé commande.

Genevieve leva les yeux. Nikki n'avait que quelques années de plus qu'elle, et elle se sentit tout à coup extrêmement jalouse de cette femme qui était totalement à l'aise avec son « don », qui ne se souciait nullement de ce que les gens pouvaient penser, qui était mariée à un homme encore plus « doué » qu'elle et qui la comprenait parfaitement.

— Je pense que je suis stressée, répondit-elle, parce que j'ai vraiment cru… Enfin, il était impossible qu'il y ait quelqu'un à ce moment-là.

Elle se mordit la lèvre. Qu'est-ce qu'elle venait donc de raconter ?

— Quoi ? fit Brent en échangeant un coup d'œil avec Nikki.

Genevieve fit une petite grimace.

— Excusez-moi. Comme je l'ai dit, c'est le stress. Je m'inquiète beaucoup pour ma mère et toute cette histoire autour d'Edgar Poe.

— J'ai entendu dire qu'il existait des visites guidées pour les fans d'Edgar Poe, ici à New York, déclara Nikki, volant au secours de Gen dont elle percevait le malaise.

— Tu crois qu'on devrait y aller ? demanda Adam.

— Pourquoi pas ?

Pendant qu'ils attendaient les plats, Adam fit des réservations par téléphone, ce qui leur permit de se mettre en route dès le repas terminé.

Ils firent tout d'abord un grand tour en minibus. Le

guide leur signalait au passage les endroits fréquentés par Poe dans Greenwich Village, et il décrivait si bien l'atmosphère du quartier de Five Points dans les années 1840 qu'ils avaient presque l'impression que les redoutables gangs de l'époque, comme les « Quarante voleurs » ou les « Patibulaires », allaient surgir d'un moment à l'autre.

Ils se rendirent ensuite à Fordham, dans le Bronx, afin de visiter le cottage de Poe où sa femme bien-aimée était morte, emportée par la tuberculose.

Brent sortit assez vite, et Genevieve le rejoignit sous le porche. Il faisait très beau, et il levait la tête pour savourer le soleil et le bleu du ciel.

— La visite ne vous plaît pas ? demanda-t-elle.

— Si, mais pas le cottage, répondit-il.

Elle prit son temps pour enchaîner :

— Quelqu'un… euh… a essayé de vous parler ?

Il lui sourit, amusé par ses précautions oratoires dans un domaine qui, pour lui, faisait partie du quotidien. Il ne répondit pas directement.

— Il y a une aura de tristesse autour de cette maison, dit-il simplement.

Il n'ajouta rien, mais elle comprit que c'était douloureux pour lui de rester à l'intérieur.

Elle faillit lui parler de l'épisode au cours duquel elle avait cru entendre quelqu'un lui demander de l'aide en chuchotant, mais elle ne put s'y résoudre.

La visite du cottage était la dernière étape du tour. Ils reprirent le chemin de Manhattan. Adam suggéra qu'ils appellent Eileen pour lui proposer de passer la prendre.

— Pour dîner chez O'Malley's ? demanda Genevieve.

Adam haussa les épaules.

— Pourquoi pas ?

Cependant, quand ils montèrent dans la voiture d'Adam, ce dernier se pencha et donna à son chauffeur non pas l'adresse d'Eileen, mais celle de Hastings House.

— Je croyais que nous passions prendre ma mère ? dit Genevieve.

— Je vais l'appeler pour la prévenir que nous aurons un peu de retard.

Quand ils atteignirent la rue de Hastings House, les employés avaient déjà quitté leur lieu de travail. La nuit tombait. Il régnait aux alentours un calme presque étrange. Le chauffeur d'Adam se gara de l'autre côté de la rue, tandis qu'ils se plantaient tous sur le trottoir, les yeux fixés sur la maison.

— C'est fermé, à cette heure-ci, dit Genevieve à Adam. Si vous voulez entrer en dehors des heures d'ouverture, vous pourrez toujours téléphoner demain. Je suis sûre que les responsables vous confieront une clé.

— Pas besoin de clé ! riposta-t-il en traversant.

Brent et Nikki lui emboîtèrent le pas sans la moindre hésitation.

Au moment où Adam atteignait le portail, il s'ouvrit.

Genevieve avait peur.

Pour ajouter encore à son malaise, le crépuscule se transforma en nuit noire. Elle traversa la rue à toute allure et suivit les autres dans l'allée menant au porche.

Quand Joe était venu, quelques jours plus tôt, il avait rencontré Debbie, et elle lui avait expliqué que la maison s'était ouverte pour la sauver.

Genevieve aurait voulu prendre ses jambes à son

cou. Elle était à deux doigts de le faire quand Nikki glissa un bras autour de ses épaules.

— Je vous promets que rien de mauvais ne vous attend ici, lui dit-elle doucement.

Gen, embarrassée, n'avait aucune envie de passer pour une poltronne.

— J'en suis sûre, répondit-elle.

Il était impossible d'expliquer à Nikki qu'une chose pouvait être terrifiante même si elle n'était pas mauvaise.

Gen suivit donc les autres jusqu'à la porte d'entrée.

Qui s'ouvrit.

La jeune femme frissonna. Hastings House ne voulait que le bien, se répéta-t-elle mentalement. Elle avait sauvé Debbie. Elle voulait *le bien*.

D'accord, mais c'était un endroit effrayant.

Elle entra, malgré tout.

— Leslie ? murmura Nikki à côté d'elle. Matt ?

Genevieve se figea sur place. Elle n'avait aucune idée de ce qui pouvait se produire. Elle ferma les yeux, terrifiée, certaine que si elle les ouvrait, une vapeur blanche allait se solidifier sous ses yeux pour devenir la femme qu'elle n'avait connue que quelques instants.

Et qui était morte à sa place.

Mais rien ne se matérialisa. Quand elle rouvrit les yeux, elle sentit juste une sorte de courant d'air qui n'était ni froid ni désagréable. On aurait dit qu'il tournait autour d'elle en répandant une chaleur bienfaisante. Presque comme s'il l'étreignait, soucieux de la rassurer.

— Ils sont ici ? demanda Adam dans un souffle.

— Oui, répondit Brent.

— Ont-ils dit pourquoi ?

— A cause de Joe et Genevieve, fit Brent.

— Sont-ils en danger ? demanda Adam.

— Oui. Parce que Joe, sans le vouloir, a ouvert une porte, dit Brent.

— Mais alors, pourquoi Genevieve entend-elle et sent-elle des choses ? demanda Adam. Pose-leur la question, je t'en prie.

Brent se tourna vers lui.

— Ils t'entendent, tu sais, Adam ?

Genevieve faillit se mettre à hurler. Ils se comportaient de manière totalement… normale. Et elle, elle était terrifiée.

— Alors ? insista Adam.

Mais Brent, sans répondre, s'éloigna de quelques pas et se raidit face à quelque chose que Gen ne pouvait ni voir ni entendre.

— Brent ? appela Adam d'un ton inquiet.

Brent se tourna vers eux. La lueur rouge des ampoules de l'alarme allumait dans ses pupilles un étrange reflet.

— La véritable cible, c'est Genevieve, dit-il enfin.

— Quoi ? s'écria Gen.

— C'est *vous* que le tueur veut abattre, dit Brent d'un ton catégorique. Lori Star est morte à cause de ce qu'elle avait vu, mais, dans l'esprit du criminel, vous auriez fait une victime parfaite. Parce que vous êtes la belle jeune femme dont la disparition a tenu tout New York en haleine. Donc…

— Donc ? répéta Adam.

— Genevieve figure toujours sur la liste, lui répondit Nikki. C'est elle qui est visée.

*
* *

Le whisky irlandais n'était pas la boisson favorite de Gen, mais elle en but tout de même une certaine quantité. La bière n'aurait pas suffi.

Adam avait appelé Eileen pour la prévenir qu'ils auraient du retard, mais elle avait répondu qu'elle prendrait un taxi pour se rendre au pub et qu'elle les retrouverait là-bas.

— Il faut absolument vous calmer, dit Nikki en serrant la main de Gen.

— Me calmer ? Alors que l'homme qui a tué Lori Star veut s'en prendre à moi ? répliqua Genevieve, au bord de l'hystérie. Sans parler du fait que nous sommes entrés dans une maison qui était fermée à clé, et que vous et Brent avez parlé avec des fantômes, lesquels ont affirmé que j'étais toujours la cible du tueur... Avec tout ça, vous voulez que je me calme ?

— Evidemment, vu sous cet angle..., fit Brent.

— Ecoutez, Genevieve, dit Adam, je sais que tout cela constitue une épreuve, mais vous êtes *déjà* convaincue que l'esprit des disparus peut demeurer sur terre. Et puis, vous êtes solide. Vous avez survécu à l'agression d'un maniaque...

— Justement ! La foudre n'est pas censée frapper deux fois au même endroit.

— Je comprends que ça vous fasse peur, dit Nikki. Mais il fallait bien vous prévenir !

Brent se pencha en avant, prit les mains de Genevieve dans les siennes et attendit qu'elle lève les yeux vers lui.

— Genevieve, il faut que vous restiez en permanence avec l'un d'entre nous, ou bien avec Joe. Vous comprenez ?

Elle hocha la tête.

— Je… j'ai pris des cours de self-defence.

Comme si ça pouvait lui servir à quelque chose ! songea-t-elle. Il fallait absolument qu'elle maîtrise son émotion. Qu'elle pense à sa sécurité. Avec eux, elle serait en sécurité.

Sauf que… était-on jamais *complètement* en sécurité ?

Elle ferma les yeux et écouta l'orchestre qui jouait *Danny Boy*. C'était très beau.

Mais cette chanson parlait de mort.

Elle avala une nouvelle gorgée de whisky pur. Elle devait reprendre le contrôle d'elle-même. Elle respira profondément, et sentit la chaleur de l'alcool l'envahir.

— Si… si Matt et Leslie sont dans cette maison, en tout cas sous forme d'esprits… et qu'ils savent tellement de choses, pourquoi ne nous disent-ils pas tout simplement qui est le tueur ? lança-t-elle d'un air de défi.

— Parce qu'ils ne peuvent témoigner que de ce qu'ils ont appris, dit Brent.

— Je ne comprends pas très bien, avoua Genevieve.

— Les fantômes ne sont ni clairvoyants ni omniscients, répondit-il en souriant. S'ils savent des choses, c'est qu'ils ont entendu des gens les raconter.

— Ou qu'ils l'ont lu dans le journal, ajouta Nikki.

Genevieve la regarda d'un air ahuri.

— Ils lisent le journal ? *Ils lisent le journal ?* répéta-t-elle.

— Les gens qui travaillent à Hastings House apportent des journaux, des magazines. Leslie et Matt les lisent, expliqua Nikki. D'ailleurs, l'un des meilleurs indices de la présence d'un fantôme dans une maison, c'est ça : on aurait juré avoir laissé sa revue près de son fauteuil favori et on la retrouve sur la table de la cuisine.

Sans pouvoir s'en empêcher, Genevieve agita la main d'un air entendu.

— Bien sûr, voyons ! Comment n'y ai-je pas pensé ? C'est une vraie preuve de l'existence des esprits. Je suis totalement convaincue.

— Mais oui, vous l'êtes ! affirma Adam. La preuve, c'est que vous m'avez téléphoné. A propos de Joe.

— C'est exact, et…

— Et aussi pour vous-même, acheva-t-il à sa place.

Elle secoua la tête.

— Non, au début, je…

— Allons, il est temps d'avouer ! déclara Nikki. Qu'est-ce qui vous est arrivé ?

Alors, Gen raconta tout. Le cauchemar, les voix chuchotées.

— C'était sûrement Lori, dit Nikki. Matt avait raison.

— Comment ça, « Matt avait raison » ? répéta Gen d'un ton sceptique. Et l'hypothèse de Leslie, c'était quoi ? Elvis Presley ?

Brent se pencha en avant.

— Je sais que tout cela vous semble très étrange, mais il faut que vous compreniez… En tant que fantôme, Matt a plus de capacités que Leslie. Il est un esprit depuis plus longtemps qu'elle. Or, une fois qu'on meurt, on doit tout réapprendre. On devient une pure énergie et il faut s'entraîner à faire les choses en canalisant cette énergie.

— Voilà pourquoi, dans certains endroits hantés, les manifestations sont plus spectaculaires qu'ailleurs, ajouta Nikki. Les fantômes sont anciens : ils ont appris à utiliser leur force, à avoir un impact sur le monde physique, et même à quitter leur « refuge » pour explorer le reste du monde. Leslie, par exemple, ne peut sortir que très peu.

— Et Matt refuse de la laisser seule, précisa Brent.

— Vous voulez dire que Matt *peut sortir* ? demanda Genevieve.

La conversation lui semblait totalement surréaliste.

Nikki hocha la tête.

— Oui. Et il a parlé à l'esprit de Lori Star.

— Mais alors, pourquoi ne leur a-t-elle pas dit qui l'avait tuée ? demanda Genevieve.

— Parce qu'elle ne le sait pas.

— Comment est-ce possible ?

— Il était déguisé, voilà tout.

— En quoi donc ? En dragon ? En dinde géante ?

— Rien de tout cela, dit Nikki en riant.

Genevieve prit une profonde inspiration.

— En tout cas, nous savons qu'elle a été tuée par un homme.

— Elle en était presque certaine, parce que son assassin avait beaucoup de force, expliqua Nikki.

— *Presque certaine ?* Mais en quoi le tueur était-il donc déguisé ?

Nikki et Brent échangèrent un regard.

— En Edgar Allan Poe, dit finalement Brent.

*
* *

Après avoir quitté le restaurant, Joe sortit son portable et appela Raif pour lui demander si les flics avaient trouvé quelque chose. Mais à part des témoignages généralement anonymes, et probablement faux, qui signalaient Lori dans divers points de la ville, il n'y avait rien de nouveau.

— Merde, Joe, tu sais comment ça se passe ! dit Raif. On est obligés de tout vérifier. Ça prend du temps.

Du temps…

Joe était convaincu de ne pas en avoir beaucoup.

Il remercia Raif et raccrocha. Le policier avait raison, bien sûr. Son travail était fastidieux.

Il rentra chez lui pour réfléchir et faire quelques recherches. Appeler les Corbeaux, par exemple, en commençant par les femmes. Il avait décidé de ne pas les interroger directement sur la soirée du dimanche, au cours de laquelle Lori avait disparu, mais de poser d'abord des questions anodines concernant l'emploi du temps du lundi, jour où avait eu lieu la tentative de meurtre contre Sam Latham, par le biais d'une forte dose de morphine.

En tête de liste, il avait le nom de Barbara Hirshorn. Il appela la bibliothèque où elle travaillait. Un jeune homme lui répondit et, au bout de quelques minutes, il lui passa Barbara.

— Oui, monsieur Connolly ? dit-elle, intriguée.

— Bonjour, Barbara, comment allez-vous ?

— Pour être franche, je suis morte de peur. Je n'ose même pas m'aventurer dans la réserve. Hier soir, après mon travail, je n'aurais pas supporté de rester seule chez moi. Heureusement que nous nous sommes tous retrouvés au pub ! Lila est passée me prendre et elle m'a raccompagnée. Maintenant, je ne sais plus comment faire. Je ne peux pas me permettre de prendre un taxi pour tous mes déplacements.

— J'en suis navré… Au fait, que faisiez-vous dimanche ?

— Je ne suis pas sortie. J'étais bien trop bouleversée par la mort de Thorne.

Joe murmura quelques paroles rassurantes et raccrocha. Il n'avait aucune preuve concernant l'emploi du temps de Barbara, et il se félicitait que la police ait décidé de garder le secret sur l'agression subie par Sam. Seul le tueur était au courant, et, de ce fait, il — ou elle — serait obligé de mentir sur cette soirée. Or, tous les mensonges finissent par être percés à jour.

Il appela ensuite les autres Corbeaux. La veille, Lila avait délaissé un défilé de mode sur la Cinquième Avenue pour aller directement chercher ses amis et se rendre au pub avec eux. C'était facile à vérifier, et il le fit aussitôt. On lui confirma que Lila Hawkins n'avait pas quitté le défilé avant 7 heures du soir. Le reste de son emploi du temps collait à ce qu'avait dit Barbara. Lila précisa qu'elle avait passé le dimanche chez sa fille, à Long Island, ce qui pouvait également être vérifié, le cas échéant.

Lou Sayles déclara qu'elle était allée chercher ses enfants à l'école. L'école confirma. Elle avait passé le dimanche en famille, autour d'un match de base-ball. Joe vérifia que le match avait bien eu lieu, mais rien ne prouvait que Lou y avait assisté.

Quant à Eileen… il n'aurait peut-être pas dû lui

raconter la tentative de meurtre contre Sam, à l'hôpital, mais maintenant il était trop tard.

Il la trouva chez elle.

— Hello, Joe ! Nous dînons ensemble, n'est-ce pas ?

— Ah bon ? Où ça ?

Elle se mit à rire.

— Eh bien, j'imagine que nous finirons par nous lasser, mais... chez O'Malley's, comme d'habitude.

— Entendu. C'est noté.

Après avoir vérifié ses allées et venues le dimanche et la veille au soir, il demanda :

— Genevieve est avec vous ?

— Non. Elle est sortie avec Adam, Nikki et Brent.

Joe se raidit. Mais après tout, il les avait laissés en plan avant le déjeuner !

— Ils ne la laisseront pas seule ? demanda-t-il.

— Sûrement pas ! assura Eileen. Mais je croyais que vous étiez avec eux !

Il perçut un léger reproche dans sa voix, mais se borna à la remercier en lui disant qu'ils se verraient plus tard.

Il appela ensuite Mary Vincenzo. Au moment où le répondeur s'enclenchait, elle décrocha enfin et répondit d'une voix rauque, comme si elle venait de se réveiller ou de fumer un joint. D'un ton à la fois lascif et vaguement moqueur, elle lança :

— Qu'est-ce qui me vaut le plaisir de cet appel, monsieur Connolly ?

— Je me demandais où vous étiez hier soir, dit-il.

Avec elle, il préférait jouer franc jeu.

— Pourquoi, vous êtes jaloux ? répliqua-t-elle d'une voix langoureuse.

— Si vous vouliez simplement me répondre…

— Vous n’êtes pas flic.

— Non. J’apporte mon aide, c’est tout.

— C’est vrai, vous êtes un preux chevalier, n’est-ce pas, monsieur Connolly ?

— Madame Vincenzo, si vous pouviez juste…

— Je préfère qu’on m’appelle Mary, coupa-t-elle.

— Mary, si ça ne vous ennuie pas…

— J’étais dans le penthouse de Jared. Et si vous tenez à le savoir, nous étions en train de baiser.

— Nous ?

— Jared et moi.

— Et dimanche ?

— Dimanche ? Voyons voir… Eh bien, dimanche aussi, on a baisé.

— Jared serait-il un chaud lapin ? demanda Joe sur le ton de la plaisanterie.

Elle garda le silence un moment. Il comprit tout à coup que sa voix enrouée ne s’expliquait ni par la fatigue ni par la fumette. En fait, elle avait bu.

— Quelqu’un peut-il témoigner que vous avez passé toute la journée de dimanche chez Jared ?

— Est-ce que vous nous suggérez d’inviter des gens pour nous regarder baiser, par hasard ? demanda-t-elle en minaudant.

— Je précise : quelqu’un peut-il témoigner que vous étiez ensemble chez Jared ?

— Finalement, vous avez raison. Nous devrions inviter des spectateurs. Après tout, les gens bavardent déjà. Et comme vous connaissez la vérité, pour Jared et moi, c’est peut-être *vous* qui devriez venir nous regarder.

Vous pourriez même participer, si ça vous tente. Etes-vous bien équipé de ce côté-là, monsieur Connolly ?

— Je vous remercie d'avoir répondu à ma question, Mary.

Puis il raccrocha et inscrivit son nom sous celui de Jared, dans la colonne « potentiellement coupable ».

Il continua à passer des coups de fil, tout en sachant que la police établissait des listes, elle aussi, et qu'ils auraient tout intérêt à les comparer.

Larry Levine affirma qu'il avait passé la journée de la veille sur son lieu de travail, ce que Joe vérifia facilement. Larry ne se rappelait pas ce qu'il avait fait pendant la journée de dimanche, mais il avait passé la soirée du samedi à boire chez O'Malley's. Cet alibi authentique tendait à le disculper. En tout cas, Joe raya son nom.

Don Tracy avait travaillé au théâtre jusqu'à 19 heures environ, la veille. Cela lui laissait très peu de temps pour aller à l'hôpital. Le dimanche, il avait joué en matinée, à 17 heures.

Nat Halloway n'avait pas quitté son bureau avant de se rendre au pub. Une demi-douzaine de personnes pouvait en témoigner. Il avait passé la journée du dimanche seul chez lui.

Finalement, Joe appela chez Thorne Bigelow. Albee Bennet décrocha à la troisième sonnerie.

— Bonjour, Albee. Je suis Joe Connolly.

— Oh, bonjour, monsieur Connolly ! En quoi puis-je vous être utile ?

— Juste une question de routine, Albee. Où étiez-vous, dimanche ?

— Ici même, monsieur Connolly. Je n'ai guère envie de sortir. M. Jared n'a toujours pas décidé du sort de cette maison.

— Je suis sûr que vous n'aurez pas à vous plaindre.

— Vous avez sans doute raison. Je ne serai pas riche, mais je suis sûr que Thorny a pris des dispositions en ma faveur. Dieu merci !

— Donc, vous restez enfermé jour et nuit ? reprit Joe.

— Plus ou moins, monsieur Connolly.

— Appelez-moi Joe.

— Plus ou moins, monsieur Joe. Hier soir, j'ai mangé du pop-corn et j'ai regardé trois vieux films.

— Une soirée bien agréable. Bon, merci, dit Joe.

Il se tut un instant, se rappelant ce que Brent lui avait appris sur les deux décès d'experts. Puis il reprit :

— Dites-moi, Albee…

— Oui, monsieur Joe ?

— M. Bigelow aimait-il voyager ? S'était-il déplacé pour faire des recherches en vue d'écrire son livre, par exemple ?

— Oh oui, bien sûr ! Nous bougions régulièrement. Nous avons séjourné longtemps à Philadelphie.

— Et à Richmond, par exemple ? Ou à Baltimore ?

— Oui, nous y sommes allés.

— Vous et M. Bigelow ?

— Oui, avec Jared aussi, bien sûr. Et Mlle Mary.

Avec Jared et Mary ? Les choses prenaient une tournure intéressante, se dit Joe.

16

A sa grande surprise, Genevieve s'aperçut que Joe venait d'entrer dans le pub.

— Hello, Joe ! lança-t-elle d'une voix légèrement pâteuse.

Il regarda Adam d'un air interrogateur, et celui-ci haussa les épaules.

— La journée a été rude, dit Brent.

— Vraiment ? Qu'est-ce que vous avez donc fait ? lui demanda Joe.

— Nous avons joué les touristes.

— Super ! Mais je ne vois pas Eileen. Elle n'est pas avec vous ?

— Elle a appelé il y a cinq minutes pour s'excuser. Elle se sentait fatiguée : elle préfère rester chez elle, expliqua Adam. Et vous, Joe, comment s'est passée votre journée ?

— Pas mal, répondit-il en jetant un coup d'œil à Genevieve.

Elle lui sourit courtoisement, mais garda le silence et se mit à dessiner sur la buée de son verre. Elle savait pertinemment qu'elle avait trop bu pour se risquer à parler. Elle préféra écouter la musique, qui était très agréable. Le whisky n'était pas mal non plus, d'ailleurs. En fait, plus elle en buvait, plus elle lui trouvait bon goût.

Joe, les sourcils froncés, reporta son attention sur Adam.

— J'ai interrogé les Corbeaux, et aussi Albee Bennet, dit-il.

— Pauvre vieil Albee ! dit Genevieve d'une voix indistincte.

— Elle se sent bien ? demanda Joe en fixant Nikki.

Evidemment ! songea Gen. Seule une femme pouvait comprendre une autre femme, n'est-ce pas ? Espèce de macho !

— Je vais brètien… très bien, et je suis parfaitement capable de répondre moi-même ! lança-t-elle.

Joe l'examina un long moment, puis préféra l'ignorer.

— D'après Albee, Thorne s'est déplacé plusieurs fois pour faire des recherches. Il est allé à Richmond, à Baltimore et à Philadelphie, reprit-il.

— Mais c'est Thorne qu'on a tué ! s'écria Nikki.

Joe hocha la tête en précisant :

— Il ne voyageait pas seul.

— Ha, ha ! Alors, l'assassin est bien le majordome ! cria Genevieve à tue-tête, l'air triomphant.

Tous les regards se tournèrent vers elle.

— Jared et Mary, ainsi qu'Albee, ont accompagné Thorne dans tous ses voyages, précisa Joe.

Brent fronça les sourcils.

— Le fils et la belle-sœur… Ils ont des intérêts communs, vous ne croyez pas ?

— J'ai interrogé Mary, dit Joe. A mon avis, elle

n'hésiterait pas à mentir pour fournir un alibi à Jared. Ils couchent ensemble.

— Mais c'est sa tante ! cria Nikki.

— Seulement par alliance.

— Je m'en fiche ! lança Genevieve. Ça reste tout de même… beurk.

— Alors, d'après vous, c'est Jared le coupable ? demanda Adam d'un air pensif.

— Je ne l'aime pas, ce qui fausse probablement mon jugement, dit Joe. En outre, il n'y a aucune preuve contre lui. Simplement, il est le principal bénéficiaire, et Mary est la seule personne qui le soutienne : elle affirme qu'il a fait un massage cardiaque à son père. Et le détail qui me turlupine depuis le début, c'est la position du corps. Il y a sans doute une explication, mais ça commence à faire beaucoup de bizarreries.

— Et puis, bien grimé, Jared Bigelow pourrait facilement passer pour Edgar Poe ! déclara Genevieve d'un ton guilleret.

Joe la regarda d'un air désapprobateur.

— Mais qu'est-ce qu'elle raconte ? s'exclama-t-il.

— C'est une longue histoire. On vous expliquera, dit Adam. En attendant, je vais appeler mon chauffeur et raccompagner Genevieve chez elle.

Joe se leva.

— Non. Je m'en charge, fit-il d'un ton qui ne supportait pas la contradiction.

— Attendez, attendez ! dit Genevieve en essayant de concentrer son regard sur Joe.

Elle le voyait tellement trouble que ça compliquait beaucoup la tâche.

— Personne ne veut dîner ? Et si moi, je n'ai pas envie de rentrer ?

Sans lui répondre, Joe se tourna vers Brent pour demander :

— Nous partons demain ?

Brent hocha la tête. Joe enchaîna :

— Ça ne vous ennuie pas qu'on démarre de bonne heure ?

— Aucun problème, dit Brent. Vers quelle heure ?

— 6 heures. Nous commencerons par Richmond. Nous y passerons la nuit et nous ferons halte à Baltimore sur le chemin du retour.

— Je vais demander à mon chauffeur de louer une voiture plus grande, dit Adam.

— Inutile, nous prendrons la mienne, répliqua Joe.

— Vous avez assez de place pour tout le monde ?

Joe croisa les bras sur sa poitrine.

— Je pensais qu'il n'y aurait que Brent, Nikki et moi.

— Dites donc, je vous trouve gonflé ! jeta Genevieve avec aigreur.

— Genevieve…

— C'est moi qui vous ai embauché, Joe ! lui rappela-t-elle en s'efforçant de garder l'air digne.

Mais elle savait au fond d'elle-même qu'en cet instant elle avait surtout l'air d'une pimbêche.

— Alors, je démissionne, dit Joe.

— Vous n'avez pas le droit ! Ne serait-ce que… pour ma mère.

— Vous devriez rentrer chez vous, dit gentiment Nikki. Demain matin…

— Demain matin, Adam et moi venons avec vous,

ou alors je ne réponds pas de ce que je ferai ! déclara Genevieve d'un ton glacial.

Aussitôt, elle se mordit la lèvre. Elle parlait vraiment comme une harpie !

— Je vais la raccompagner, dit Joe. Ne dérangez pas votre chauffeur, Adam. J'aime conduire. Nous louerons une voiture sans chauffeur, et…

Il prit une profonde inspiration, les mâchoires serrées, avant d'ajouter :

— … assez grande pour cinq personnes.

— Merci ! dit Genevieve d'un ton guindé.

En fait, elle avait envie de pleurer.

— J'aimerais rentrer, maintenant, reprit-elle.

Dès qu'elle fut debout, elle se sentit vaciller.

— Je vais vous aider, lui dit Joe en passant un bras autour de sa taille.

La pièce continuait à tourner, mais Genevieve pensa avec clarté : *Oui, vous m'aidez. Dommage que nous ne sachions pas si vous voulez vraiment de moi !*

— Bonsoir ! lança Joe aux autres. Rendez-vous demain chez Gen à 6 heures, d'accord ?

— Entendu. Je vais m'occuper de la location, dit Adam. Juste une chose…

— Oui ? fit Joe.

— Je vous donnerai des détails demain, mais, pour l'instant, sachez que Genevieve ne doit en aucun cas rester seule. Pas une minute, vous comprenez ?

— Je comprends, fit Joe d'une voix rauque.

Non, se dit Genevieve, il ne pouvait pas comprendre. Pas encore, en tout cas. Comment allaient-ils lui expliquer que le tueur s'était déguisé en Edgar Poe pour enlever

Lori, mais que c'était elle-même qui était visée, et qu'ils le savaient grâce au fantôme de Lori qui avait passé le message à Leslie et Matt, lesquels hantaient Hastings House ? Mission délicate. *Très* délicate.

Alors que Joe soutenait Genevieve en la serrant contre lui, il s'immobilisa tout à coup pour scruter l'obscurité.

— Qu'est-ce qu'il y a ? demanda-t-elle.

— Rien, répondit-il au bout d'un moment.

— Ils rôdent, vous savez ? dit-elle d'un ton solennel.

— Qui donc ?

Les fantômes, pensa-t-elle. Mais elle préféra garder le silence.

— J'ai entendu des pas. De *vrais* pas, dit-il, voyant qu'elle ne répondait pas.

Elle eut un léger rire.

— C'est parce qu'il y a aussi des gens vivants, dans cette ville. Beaucoup, même.

Joe plongea les yeux dans les siens. Elle lut dans son regard qu'il préférait ne pas entamer la discussion. La façon dont elle arrivait à deviner ce qu'il pensait avait quelque chose d'effrayant, se dit-elle, certaine que s'il avait été seul il aurait sûrement cherché d'où venait le bruit de pas.

Quand ils atteignirent la voiture, on n'entendait presque plus la rumeur du pub. La rue était calme.

Joe conduisit en silence. Genevieve, elle, luttait pour ne pas vomir. Elle sentait de temps à autre le regard de son compagnon posé sur elle, mais ils n'échangèrent pas un mot.

Joe signa le registre pour avoir une place de parking

visiteur, et Tim, tout sourires, lui tendit le badge en leur souhaitant la bienvenue.

Dès que Joe se fut garé, Genevieve tenta de sortir seule de la voiture, mais elle en était bien incapable. Joe fit le tour, ouvrit la portière et l'aida à descendre en lançant :

— Je ne sais pas si vous serez en état de voyager demain matin, mademoiselle O'Brien.

— Je me sens très bien, affirma-t-elle. Juste un peu… euh… fatiguée. Je tiens très bien le whisky, je vous assure. Surtout le whisky irlandais. Car je vous rappelle que je *suis* irlandaise ! conclut-elle fièrement.

— Très bien, belle Irlandaise. Allons-y !

Il attrapa son sac de voyage dans le coffre, puis la soutint jusqu'à son étage. Elle tint absolument à ouvrir la porte elle-même.

— Puis-je vous offrir du thé, ou autre chose ? demanda-t-elle avec une extrême politesse.

Elle articulait correctement, mais elle gâcha complètement son effet en trébuchant.

— Non, merci. Continuez à marcher jusqu'à votre chambre. Où sont donc les cachets contre la gueule de bois que vous m'avez donnés l'autre jour ? Ce serait peut-être une bonne idée d'en prendre un ou deux.

Elle agita la main en direction de la salle de bains. Il la guida jusqu'à son lit, ouvrit les draps d'une main tout en la soutenant de l'autre, et la fit asseoir. Puis il l'abandonna quelques instants et revint avec les comprimés et un verre d'eau. Dès qu'elle eut avalé le tout, il lui retira ses chaussures.

— Je me sens très bien, dit-elle.

Mais elle s'abritait les yeux car la lumière de la lampe de chevet l'aveuglait.

Joe éteignit, l'aida à s'allonger et rabattit les couvertures.

— Est-ce que la tête vous tourne encore dans le noir ? demanda-t-il.

— Non… Oui ! gémit-elle.

— Alors, espérons que les comprimés vont bientôt faire effet.

Tout en ayant l'impression de flotter sur une mer agitée, elle se rendit compte qu'il s'était dévêtu et qu'il était maintenant allongé à côté d'elle. Elle se rapprocha de lui. Au bout d'une minute, elle l'entendit pousser un soupir, puis il tendit le bras et l'attira plus près.

— Pourquoi vous êtes-vous mise dans cet état ? demanda-t-il doucement.

— A cause des fantômes, répondit-elle sans réfléchir.

Il se raidit et elle crut, un moment, qu'il allait s'écarter.

— Vous n'auriez pas dû appeler Adam, reprit-il. Les fantômes ne peuvent pas nous aider. Ils peuvent juste… nous brouiller les idées. Ce sont des survivances du passé qui ne font que raviver nos blessures.

— Vous dites ça parce que vous étiez amoureux de Leslie.

— J'aurais *pu* tomber amoureux d'elle, répondit-il, mais elle était amoureuse de Matt.

— Elle est avec lui, maintenant, vous savez ?

— Je sais qu'ils sont morts tous les deux, corrigea-t-il.

En dépit de sa nausée, elle se redressa sur un coude pour le dévisager. C'était maintenant ou jamais.

— Vous vous trompez. Ils sont ensemble. Et ils peuvent vraiment nous aider, si nous le leur permettons.

Peut-être préférez-vous croire uniquement à ce qui est tangible. Libre à vous. Mais alors dites-vous simplement que ce qui se passe est le fruit de votre imagination, et ne vous y opposez pas. N'en ayez pas peur, non plus. J'ai toujours été convaincue que Joe Connolly n'avait peur de rien, vous savez ? Et puis, ne m'en veuillez pas d'avoir fait venir Adam. Après tout, Leslie croyait bien aux fantômes.

— Et maintenant, elle est morte, coupa-t-il durement.

Pour que je vive, faillit dire Genevieve.

Mais elle garda le silence.

Joe fit de même. Et pourtant ce non-dit parut flotter entre eux comme si les mots eux-mêmes avaient été des fantômes.

Genevieve aurait aimé continuer à discuter. Elle aurait voulu avoir le dernier mot. Mais elle poussa un profond soupir et ne se sentit pas la force de poursuivre.

Elle se rallongea. La tête lui tournait toujours, et d'étranges étincelles scintillaient sur le fond noir de ses paupières fermées. Elle comprenait maintenant pourquoi elle avait si longtemps détesté le whisky.

Le silence régnait. Elle pensait que Joe était endormi, si bien qu'elle sursauta en l'entendant reprendre la parole dans l'obscurité, d'une voix grave, tourmentée.

— Bon sang, Genevieve, essayez de comprendre ! C'est pour vous que je me méfie de tout ça. Vous avez déjà assez souffert. Cessez donc de vous torturer l'esprit à décrypter des indices… Comment puis-je vous expliquer, bon sang ? Le monde d'ici-bas, c'est le monde d'ici-bas, voilà tout. Les morts l'ont quitté. Qu'ils reposent en paix.

Stupéfaite par ce discours vibrant de passion, elle resta un moment sans répondre. Puis elle chercha son regard dans la pénombre.

— Et s'ils ne pouvaient pas reposer en paix ? S'ils étaient là simplement parce qu'ils ont décidé de nous aider, quelle que soit notre attitude ? chuchota-t-elle.

Pour toute réponse, il poussa un long soupir.

— Joe, poursuivit-elle avec douceur en caressant du bout des doigts le contour de son visage, Joe, quelque chose vous hante. Je le sais. Et cela a commencé chez O'Malley's, le jour où vous aviez vous-même trop bu.

Il se rallongea en secouant la tête.

— Nous ferions mieux de dormir, conclut-il.

Elle n'aurait pas le dernier mot, se dit-elle. En tout cas, pas ce soir. Mais elle préférait tout de même cette brève discussion au silence crispé qui avait précédé.

Il tendit de nouveau le bras pour l'attirer contre lui en un geste protecteur.

C'était bon d'être là, songea-t-elle. Même s'il ne jouait qu'un rôle de gardien, de sentinelle résolue à la protéger face au danger.

— Reprenez-en deux.

Debout près du lit, les cheveux encore humides de la douche, Joe était habillé et prêt à affronter la journée.

— Quelle heure est-il ? demanda-t-elle en plissant les yeux pour éviter les rayons du soleil.

Elle s'assit et prit les cachets qu'il lui tendait. Elle se sentait désorientée, mais pas si malade que ça. Elle avait simplement envie de se rendormir.

— 5 h 30, répondit-il.

Elle avala les comprimés en suppliant :

— Encore dix minutes !

Mais il n'en était pas question.

Il retira brusquement les couvertures et la souleva pour la faire mettre debout.

— A la douche ! Tout de suite ! A moins que vous ne préfériez rester ici, enfermée à clé dans votre chambre, jusqu'à notre retour.

Elle se dirigea vers la salle de bains.

Quand elle en émergea, il lui restait dix minutes. Elle se mit à jeter frénétiquement des vêtements dans une valise.

— Si vous oubliez quelque chose, nous l'achèterons sur place, lui dit-il. Tenez !

Il lui tendait une tasse de café.

Elle la prit avec gratitude et but une gorgée.

A sa grande surprise, il sourit en tendant la main vers elle.

— Vos cheveux sont tout en bataille, dit-il.

Elle se retourna, cherchant des yeux sa brosse à cheveux.

— Laissez tomber. C'est assez sexy, dans le genre « lendemain de cuite ».

Elle le foudroya du regard, ce qui le fit rire de nouveau.

— On sonne. Les voilà ! dit-il.

Je suis prête.

Elle avala en hâte le reste de son café. Il y avait ajouté du lait pour éviter qu'il soit brûlant, et c'était bon.

Un voyage en voiture !

Joe n'arrivait pas à y croire. Pourtant, il était bel et

bien en train d'entamer un long trajet en voiture avec quatre autres personnes. Il s'attendait presque à entendre d'un moment à l'autre la question rituelle : quand est-ce qu'on arrive ? Mais ses passagers gardaient le silence.

Brent avait apporté des cassettes enregistrées des œuvres d'Edgar Poe. Ils écoutèrent d'abord « Le chat noir », puis « Le puits et le pendule » et, en entrant dans le Delaware, ils passèrent aux poésies.

A la frontière du Maryland, ils s'arrêtèrent pour faire le plein et manger quelque chose. Joe se dit alors qu'il ferait mieux de réveiller Genevieve, qui s'était endormie dès le début, quand ils traversaient encore Manhattan.

Mais elle était déjà réveillée, et il remarqua avec amusement que ses cheveux retombaient maintenant en cascade souple autour de son visage.

— A quelle heure allons-nous arriver, à votre avis ? demanda Nikki.

— Avec ou sans embouteillages ?

— Jusque-là, on s'en est bien sortis, fit Brent en jetant un coup d'œil à Joe. En gardant le même rythme, on peut y être entre 13 h 30 et 14 heures.

— Dès notre arrivée, vous et moi irons interroger la veuve et faire un saut au commissariat, dit Joe.

— Ah bon ? Et nous ? demanda Genevieve qui, en dépit des circonstances, avait tout à fait bonne mine.

Elle avait dû dormir profondément, se dit Joe.

— Nous pourrions visiter les endroits fréquentés par Poe, suggéra Nikki. Trouver une visite guidée, peut-être.

— Je suis d'accord avec Joe, déclara Adam. Brent et lui ne tireront pas grand-chose de leurs visites si nous déboulons en masse.

— Encore une visite guidée ? murmura pensivement Genevieve en serrant sa tasse de café dans ses mains.

Elle leva les yeux vers Joe. Il s'attendait à ce qu'elle se fâche, mais elle lui sourit.

— Bonne idée ! enchaîna-t-elle. Car je persiste à penser que…

— Qu'Edgar va faire une apparition ? suggéra Joe d'un ton sec.

— Qu'un conférencier, un jour, nous racontera peut-être un épisode révélateur : une sorte de clé.

— Peut-être, dit Joe.

En réalité, il n'y croyait pas une seconde. Le tueur auquel ils avaient affaire poursuivait un but précis. Soit il comptait y parvenir par le biais du meurtre, soit c'était un psychotique, mais cette dernière hypothèse laissait Joe sceptique.

En fait, il était convaincu que le coupable était Jared, et que son mobile était la cupidité.

Sauf que…

Jared était-il également responsable des décès survenus à Richmond et à Baltimore ? Si oui, son mobile était alors différent. La jalousie ? Ça semblait logique. Mais jalousie à propos de quoi ? d'Edgar Poe ? Pourquoi ? C'était Thorne qui était érudit, pas son fils.

Tandis qu'ils attendaient leurs commandes, Joe s'excusa et sortit appeler Raif Green. Il lui avait déjà téléphoné la veille, en se rendant au pub. Mais maintenant, Raif avait peut-être la réponse à sa question.

— Hello, Joe !

— Est-ce que tu as pu obtenir une filature pour Jared Bigelow ?

— Je fais de mon mieux, Joe. Cette ville compte des millions d'habitants et nous sommes en sous-effectif chronique. J'ai déjà mis des hommes en civil pour surveiller l'hôpital…

— Il faut absolument surveiller Bigelow.

— C'est plus facile à dire qu'à faire.

— Merde, tu sais quelles ficelles tirer, pourtant !

Raif se mit à rire.

— Allez, arrête de t'en faire ! Oui, j'ai mis quelqu'un pour filer Bigelow. Je suis en train de monter tout ça, je te le promets, et dès que les flics des autres Etats me donneront quelque chose d'un peu consistant, on pourra aussi faire intervenir le FBI. Mon chef les a appelés. Apparemment, ils avaient déjà été prévenus par quelqu'un qui a visiblement le bras long.

Adam Harrison, se dit Joe avec irritation. Mais après tout, quelle importance si ça servait à quelque chose ?

— Merci, Raif.

— Si quelqu'un est capable de comprendre que tout ça prend du temps, c'est quand même toi, Joe.

— Le problème c'est que j'ai bien peur que nous n'ayons pas beaucoup de temps, justement. D'abord Thorne Bigelow, puis Lori Star, et maintenant Sam… Ce type s'en est pris à trois personnes en moins de trois semaines.

— Je sais, je sais. On y travaille.

Joe réfléchit, puis reprit :

— J'ai pensé à autre chose. Juste une intuition, mais ça pourrait s'avérer utile.

— Quoi donc ?

— Vérifie tous les appels téléphoniques. Depuis la

semaine précédant la mort de Bigelow, par exemple, jusqu'à maintenant.

— Tous les appels ?

— Ceux des Corbeaux. Pour savoir qui les a appelés et qui ils ont appelé.

— Quel est le but ?

— Je ne sais pas encore. Je te l'ai dit, c'est une intuition.

— Tu plaisantes, j'espère ! C'est un boulot de fou. Le district attorney va faire une crise cardiaque !

— Je suis sûr que tu sauras à qui demander ce service, riposta Joe.

Raif se mit à jurer. Joe éloigna l'appareil de son oreille.

— Je vais voir ce que je peux faire, dit finalement Raif avant de pousser de nouveaux jurons.

Joe le remercia et raccrocha.

Quand il rejoignit les autres, leurs plats étaient arrivés. Il consulta sa montre, mangea rapidement, et ils ne tardèrent pas à se remettre en route.

En arrivant à Richmond, peu avant 2 heures de l'après-midi, ils descendirent dans un bed and breakfast. Puis Joe et Brent se rendirent au commissariat, d'où ils partiraient pour leur rendez-vous avec Nancy Morton, la veuve de l'homme que l'on avait retrouvé étranglé dans son cellier.

Adam s'installa pour consulter son ordinateur portable. Nikki sortit une carte de la région pour planifier leur tournée.

— Soyez prudentes ! leur recommanda Adam.

— Ne vous inquiétez pas, dit Genevieve. Nous sommes à Richmond et le meurtrier, lui, est à New York.

C'était probablement vrai, mais Adam demeurait inquiet.

— Nous allons jouer les touristes, lui expliqua Nikki. Il y aura tout un tas de gens autour de nous.

Elle sortit son téléphone portable pour louer une voiture, et, dès qu'elle leur fut livrée, les deux jeunes femmes se mirent en route pour Old Stone House, le musée consacré à Edgar Poe.

Le poète n'y avait jamais vécu, en réalité, mais il devait passer devant en allant à l'école. Cette maison, la plus ancienne de Richmond, avait été construite en 1735. A l'intérieur, elles examinèrent des souvenirs de la vie quotidienne de Poe : meubles provenant de la maison où il avait habité avec ses parents adoptifs, vêtements, documents, premières éditions de ses ouvrages, et même une mèche de cheveux. Genevieve prit plaisir à la visite, en dépit de son anxiété. Elle trouvait fascinant d'apprendre à connaître un homme disparu depuis longtemps mais qui avait laissé une trace profonde sur la littérature et qui influençait encore aujourd'hui écrivains et cinéastes. Le fait de visiter les lieux qu'il avait connus et de déambuler sur ses traces lui donnait une réalité, une présence.

En sortant du musée, elles entendirent quelqu'un parler de « poète maudit » : une conférencière faisait un discours. Elles s'approchèrent pour l'écouter.

— Les tribulations d'Edgar Poe ont commencé très tôt, dit la femme. Il a été abandonné par son père et a perdu sa mère avant l'âge de deux ans. D'après les spécialistes, beaucoup de ses récits prennent racine dans ces tragédies. L'un de ses personnages récurrents, par exemple, est une femme belle, disparue trop tôt. Poe se sentait en porte-à-faux entre le monde réel, dans lequel il devait constamment se battre contre la pauvreté, et le monde éthéré des morts. John Allan, son père adoptif, était un homme strict. Il n'a jamais formellement adopté Edgar, mais il a cherché à le modeler à son image, à faire de lui un être responsable, aux mœurs dignes et austères. En conséquence, ils se disputaient fréquemment.

» Par réaction, Poe adorait sa mère adoptive, mais il avait à peine atteint l'âge adulte qu'il l'a perdue, ce qui a renforcé son obsession pour la mort, l'agonie, les défunts, si présente dans son œuvre. Il tomba amoureux de sa cousine, Virginia, et l'épousa. Elle était fragile, elle aussi, et elle mourut jeune. Il n'est peut-être pas si étonnant, finalement, que Poe ait été obsédé par la mort. On voit maintenant en lui l'un des plus grands noms de la littérature américaine, mais, à son époque, il peinait à se faire reconnaître. Il ne rêvait que de la reconnaissance de ses pairs, mais cette reconnaissance n'est jamais venue. L'ironie de l'histoire est qu'il est mort alors qu'il était enfin sur le point de connaître la gloire. Sa mort est, d'ailleurs, mystérieuse.

» Il était alors amoureux d'Elmira Shelton, qu'il avait connue enfant et qui était devenue veuve. Elle avait accepté sa demande en mariage et aurait sans doute eu l'expérience et la sagesse nécessaires pour sortir Poe de l'alcoolisme qui causait sa perte. Dans une lettre à sa tante et belle-mère, Marie Clemm, il écrit : « J'espère que nos ennuis sont presque finis. » Ici, à Richmond, il commençait enfin à se faire un nom dans les cercles littéraires, et il était bien reçu partout. Mais c'est précisément à ce moment-là qu'il est parti pour Baltimore. Il a disparu plusieurs jours, et on l'a retrouvé dans la rue, délirant, habillé avec les vêtements d'un autre. Il est mort le 7 octobre 1849 en prononçant ses ultimes paroles : « Que Dieu assiste une âme en détresse ! » Sa vie a été rythmée par la dépression, l'alcoolisme, les deuils et la tristesse. Sa mort est un mystère aussi sombre que le contenu de ses livres.

La femme hocha gravement la tête. Le petit groupe, envoûté, la suivit dans le musée, sauf Gen et Nikki, qui restèrent dehors, au soleil. Genevieve, les sourcils froncés, ne quittait pas des yeux l'emplacement d'où la femme avait prononcé son discours.

— Qu'est-ce qu'il y a ? lui demanda Nikki.

— Quelque chose m'a frappée dans ce qu'elle a dit.

— A propos de la mort mystérieuse de Poe ?

— Non… non, ce n'est pas ça. J'ai déjà entendu des théories sur sa disparition : l'une d'entre elles la liait au scandale des élections.

Voyant l'air interloqué de Nikki, elle expliqua :

— A l'époque, les partisans d'un candidat faisaient pression sur certaines personnes pour qu'elles votent plusieurs fois. On n'hésitait pas à faire boire les gens et à les déguiser pour obtenir ce résultat. L'alcool les rendait dociles… Poe aurait été lui-même victime d'un tel traitement, et il ne s'en serait pas remis.

— Qu'est-ce qui vous ennuie là-dedans ? demanda Nikki.

— Ce concept de « poète maudit », de génie méconnu, répondit Genevieve. Le fait que Poe ait voulu la reconnaissance de ses pairs. Je ne sais pas pourquoi, mais cette phrase ne cesse de me hanter. Si nous envisageons le seul meurtre de Thorne Bigelow, le principal suspect est forcément Jared, et Lori Star n'aurait été tuée que pour couvrir ce premier meurtre. Mais si, en revanche, nous considérons que les crimes de New York sont liés à celui de Baltimore, nous devons changer de perspective, envisager d'autres mobiles… Peut-être que le tueur, lui aussi, se voit comme un poète maudit et un génie méconnu.

— Si ça se trouve, vous avez mis le doigt sur quelque chose, dit Nikki.

Elle eut un grand sourire et ajouta :

— Nous finirons par comprendre le fin mot de l'histoire.

Elle avait l'air si sûre d'elle ! se dit Gen.

— Quelle est la suite du programme ? demanda-t-elle.

— Les églises, la cathédrale épiscopale et Saint-John.

La cathédrale avait été construite à l'emplacement même où la mère d'Edgar Poe, Elizabeth, s'était produite en tant qu'actrice. Gen et Nikki s'assirent sur le banc où Poe lui-même avait pris place avec ses parents. Ensuite, elles se rendirent dans East Broad Street, à Saint-John, l'église où le révolutionnaire américain Patrick Henry avait fait en 1775 son fameux discours qui commence par : « Je ne choisirai qu'entre la liberté et la mort… ». Le registre, à l'entrée du cimetière de l'église, signalait deux tombes de personnages célèbres : celle du patriote George Wythe et celle d'Elizabeth Arnold Poe, qui se trouvait tout au fond. Dans un guide de la ville, que Nikki avait trouvé au musée, on expliquait pourquoi. A l'époque, le métier d'actrice était jugé scandaleux, et les paroissiens avaient été choqués qu'on enterre la jeune femme à l'intérieur du cimetière. On l'avait donc mise à l'écart.

Tout en déambulant, Genevieve surveillait Nikki du coin de l'œil, mais si cette dernière voyait des fantômes, elle n'en laissait rien paraître.

Dans l'église, elles se sentirent subjuguées par la puissance d'évocation du lieu. Cependant, préoccupée par l'affaire qui les amenait, Genevieve en revint vite à des considérations plus pragmatiques.

Devant une plaque commémorative, elle s'écria :

— Nikki, venez voir !

La plaque était récente et ne signalait aucun tombeau : ce n'était qu'un hommage… à William Morton.

Le texte précisait que Morton avait généreusement participé à l'entretien de l'église. Il était enterré dans un cimetière du voisinage.

— Allons-y ! dit Nikki.

Elles s'empressèrent de regagner la voiture. Nikki consulta la carte, puis mit le contact et fit marche arrière pour revenir sur la route.

Genevieve lut à voix haute dans le guide :

— « Trois présidents sont enterrés dans ce cimetière. James Monroe, John Tyler et Jefferson Davis, président des Etats confédérés d'Amérique, autrement dit des Etats du Sud. »

— Il n'y a donc pas trois présidents des Etats-Unis à strictement parler, dit Nikki en riant. Cela dit, je suis sûre que, pour certains Sudistes, le troisième est le plus important de tous.

— Ce guide a été écrit par un Anglais, dit Genevieve en consultant la quatrième de couverture. Il n'a sûrement pas pris parti.

Avec un sourire amusé, Nikki se gara dans le parking du cimetière. A l'accueil, elles affirmèrent qu'elles appartenaient à la famille de William Morton, et elles demandèrent où se trouvait sa tombe.

Elles se mirent en marche mais, malgré la beauté du site, Genevieve sentit un étrange malaise l'envahir.

— Nikki ?

— Oui ?

— Est-ce que nous sommes ici parce que… euh… vous espérez pouvoir parler à William Morton ?

— Ma foi, pourquoi pas ? Ça vaut la peine d'essayer.

Apercevant un panneau qui signalait la tombe de George Pickett, célèbre pour avoir conduit une charge à la bataille de Gettysburg, Genevieve fut distraite un moment. Elle examina la tombe en songeant avec tristesse à tous ceux que le pays avait perdus dans les déchirements de la guerre de Sécession.

— Où êtes-vous ? lança-t-elle soudain, se rendant compte que Nikki n'était plus avec elle.

Elle se dirigea vers la tombe de William Morton puis, au détour d'un virage, elle se figea sur place.

Debout devant elle se tenait un homme grand, mince, presque émacié, au port digne, avec des cheveux gris et des traits marqués, tourmentés. Il était accompagné d'une femme, très grande elle aussi, vêtue d'une robe à la mode des années 1850. Elle était très belle, avec des formes pleines et un visage aussi tourmenté que celui de l'homme.

Genevieve serra les mâchoires et secoua la tête, incrédule.

Ils étaient juste devant dans l'allée, au milieu des angelots sculptés. Il ne pouvait s'agir que de fantômes…

Tandis qu'elle les contemplait, pétrifiée, un autre homme les rejoignit. Il arborait un uniforme gris bordé de brun, avec une élégante veste d'officier et un chapeau à cocarde. Il dit quelques mots au couple, puis souleva son chapeau et commença à descendre l'allée.

Il se dirigeait droit sur Genevieve.

Quand il fut tout près, elle se rendit compte qu'elle voyait à travers lui.

Puis elle sentit une présence derrière elle et ne put retenir un hurlement.

— Genevieve ! Qu'est-ce qui vous arrive ?

C'était Nikki.

— Vous avez vu quelque chose ?

Incapable de parler, Genevieve se borna à tendre l'index.

— C'est la tombe de Jefferson Davis, lui dit Nikki. Sa femme est enterrée à côté de lui, et beaucoup d'officiers confédérés reposent tout autour.

Genevieve fixa sur Nikki des yeux exorbités.

— Je… c'est au-dessus de mes forces, balbutia-t-elle en haletant. Je suis incapable de…

— Respirez calmement et tout ira bien. Ensuite, j'aimerais que vous veniez avec moi. J'ai trouvé la tombe de William Morton. Elle n'est pas loin. Je me suis dit que vous seriez peut-être en mesure d'y percevoir quelque chose puisque vous avez un lien avec l'affaire.

— Est-ce que vous voyez en permanence des gens comme ça ? demanda Genevieve, qui avait enfin retrouvé la parole.

— Pas tout le temps, mais assez souvent. On s'y fait, je vous assure. Ça se passera très bien. Déjà, vous ne vous êtes pas évanouie. C'est très bon signe.

A quoi bon s'évanouir ? songea Genevieve. Elle était mûre pour l'asile, de toute façon.

Puis elle redressa les épaules. Il faisait jour. Aucune brume ne voilait le cimetière, d'ailleurs très beau, avec ses mausolées symbolisant la persistance de l'amour entre les êtres au-delà même de la mort.

Elle prit une profonde inspiration.

— Conduisez-moi, dit-elle à Nikki.

17

La police locale ne se montra pas tout de suite aussi coopérative que Joe l'avait espéré. Brent demanda à voir l'officier Ryan Wilkins. Au bout de quelques minutes, ce dernier arriva, salua Brent avec chaleur et leur proposa d'aller discuter dans un café voisin.

Comme il faisait beau, ils prirent une table en terrasse. Wilkins exhiba un dossier.

— Je vous ai photocopié tout ce que je pouvais. J'ai dit au chef que votre enquête pourrait peut-être permettre de conclure une vieille affaire, alors il a fini par accepter de vous aider.

— Merci. C'est vraiment super, dit Joe en ouvrant le dossier.

Plusieurs éléments étaient présentés à l'état brut, sans commentaires. Joe parcourut d'abord le compte rendu d'autopsie. La cause du décès était simple : strangulation par un inconnu droitier.

— Nous n'avons découvert aucun indice, rien à quoi se raccrocher. Comme les Morton étaient des gens très ordonnés, très soigneux, on n'a relevé aucune poussière sur le sol de la cave. Et donc… aucune empreinte.

— Il n'y avait pas eu effraction ? demanda Joe.

Wilkins, un bel homme noir d'une quarantaine d'années, secoua la tête.

— Non. Aucune. La maison est en pleine campagne, sans voisins proches. Au moment du drame, Mme Morton était à une réunion de son club de jardinage.

— C'est elle qui a découvert le corps ? demanda Brent.

Wilkins opina du chef.

— Oui. Elle est descendue au sous-sol pour chercher son mari et elle l'a trouvé dans la cave à vin. Elle a essayé de le ranimer, si bien que les secouristes n'ont pas trouvé le corps dans sa position d'origine. Je suis arrivé un peu après avec mon collègue de l'époque, Shaun Autry. Nous sommes pratiquement sûrs que le crime a été commis par un familier, ou par quelqu'un qui portait des gants, car nous n'avons trouvé aucune autre empreinte que celles des occupants de la maison. Nous avons interrogé les amis de la famille : ils ont tous un alibi en béton. Bref, nous n'avons pas le moindre début de piste. De temps à autre, Mme Morton me téléphone, et je lui promets que je n'abandonnerai pas l'affaire tant que je serai en vie, mais… d'autres crimes sont perpétrés, conclut-il avec un geste de la main.

— Y a-t-il des amateurs d'Edgar Poe dans la région ? demanda Joe. Il doit sûrement y avoir une association ou un club en son honneur, puisqu'il a grandi dans cette ville.

— Ça ne manque pas ! Nous avons fouillé aussi de ce côté-là. Tous nos « fanas de Poe » ont été contrôlés, répondit Wilkins. Et soigneusement !

— Avez-vous pensé à ceux qui auraient pu venir d'un autre Etat ?

— Je peux passer quelques coups de fil tout à l'heure pour voir si les organisateurs se rappellent quelqu'un en particulier. Seulement, vous savez, n'importe qui peut venir ici faire des recherches sur Edgar Poe, souligna Wilkins.

— Merci de bien vouloir faire quand même ces vérifications, dit Joe. Nous craignons en effet d'avoir affaire à un tueur en série qui aurait commencé à petite échelle mais qui serait en train d'accélérer le rythme.

— O. K., dit Wilkins.

Il se tourna vers Brent et ajouta :

— Il paraît que vous avez rendez-vous avec Nancy Morton ?

— C'est vrai. Comment le savez-vous ? demanda Brent.

— Elle m'a téléphoné pour me prévenir, au cas où vous trouveriez du nouveau, répondit Wilkins.

— Ça ne vous ennuie pas que nous allions la voir ? demanda Brent.

— Pas le moins du monde. La façon dont on résout une affaire m'importe peu, du moment qu'on arrête les criminels. Enfin, tant qu'on n'emploie pas de méthodes *trop* illégales, évidemment.

Joe se dit que ce *trop* n'était pas une simple figure de style, et que Wilkins l'avait choisi à dessein.

Quelques instants plus tard, ils échangèrent des poignées de main et Wilkins retourna au commissariat.

Joe prit le volant, guidé par Brent. Ils sortirent de la ville et se retrouvèrent en pleine campagne. Là, on pouvait passer des mois sans croiser ses voisins.

Finalement, ils empruntèrent une longue allée qui

menait à une maison précédée d'un portique. Bien que neuve, elle ressemblait à une demeure coloniale traditionnelle. Une domestique avec un tablier à fleurs vint leur ouvrir.

Nancy Morton les attendait dans son salon, près d'un plateau en argent où tout était prêt pour servir le thé. C'était une femme mince, ayant dépassé la soixantaine. Elle paraissait plus jeune, mais elle avait cette expression un peu pincée qui révèle un passage par la chirurgie esthétique. Ses cheveux d'un blond cendré étaient élégamment coiffés.

Elle accueillit Brent avec un grand sourire et se hissa sur la pointe des pieds pour l'embrasser sur la joue. Puis elle tendit la main à Joe.

— Bonjour, madame Morton, dit-il. Merci de nous recevoir.

— Appelez-moi Nancy, je vous en prie. Et asseyez-vous. Je vous dirai tout ce que je sais, même si je crains fort que ce ne soit pas grand-chose.

Même s'ils venaient de prendre du café, ils acceptèrent une tasse de thé. Nancy Morton semblait attacher de l'importance au fait de pouvoir leur offrir quelque chose.

— Vous avez une fort belle maison, dit Joe.

— Merci. C'est William qui l'avait dessinée.

Elle soupira, puis reprit :

— Nous n'avons pas eu d'enfant. Cela dit, nous étions heureux. Nous nous entendions bien, nous appréciions les mêmes choses : les jardins, la littérature, la musique.

— Je compatis à votre deuil, dit doucement Joe.

Elle sourit en caressant machinalement son collier de perles.

— Merci. C'était un homme bon.

Puis elle ajouta, l'air mélancolique :

— M. l'officier Wilkins, qui s'est montré très compatissant, pense que je devrais déménager. Mais ici, c'est mon foyer. Je m'y sens proche de William.

— Nous sommes vraiment désolés de devoir remuer tout ça, Nancy, dit Brent.

— Ne vous excusez pas. Cela ne me dérange pas. Surtout si je peux être utile.

— Pourquoi ne pas nous faire simplement le récit de cette tragique journée ? suggéra Joe. Si ce n'est pas trop douloureux, bien sûr.

Le regard de Nancy se perdit dans le lointain, comme si elle pouvait voir le passé.

— J'avais quitté la maison vers 10 heures, pour un rendez-vous au club de jardinage. Nous avons fait des plantations dans l'un des parcs de la ville et, quand je suis rentrée chez moi, j'étais pleine de boue. J'ai dû expliquer pourquoi à l'officier Wilkins parce que, au début, les enquêteurs trouvaient ça bizarre. C'était le jour de congé de Sophia, et William était resté tout seul. Je suis revenue vers 13 heures. J'ai laissé la voiture dans l'allée, juste à l'endroit où vous avez mis la vôtre, car je voulais prendre une douche rapide avant d'emmener William déjeuner, comme nous l'avions prévu. Seulement, quand je suis entrée dans la maison et que je l'ai appelé, il n'a pas répondu. Son bureau était au sous-sol. Je suis descendue mais il n'était pas dans son bureau. Alors, je suis allée voir dans le cellier et… je l'ai trouvé.

Ses yeux s'emplirent de larmes tandis qu'elle poursuivait :

— J'ai essayé de lui faire du bouche-à-bouche mais ça n'a rien donné. J'ai appelé les urgences. Les secouristes sont arrivés, puis la police. Je n'arrêtais pas de me dire que si j'étais rentrée plus tôt, j'aurais pu le sauver, mais les policiers m'ont dit que… qu'il avait été étranglé et qu'il était déjà mort au moment où le meurtrier avait filé.

— A-t-on emporté quelque chose ? demanda Joe.

— Rien, à ma connaissance. En tout cas, aucun objet de valeur.

— Votre mari devait avoir de nombreuses archives sur Edgar Poe ? reprit Joe.

Elle fixa sur lui un regard clair.

— Des archives ? Oui, bien sûr. Il avait écrit un ouvrage. C'était de la fiction, naturellement, mais à partir de sources très précises.

— Certaines de ces archives ont-elles disparu ? insista Joe.

Elle réfléchit un moment, puis répondit :

— En fait, je n'en sais rien. Son bureau semblait en ordre.

— Cela vous ennuierait que nous descendions jeter un coup d'œil ? demanda Brent.

— Non, pas du tout.

Elle les guida dans l'escalier, jusqu'au bureau. Sur une grande table de travail trônait un ordinateur. Des rayonnages de livres et plusieurs meubles d'archivage couvraient les murs. Une porte conduisait au cellier.

Sans qu'ils aient besoin de le lui demander, Nancy

alla l'ouvrir. Ils la suivirent dans une pièce qui n'avait rien d'extravagant mais qui remplissait dignement ses fonctions de cave à vin.

— Il était allongé là, dit-elle dans un souffle. Près de son merlot favori.

Le sol était impeccable, comme l'avait dit Wilkins.

— Je peux consulter les archives ? demanda Joe.

— Bien sûr !

Les tiroirs contenaient des dossiers sur de nombreux auteurs, mêlant des coupures de presse aux notes de William Morton. L'un des dossiers, naturellement, était consacré à Edgar Poe. Il contenait quelques articles, des photographies de différents lieux, et semblait étrangement maigre.

L'auteur d'un ouvrage sur Poe possédait forcément une documentation plus fournie, se dit Joe.

— Est-ce qu'il vous arrivait d'aider votre mari dans ses recherches ou ses classements ? demanda Joe.

Nancy se mit à tortiller son collier de perles.

— Mon Dieu, non ! Je n'aurais jamais osé m'en mêler.

Quand ils furent remontés, elle alla prendre sur la cheminée le portrait d'un homme rasé de près, aux cheveux grisonnants, au visage avenant.

— Voilà William juste avant sa mort, dit-elle.

Quelques minutes plus tard, ils la remerciaient d'avoir pris le temps de les recevoir. Elle leur demanda de la tenir au courant s'ils découvraient quoi que ce soit, et ajouta qu'elle restait à leur disposition.

Ils remontèrent en voiture et s'éloignèrent. Joe regarda Brent et lui demanda à voix basse :

— Alors ?

Brent secoua la tête.

— Je n'ai rien remarqué de spécial, à part ce dossier. Est-ce que le meurtrier a volé des documents, d'après vous ?

— Oui.

— Est-ce un indice utile ?

— Je ne sais pas.

Brent resta coi un moment, puis il reprit :

— Et vous, avez-vous vu quelque chose ?

— Seulement en imagination. Un homme mort, allongé près de son merlot favori... Une scène qui aurait pu sortir d'un roman d'Edgar Poe, si on veut.

— Comment ça ? demanda Brent.

— Morton était près d'un mur de brique mais il n'a pas été emmuré vivant.

— Son assassin s'est surtout soucié de le savoir définitivement mort et de couvrir ses traces.

— Exact, dit Joe d'un air sombre. Et, jusque-là, il a réussi.

Près du mausolée de William Morton, il y avait un vieux banc de pierre. Le monument, de style colonial, abritait les défunts de la famille Morton depuis 1885. Le dernier en date était William. A côté de son nom, on avait gravé celui de son épouse, avec sa date de naissance.

Genevieve et Nikki s'assirent sur le banc. Gen se demandait si le nouvel univers qui venait de s'ouvrir devant elle était terrifiant ou simplement mystérieux.

Elles étaient seules, et pourtant le cimetière était plein de monde.

Un gamin en culottes courtes passa devant elles en courant après un ballon, poursuivi par une femme qui criait : « Ethan Taylor, reviens ici tout de suite ! » Elle adressa un sourire contraint à Genevieve et Nikki, puis s'éloigna.

Elle n'était pas réelle, bien entendu. Pas plus que son fils.

Au bout d'un moment, Genevieve sentit une brise légère la frôler. Elle tourna les yeux vers le mausolée. Un homme d'une soixantaine d'années, l'air avenant, se tenait debout devant la grille de fer forgé. Il portait un costume, et il aurait très bien pu passer pour un promeneur en train de reprendre son souffle au milieu d'une agréable promenade.

Sauf qu'il n'avait plus besoin de reprendre son souffle.

— C'est bien triste, dit-il en regardant Genevieve.

Elle dut se forcer pour répondre :

— Monsieur Morton ?

— William, précisa-t-il avec un sourire. Ni Will ni Bill, et surtout pas Billy. On m'a toujours appelé William.

Genevieve se leva lentement et s'avança, les bras le long du corps, les poings fermés. Nikki se leva également, sans que Genevieve sache si elle voyait elle aussi le fantôme. En tout cas, elle était contente de la savoir là.

Le spectre frappa du poing contre le marbre. Gen faillit prendre ses jambes à son cou, mais comprit qu'elle n'avait rien à voir dans cette colère en l'entendant déclarer :

— J'ai besoin d'aide.

Elle s'éclaircit la voix.

— On vous a assassiné, vous savez ? dit-elle.

— Oui, je le sais.

— Qui a fait ça ? demanda-t-elle.

Il secoua la tête :

— Je l'ignore.

— Mais vous devez forcément le savoir !

— Dites donc, jeune dame, vous ne croyez pas que je m'empresserais de donner le nom de mon assassin, si je le connaissais ?

— Pourtant… vous l'avez bien laissé entrer chez vous, n'est-ce pas ?

Il croisa les bras et la toisa comme s'il la mettait au défi de le contredire.

— Eh bien, je vais vous le dire : c'est Edgar Poe.

— Pardon ?

— Mon assassin est Edgar Allan Poe.

A l'évidence, Nikki voyait le spectre, elle aussi, car elle demanda :

— Que dites-vous donc ?

— Nous étions en train de nous préparer pour un bal masqué dans le cadre d'un festival consacré à Edgar Poe. Quand on a sonné, j'ai cru que c'était mon ami Beau Headley, que j'attendais pour préparer nos interventions de la soirée. Je venais juste de finir un travail et je n'ai pas fait très attention en ouvrant la porte. J'ai juste dit quelque chose du genre : « Waou, super-costume, Beau ! Laisse-moi juste le temps de descendre éteindre l'ordinateur. » Il m'a suivi. Je ne m'en suis pas rendu compte avant de… d'être étranglé. Je me suis débattu, cela dit. Il a reçu un sacré coup dans la poitrine.

— Mais vous avez sûrement vu son visage ! lança Genevieve. Vous ne pourriez pas le décrire ?

— Il portait une perruque et de faux favoris. Ses pupilles étaient marron et comme elles semblaient vraiment grandes, je me suis dit qu'il avait des lentilles de contact.

— Etes-vous sûr qu'il s'agissait d'un homme ? demanda Nikki.

— Je le pense, en tout cas.

— Donc, vous n'en êtes pas sûr, conclut Genevieve.

La colère qu'elle ressentait l'étonna. La veille encore, la seule idée de croiser un fantôme l'épouvantait. Aujourd'hui, elle se disputait avec l'un d'eux comme elle l'aurait fait avec n'importe qui.

— Nous pensons que cet homme a pu tuer d'autres personnes, reprit-elle. Si vous pouviez nous donner d'autres indices, ce serait vraiment utile.

Il s'appuya contre le mausolée en se frottant le menton, l'air pensif.

— Vous me voyez bien, n'est-ce pas ? demanda-t-il.

— Oui, répondirent les deux femmes à l'unisson.

— Je n'ai pas encore trouvé le moyen de sortir d'ici. Du cimetière, je veux dire.

— Sur ce point, nous ne pouvons pas vous aider, j'en suis navrée, déclara Nikki. A mon avis, il faut essayer encore. D'autres pourront peut-être vous conseiller.

Il soupira.

— Dites-moi, je vous prie... Comment va ma femme ? Le savez-vous ?

Nikki jeta un coup d'œil à Genevieve, puis ramena son regard vers le fantôme.

— Mon mari est justement chez elle cet après-midi,

dit-elle. Je pense qu'elle va bien, mais je suis sûre que vous lui manquez beaucoup.

— Si vous en avez l'occasion, dites-lui que je l'aime.

— D'accord, murmura Genevieve.

— Elle doit sûrement en être convaincue, ajouta Nikki avec douceur.

— Auriez-vous d'autres choses à nous dire, qui pourraient nous aider à démasquer votre meurtrier ? reprit Genevieve.

— Vous croyez donc que s'il était démasqué, je pourrais enfin partir ? demanda-t-il avec mélancolie.

Il secoua la tête et enchaîna :

— En fait, je ne crois pas. A mon avis, je suis ici pour attendre Nancy. Nous faisions toujours tout ensemble. Je ne peux pas me lancer dans un grand voyage sans elle.

Elles le dévisagèrent sans savoir quoi dire.

Et puis William Morton commença à se dissoudre et, bientôt, il disparut.

Ils se retrouvèrent tous au bed and breakfast peu avant 19 heures. Adam avait passé l'après-midi sur son ordinateur, et il avait appris des choses.

— Thorne Bigelow et sa famille séjournaient ici même quand William Morton a été tué, annonça-t-il. Ils étaient venus pour un hommage à Edgar Poe. Ils sont arrivés la veille du crime et ne sont repartis que cinq jours plus tard.

Il exhiba une série de photos qu'il avait trouvées sur internet.

— Elles ont été prises durant le festival.

Sur l'une d'elles, on voyait un homme déguisé en Edgar Poe, en train de faire un discours.

Une autre montrait un groupe, sur fond de garden-party. Les femmes portaient des robes de l'époque, et plusieurs hommes étaient, eux aussi, vêtus à la manière d'Edgar Poe.

— C'est un peu comme essayer de retrouver un clown dans un cirque, dit Nikki.

— Le criminel est forcément Jared, déclara Joe, parce que c'est Thorne qui est mort et que Mary Vincenzo n'aurait jamais eu la force de tuer quelqu'un ainsi. En tout cas, pas toute seule. Ce qu'il nous faut, maintenant, ce sont des preuves.

— Il y a au moins une douzaine de sosies de Poe, là-dedans, fit Brent.

— Des sosies de Poe ? En quoi est-ce que ça nous concerne ? demanda Joe.

Gen s'éclaircit la voix.

— Le tueur se déguise en Edgar Poe, expliqua-t-elle.

— Ah oui ? Et comment le savez-vous ? rétorqua Joe.

Il semblait tendu.

— Comment le savez-vous ?

Genevieve prit une profonde inspiration, redressa le menton et le regarda droit dans les yeux.

— C'est William Morton qui nous l'a dit, cet après-midi, au cimetière. En outre…

Elle s'interrompit, puis reprit avec une petite grimace :

— … Leslie et Matt ont parlé à Lori, et elle dit la même chose. Que son assassin était déguisé en Edgar Poe.

Joe se leva. Genevieve s'attendait à ce qu'il les accuse

d'avoir complètement perdu la tête, mais ce ne fut pas le cas. Il se passa la main dans les cheveux et demanda :

— Pouvez-vous imaginer ce qui se passerait si j'appelais Raif Green pour lui dire que le tueur que nous cherchons s'habille comme Edgar Poe, et que c'est un fantôme qui m'a prévenu ?

— Il existe peut-être un autre moyen de passer le message, dit Adam.

Brent se pencha en avant.

— Nous savons bien que la plupart des gens ne voient pas la même chose que nous, Joe. Mais on finit par apprendre à ne pas parler aux autres de ce qui nous semble pourtant évident. On trouve d'autres biais. Appelez les flics sans donner votre nom et dites-leur que c'est sans doute un homme déguisé en Edgar Poe qui a tué Lori. Vous verrez qu'ils se mettront à enquêter chez les loueurs de costumes.

Adam s'adossa et répliqua en soupirant :

— L'ennui, c'est que même si on arrive à prouver que Jared Bigelow a loué un costume d'Edgar Poe, ça ne voudra pas dire qu'il l'a enfilé pour aller tuer qui que ce soit.

— Attendons de voir ce que nous allons trouver demain à Baltimore, suggéra Nikki.

— Et, pour l'instant, allons dîner ! proposa Brent. Vous, je ne sais pas, mais moi je n'ai rien mangé depuis ce matin.

Sur les conseils de leur logeuse, ils choisirent un restaurant italien et se mirent en route. Dans Monument Avenue, Genevieve contempla les statues qui donnaient son nom à la célèbre avenue, puis elle s'écria tout à coup d'une voix étranglée :

— Stop !

Joe se gara sur le côté de la route, si rapidement que l'automobiliste qui suivait les dépassa en klaxonnant.

— Excusez-moi, dit Gen. Je… vous permettez que je descende juste une minute ?

Joe leva les mains, les laissa retomber d'un air résigné, puis la regarda comme si elle perdait la boule.

Elle sortit de la voiture, suivie par Nikki, et traversa pour regarder la statue équestre qui avait brusquement retenu son attention. La plaque, sur le socle, indiquait le nom du Général James Ewell Brown Stuart, Etats confédérés d'Amérique.

— C'est lui, dit-elle d'une voix haletante.

— Lui, qui ? demanda Nikki.

Même elle, maintenant, paraissait inquiète.

— Lui que j'ai vu aujourd'hui au cimetière. Il parlait avec Jefferson Davis et sa femme. Il m'a saluée en ôtant son chapeau.

Désormais, elle ne pouvait plus se voiler la face, songea-t-elle en revenant vers la voiture. Elle voyait bel et bien des fantômes. L'apparition de William Morton aurait encore pu s'expliquer par un effet de l'imagination, ou par l'influence de Nikki, mais elle était bien obligée de constater qu'elle avait *vu* le général Stuart.

— Excusez-moi, dit-elle en remontant en voiture. C'est une si belle statue que j'ai voulu la regarder de près.

— Mais naturellement ! dit Joe en se remettant en route.

*
* *

La chambre de Genevieve était vaste, avec un grand lit et une vue sur le jardin. Elle se demandait si Joe la partagerait avec elle car depuis quelques jours, elle ne savait plus très bien où en était leur relation. S'il était resté avec elle la nuit précédente, c'était peut-être seulement pour ne pas la laisser seule alors qu'elle tenait à peine sur ses jambes.

Elle fut heureuse de constater qu'il ne se posait même pas la question et qu'il lui emboîtait le pas.

— L'endroit a vraiment été bien choisi, dit-il quand elle eut ouvert la porte. On peut faire confiance à Adam.

Elle le regarda et il ajouta avec une petite grimace :

— Moi, je me serais probablement contenté d'un hôtel plus modeste.

Elle sourit et répondit simplement :

— Adam est très généreux.

Puis elle entra dans la salle de bains pour prendre une douche. Elle ferma la porte sans pousser le verrou, fit couler l'eau chaude et attendit.

Il ne venait pas. Elle soupira et prit le savon.

« Tu pourrais prendre l'initiative, après tout ! » se dit-elle. Mais elle l'avait déjà fait une fois, n'est-ce pas ?

Elle s'était déjà savonnée quand elle entendit la porte s'ouvrir. Joe entra dans la douche derrière elle. Elle éprouva un bref sentiment de gratitude, puis une sensation de plaisir en sentant son corps contre le sien. Il l'attira à lui, prit le savon et le fit courir sur elle de manière suggestive.

Elle se tourna pour lui faire face sous le jet d'eau qui ruisselait sur eux. Elle se sentait vaguement coupable, et plongea ses yeux dans les siens, tentée de tout lui raconter.

Avant qu'elle ait pu dire quoi que ce soit, cependant, il l'embrassa, profondément, sans hâte. Elle avait l'impression qu'il plongeait si vertigineusement en elle qu'ils ne faisaient plus qu'un. Quand il quitta ses lèvres, elle croisa son regard et ouvrit la bouche pour parler, mais il murmura « chut », et elle oublia tout le reste.

Il fit descendre ses mains et les posa sur ses fesses pour la soulever. Embrasée par l'excitation, elle se colla contre lui.

Ils se soudèrent l'un à l'autre. Les lèvres de Joe, chaudes, sensuelles, reprirent les siennes. L'avidité du désir avait fait place à la tendresse ; elle avait l'impression que la moindre parcelle de son corps s'enflammait et vibrait. Elle fit courir ses doigts sur les épaules humides de Joe. Il tendit la main, trouva le robinet en tâtonnant, le ferma, prit Genevieve dans ses bras et sortit de la douche avec elle.

Ils s'allongèrent sans même prendre le temps de se sécher. Joe se mit à parcourir tout son corps du bout de la langue, inlassablement. Elle frissonna, retint un cri, se cogna à la tête du lit… Joe se souleva au-dessus d'elle.

— Chut ! murmura-t-il. Il ne faut pas réveiller les voisins.

Elle lui mordilla l'épaule, puis se lova contre lui. Elle embrassa son ventre plat, caressa ses cuisses, prit son sexe dans sa main. Elle l'entendit retenir son souffle, puis inspirer, et un gémissement lui échappa quand elle le chevaucha.

Il l'enlaça et la fit glisser sous lui. Elle croisa son

regard en souriant : jamais elle ne s'était sentie aussi vivante, aussi vibrante. Elle noua les jambes autour de ses hanches. Et quand il la pénétra, elle ne put retenir un cri étouffé.

Ils se mirent à bouger.

En chuchotant des mots qui jaillissaient de leur passion, stimulants, caressants.

Dans l'air frais, le corps de Joe était brûlant. A chacun de ses gestes, elle perdait un peu plus le contrôle d'elle-même. Leurs bouches se joignirent, s'écartèrent, se retrouvèrent. Elle entendit le lit grincer sans y prêter la moindre attention. L'univers entier se réduisait à cet instant avec Joe.

Elle jouit avec violence, le corps rivé au sien, parcourue de secousses irrépressibles qui se succédaient à la vitesse de l'éclair. Elle le sentit pris à son tour d'un orgasme puissant qui l'agita deux, trois fois avant qu'elle ne serre étroitement les bras autour de lui, le battement sonore de leurs cœurs dans les oreilles. Il lui caressa les cheveux, lissant une mèche humide, et la maintint contre lui avec tendresse.

Tout à coup, un bruit sourd, dans la pièce voisine, fit vibrer le mur. Ils se regardèrent, surpris, puis éclatèrent de rire.

— C'est la chambre de Brent et Nikki ? demanda Joe à voix basse.

— Chut !

Ils n'ajoutèrent rien d'autre.

Ils sommeillèrent un moment, dans les bras l'un de l'autre, puis firent de nouveau l'amour.

Finalement, Gen sombra dans le sommeil, regrettant

de ne pas avoir raconté toute sa journée à Joe. Elle aurait aimé lui ouvrir son cœur, lui confier le mélange de peur et d'émerveillement qu'elle ressentait devant l'expérience toute nouvelle qu'elle traversait.

Ils avaient beau être très proches l'un de l'autre, il y avait encore entre eux… comme des fantômes.

18

Le lendemain matin, Brent appela Ryan Wilkins pour l'avertir qu'ils soupçonnaient l'assassin de Morton d'avoir assisté au festival Edgar Poe. Il lui suggéra d'interroger les loueurs de costumes qui avaient travaillé pour l'occasion, et lui signala que, selon Joe, le criminel était reparti en emportant toutes les notes de William Morton sur l'écrivain.

Ils se mirent en route pour Baltimore. Comme Joe était au téléphone avec Raif, Brent prit le volant.

— J'ai tes enregistrements des conversations téléphoniques, mais je veux bien être pendu si je comprends ce qu'elles prouvent, dit Raif.

— As-tu trouvé la trace d'un appel entre l'un des Corbeaux et Lori Star ? demanda Joe.

— Non. Ça te déçoit ?

— Oui, un peu. Dis-moi, y a-t-il des choses qui te semblent bizarres ?

— Ce qui est sûr, c'est qu'ils passent leur temps à se téléphoner. Les appels les plus nombreux sont ceux de Lila Hawkins à Eileen Brideswell. Larry appelait Thorne et Don très souvent. Il y a aussi pas mal d'appels de Thorne à Lou Sayles et à Barbara Hirshorn.

— Intéressant, dit Joe.

— Tu trouves ? A ce compte-là, le bulletin météo aussi est intéressant, dit Raif d'un ton las. J'ai sillonné le New Jersey dans tous les sens, avec la bénédiction des flics locaux, et je n'ai strictement rien trouvé.

— Tu t'es renseigné auprès des compagnies de bateaux ?

— Lori n'a pas pris le ferry, si c'est ce que tu suggères, répondit Raif.

— Je pensais aux bateaux de location.

— Dis donc, tu te prends pour qui ? Pour mon capitaine ?

— Tu essayes de faire de l'humour ou tu cherches à m'énerver ? riposta Joe.

— Merde, bien sûr qu'on a interrogé les loueurs, enfin !

— Je pense que tu devrais aussi vérifier si quelqu'un a loué un costume d'Edgar Poe dans le coin, fit Joe avec une légère grimace.

— Quoi ?

— Sans oublier de poser la question aux voisins.

— Les voisins de Bigelow, tu veux dire ? Ou ceux de Lori ? Enfin, peu importe. On les a tous interrogés.

— Mais vous ne leur avez pas demandé s'ils avaient croisé quelqu'un déguisé en Edgar Poe…

— Ils nous l'auraient dit, tu ne crois pas ? C'était suffisamment bizarre pour qu'ils en parlent.

— N'oublie pas qu'on est à New York, Raif. Combien d'allumés dans des tenues invraisemblables vois-tu passer tous les jours ?

— D'accord, dit Raif. Au point où on en est !

Joe raccrocha et s'aperçut que Nikki et Genevieve le regardaient d'un air grave.

— Nous sommes contentes que tu aies parlé du déguisement d'Edgar Poe, déclara Nikki.

Il se retourna sans répondre. Inutile qu'elle aille s'imaginer qu'il apportait le moindre crédit à ces histoires selon lesquelles les fantômes parlent aux êtres vivants... Il se raccrochait au moindre indice, voilà tout.

Mais, au fond de lui-même, il le croyait.

Aussitôt arrivés à Baltimore, ils se rendirent à l'adresse d'Edgar Poe, sur Amity Street. Le romancier s'y était installé après une énième dispute avec son père adoptif, et il s'y était probablement senti heureux. Il y avait vécu avec sa tante, Maria Clemm, et sa cousine Virginia, qu'il devait épouser ensuite. Il avait beaucoup écrit dans cette maison. On pouvait voir son écritoire, qu'il emportait dans tous ses déplacements, son sextant, et une reproduction grandeur nature du seul portrait connu de Virginia.

La demeure se composait d'un salon et d'une cuisine au rez-de-chaussée, de deux chambres à l'étage et d'un grenier. L'Association locale des amis d'Edgar Poe l'avait sauvée de la démolition en 1941, et l'entretenait avec dévotion.

Ils allèrent ensuite au Church Hospital, où Poe était mort.

L'établissement s'appelait alors le Washington College Hospital. On y avait amené Poe, en fiacre, le 3 octobre 1849. Le poète avait été veillé par le Dr John J. Moran qui, plus tard, allait gagner sa vie en racontant le décès de Poe et en brodant au point de rendre la réalité indiscernable de la fiction. Il restait néanmoins certain que Poe, après avoir disparu durant plusieurs jours, était arrivé à l'hôpital dans un état d'ivresse avancé. On l'avait conduit dans la salle d'une tour où l'on mettait d'ordinaire les patients alcooliques, pour éviter qu'ils ne dérangent les autres malades. Le cousin de Poe, Neilson, avait essayé de le voir le 6 octobre, mais on lui avait expliqué que Poe était trop agité et il était reparti. Ni lui ni aucun autre membre de la famille ne devait revoir Edgar vivant.

Son décès fut attribué à une « congestion cérébrale ».

Tandis que le petit groupe se contentait d'observer l'hôpital de l'extérieur, Genevieve se rendit compte que Joe la regardait. Elle lui sourit.

— Il est mort de façon tellement triste. A l'image de sa vie.

— On va voir le cimetière ? suggéra Adam.

Ils repartirent.

Même dans la mort, la pauvreté n'avait pas épargné Poe. Au début, il avait été enterré sans pierre tombale. Par la suite, Maria Clemm avait écrit au cousin Neilson qui s'était rendu à l'hôpital, et ce dernier avait fait ériger une stèle.

Elle avait dû être fort belle, se dit Joe. Neilson y avait fait graver en latin, d'un côté, la mention : « Ici, il repose, enfin heureux », et, de l'autre : « Respectez sa dépouille ». Seulement, la stèle avait été construite près d'une voie ferrée, le déraillement d'un train l'avait démolie et Neilson n'avait pas eu les moyens d'en faire construire une autre.

L'actuel monument (sur lequel, par erreur, on faisait

naître Poe le 20 janvier au lieu du 19) n'avait été érigé qu'en 1875. A cette occasion, Poe avait enfin reçu l'hommage de ses pairs : des lettres de Longfellow et de Tennyson, entre autres, avaient été lues pendant la cérémonie. Maria Clemm, à sa mort, fut enterrée près du poète, et l'on fit venir de New York les restes de sa bien-aimée Virginia.

Une foule de touristes, massée autour de la tombe, écoutait le récit d'un guide. Joe se demanda malgré lui si une telle affluence ne risquait pas d'empêcher les fantômes de se manifester auprès de ses amis. Mais il se dit ensuite que s'ils voyaient quelque chose, ils n'en laisseraient peut-être rien paraître.

A quoi tout cela rimait-il, d'ailleurs ? Se pencher sur le souvenir d'un grand poète disparu, c'était très bien, mais il ne voyait vraiment pas comment cela pourrait les aider à éclaircir une série de crimes contemporains.

Quand le guide, un mince jeune homme d'environ vingt-cinq ans déguisé en Edgar Poe, eut terminé, Joe s'avança pour lui demander s'il avait entendu parler de Bradley Hicks.

— Ah, ce pauvre Bradley ! dit le jeune homme.

— Vous le connaissiez ?

— Oui. Quelle atroce façon de mourir, terrassé par la peur dans son caveau de famille...

— Etait-il facilement effrayé ? demanda Joe.

Le guide fronça les sourcils, interloqué par les questions qu'on lui posait. Joe lui montra sa carte professionnelle.

— Mes amis et moi-même enquêtons sur cette récente série de crimes, à New York, dit-il.

L'homme écarquilla les yeux.

— Vous croyez donc que…

— Nous ne savons pas.

— Ecoutez, j'ai fini ma visite. Je peux vous montrer la tombe de Bradley, si vous voulez. Le pauvre, il est enterré à l'endroit même où il est mort. Au fait, je m'appelle James Boer. Ravi de faire votre connaissance.

Joe présenta ses compagnons, puis ils remontèrent en voiture pour suivre James.

Bradley Hicks était enterré dans un très vieux cimetière rempli de beaux monuments funéraires enfouis dans la végétation et dont se dégageait une certaine mélancolie. La famille Hicks était installée à Baltimore depuis très longtemps : le premier enterrement remontait à 1810, et des dizaines de noms étaient gravés sur le mausolée.

— Comment tous ces gens peuvent-ils tenir là-dedans ? demanda Nikki.

— Il y a sans doute eu des incinérations, répondit Joe.

— En tout cas, c'est à l'intérieur qu'on l'a retrouvé. Il y a des niches sur trois côtés et quelques tombeaux dans le sol, dit James. Vous pouvez regarder à travers la grille.

Joe jeta un coup d'œil. L'intérieur, noyé dans la pénombre, était tel que James l'avait décrit.

— Tenez, prenez ma torche, proposa Adam en tendant son trousseau de clés auquel pendait une torche petite mais puissante.

Devant l'air surpris de Joe, il haussa les épaules en expliquant d'un ton léger :

— J'explore des tombeaux plus souvent que vous, je crois.

Le jet de lumière permit à Joe de se faire une meilleure

idée. Derrière la grille, il y avait une porte de bois, ouverte. Quatre pierres tombales s'encastraient dans le sol et plusieurs urnes emplissaient les niches murales.

— Bradley est ici, dit James en tendant le bras vers une urne qui reposait dans la niche la plus haute du mur de droite.

— Qui a les clés du mausolée ? demanda Joe.

— La famille, bien sûr, et le gardien du cimetière, répondit James.

— Vous voulez entrer ? demanda Adam.

Joe hocha la tête. Adam reprit :

— Je vais voir ce que je peux faire.

— Prends la voiture, dit Brent en lui jetant les clés. Ça fait une trotte, d'ici à la loge du gardien.

Adam acquiesça. Nikki décida de l'accompagner.

— Qu'est-ce que vous cherchez ? s'enquit James.

— Je voudrais simplement comprendre comment Hicks a pu s'imaginer qu'il était enfermé, répondit Joe.

Brusquement, un cri étranglé le fit sursauter. Il se retourna vivement. Debout dans l'allée étroite où se tenaient Genevieve et Brent, il y avait une jeune fille d'une vingtaine d'années, un bouquet de fleurs à la main : c'était elle qui venait de crier.

Genevieve se précipita pour la rejoindre, les sourcils froncés.

— Non ! souffla la jeune fille, les yeux agrandis.

— Rassurez-vous, tout va bien, dit Genevieve en lui touchant doucement l'épaule.

Sans lui répondre, la jeune fille montra James du doigt.

— Vous étiez là ! lança-t-elle d'un ton accusateur. Vous étiez ici même le jour où M. Hicks est mort.

— Bien sûr que non ! protesta James.

Il prit les autres à témoin en secouant la tête.

— J'étais à mon travail, je le jure.

Il se tourna de nouveau vers la jeune femme.

— Je suis guide conférencier, expliqua-t-il. Je me déguise pour les visites, mais jamais dans d'autres circonstances. C'est la première fois aujourd'hui que je viens dans ce cimetière avec mon costume d'Edgar Poe.

— Gardez votre calme, lui dit Joe.

Puis il se tourna vers la jeune fille.

— Vous étiez ici, le jour du décès de M. Hicks, mademoiselle ?

Elle fit oui de la tête.

— Etes-vous l'une de ses parentes ?

Cette fois, elle fit signe que non, et Joe enchaîna :

— Vous venez donc pour…

Elle montra du doigt un autre caveau, une cinquantaine de mètres plus loin. On y lisait, en grosses lettres, le nom « Adair ».

— C'est votre famille ? demanda Genevieve pour l'encourager.

Après un nouveau hochement de tête, la jeune fille répondit :

— Je m'appelle Sarah Adair.

— Qu'est-il donc arrivé à propos de M. Hicks ? demanda Genevieve.

— Je… j'étais venue déposer des fleurs sur la tombe de ma grand-mère. J'aime bien être ici. Notre caveau est toujours ouvert. C'est comme une petite chapelle.

— Avez-vous vu M. Hicks le jour de sa mort ? demanda Joe.

Elle secoua la tête.

— Non. Je n'ai appris l'histoire que plus tard. Mais *lui*, je l'ai vu ! s'écria-t-elle en montrant James du doigt.

— Je n'étais pas là, je vous le répète, dit James.

La jeune fille scruta son visage.

— D'accord. Mais en tout cas, j'ai vu quelqu'un qui vous ressemblait.

— Quelqu'un qui ressemblait à Edgar Poe, vous voulez dire ? fit Joe.

Elle haussa les épaules.

— Oui, je suppose.

Puis, tout à coup, elle porta la main à sa bouche.

— Oh ! C'est vrai, ils ont dit dans le journal que M. Hicks s'intéressait à Poe. Qu'il avait écrit des articles sur lui, quelque chose comme ça.

— Mademoiselle Adair, pouvez-vous me raconter la journée au cours de laquelle M. Hicks est mort ? demanda Joe.

— Eh bien, comme je l'ai dit, j'étais venue apporter des fleurs pour la tombe de ma grand-mère. Quand je suis partie, j'ai vu un homme qui lui ressemblait — à Edgar Poe — en train de marcher devant moi. Etant donné la direction de l'allée, il devait forcément venir de par là. Sur le moment, je n'y ai pas prêté attention. Mais quand j'ai entendu aux informations que M. Hicks avait eu une crise cardiaque dans son caveau, je suis allée dire à la police que j'avais vu quelqu'un dans le cimetière. Seulement, ils m'ont répondu que plein de gens étaient passés par là et que, de toute façon, il n'existait aucun mystère : personne n'avait enfermé

M. Hicks. La porte de bois et la grille étaient toutes les deux ouvertes quand ils l'ont trouvé.

A cet instant, Adam et Nikki réapparurent. Adam sortit de la voiture en exhibant triomphalement une clé, puis il fronça les sourcils en découvrant la nouvelle venue.

— Je vous présente Sarah Adair, dit Joe. Elle était justement en train de nous expliquer qu'elle avait vu un homme déguisé en Edgar Poe le jour même où Bradley Hicks a trouvé la mort.

— Ah oui ? s'écria Adam en regardant la jeune fille avec intérêt.

— Allez-vous entrer dans le caveau ? demanda Sarah.

— Eh bien, oui, avoua Nikki. En fait, on peut entrer dans tous les caveaux. Les clés sont simplement suspendues dans la cabane du gardien.

— Est-ce pour permettre à n'importe qui de les utiliser ? demanda Joe à Sarah Adair.

— Oui, bien sûr. Les gens viennent de tout le pays se recueillir sur la tombe de leur famille, répondit-elle.

Joe prit la clé des mains d'Adam et l'inséra dans la serrure. La grille de fer forgé tourna sans bruit sur ses gonds. A moins qu'on ne l'ait huilée depuis la mort de Hicks (un détail qu'il faudrait vérifier), il était impossible qu'elle se bloque en emprisonnant quelqu'un à l'intérieur.

Brandissant la lampe torche d'Adam, Joe entra dans le caveau, referma la grille et la porte de bois derrière lui, puis les rouvrit. Elles cédèrent instantanément à sa poussée.

Il les referma, éteignit la torche et essaya, dans le noir, de se mettre à la place de Bradley Hicks.

Il se débattait pour ouvrir la porte… sans y parvenir.

Peut-être avait-il tapé du poing sur les parois. Mais elles étaient en brique, et très épaisses.

Cela dit, comment avait-on pu imaginer que la situation suffirait à provoquer chez Hicks une crise cardiaque ?

Parce qu'il avait le cœur fragile, et que son assassin le savait ?

Joe rouvrit les portes et faillit se mettre à rire en découvrant la scène. Les autres étaient alignés en rang d'oignons devant le caveau, comme s'ils attendaient la résurrection de Lazare.

— Les portes ne peuvent pas se coincer, dit-il brièvement.

Il se tourna vers James et ajouta :

— Vous avez bien dit que vous connaissiez Bradley Hicks, n'est-ce pas ?

— Oui.

— Est-ce qu'il avait des problèmes cardiaques ?

James hocha la tête, l'air sombre.

— Oui.

Joe se détourna pour verrouiller la porte et la grille du caveau.

— Je pense que nous avons fini, dit-il. Merci, James. Et merci aussi à vous, Sarah.

Il tendit sa carte à la jeune fille en lui disant :

— Prenez ça, pour le cas où un détail vous reviendrait à l'esprit.

Puis il glissa un bras autour des épaules de Genevieve et regagna la voiture avec le reste du groupe.

*
* *

Ils avaient décidé de dîner tôt, à Baltimore. Dès qu'ils eurent passé commande, le portable de Joe sonna. Il vit que c'était Raif, s'excusa et quitta la table.

— J'ai trouvé, dit Raif.

— Quoi donc ?

— Il y a une demi-heure, un flic de Richmond m'a téléphoné pour me signaler qu'un costume complet d'Edgar Allan Poe, avec la perruque, les moustaches, les chaussures, tout le toutim, avait été loué à T. Bigelow le jour où William Morton est mort. Et ici, à New York, l'un de nos enquêteurs a trouvé une boutique, sur Broadway, où on a loué un autre costume à Bigelow lui-même… deux jours avant sa mort.

— Mais c'est Thorne qu'on a tué ! lança Joe.

— On peut toujours utiliser la carte de crédit de quelqu'un d'autre !

— Et qui l'aurait fait, d'après toi ?

— Jared Bigelow. Je l'ai fait mettre en préventive.

— Tu l'as inculpé de meurtre ?

— Ne dis pas de bêtises : je n'ai pas l'ombre d'une preuve, même si une voisine de Jared affirme avoir vu Edgar Poe se promener dans le voisinage.

— C'est déjà quelque chose, dit Joe.

— Pas sûr. Elle dit aussi que des Martiens ont atterri et se sont installés à côté de chez elle.

— Alors, pour quel motif as-tu épinglé Jared ?

— Pour défaut de paiement, répondit Raif en pouffant de rire.

— Défaut de paiement ?

— Et tentative de corruption. Apparemment, il part du principe qu'il n'a pas à payer ses tickets de parking. Il doit presque mille dollars à la municipalité. Un officier l'a interpellé sans se laisser émouvoir par le bakchich qu'il lui proposait. Bref, pour l'instant, il est sous les verrous. Demain matin, il passera devant le juge. Aussi brillant que soit son avocat.

— Tu te doutes bien qu'ensuite il va payer une caution, Raif, et te filer entre les pattes.

— Sauf si tu m'apportes du solide avant demain matin.

Il n'y avait pas la moindre chance, se dit Joe. Aucun espoir. A moins que…

— Merci, Raif. Je suis encore dans le Maryland, mais nous allons prendre le chemin du retour dès que nous aurons déjeuné.

Il consulta sa montre et ajouta :

— Tu crois que je pourrai interroger Jared dès ce soir ?

— Sans problème.

Joe rejoignit les autres et leur exposa rapidement la situation.

— Mais il risque de sortir demain, n'est-ce pas ? lança Genevieve.

— Dès que nous serons arrivés, je foncerai là-bas et j'essayerai d'obtenir ses aveux. Si ça ne marche pas, je mettrai par écrit toutes les présomptions que nous avons. Ça devrait suffire pour que le district attorney demande un mandat de perquisition, et peut-être même pour qu'il le maintienne en préventive.

Joe balaya la tablée du regard et reprit :

— Ils se sont aperçus que l'un des Bigelow avait utilisé la carte de crédit de Thorne pour louer un costume d'Edgar Poe à Richmond, puis un autre à New York.

Genevieve laissa échapper un léger sifflement.

— C'est donc Jared le coupable… Mon Dieu ! Il s'est déguisé en Edgar Poe, il a donné rendez-vous à Lori Star, et…

Elle se demanda si son profond écœurement se lisait sur son visage. Oui, probablement.

La serveuse apporta les commandes. Ils mangèrent rapidement, puis reprirent la route.

Adam déclara que, dès leur retour, il se connecterait à internet pour essayer de retrouver la trace des Bigelow à Baltimore, à l'époque du décès prématuré de Bradley Hicks, et aussi pour voir si quelqu'un avait utilisé la carte de crédit de Thorne Bigelow pour louer un costume.

Dès leur arrivée à New York, ils passèrent au commissariat déposer Joe. Il sortit de la voiture et regarda Genevieve dans les yeux un long moment.

— Genevieve…

— Je sais, murmura-t-elle. Je ferai attention, c'est promis.

Il hocha la tête.

— Je garde mon portable ouvert, dit-il. N'hésite pas à m'appeler. Quoi qu'il puisse se passer.

— Je n'arrive pas à croire que ce cauchemar sera peut-être bientôt terminé, murmura Genevieve tandis que Brent s'apprêtait à redémarrer.

— Nous verrons, dit Joe.

Brent croisa le regard de la jeune femme dans le rétroviseur et ajouta :

— Ça vous dit de venir chez Adam avec nous ?

Elle sourit.

— Merci beaucoup, mais c'est non. Je préfère rentrer,

appeler ma mère, bavarder un peu avec elle. Et puis je n'ai pas besoin de baby-sitter, ce soir, puisque Jared Bigelow est en prison.

Adam fronça les sourcils.

— Nous *pensons* qu'il est le meurtrier, mais nous n'en sommes pas encore *certains*. Genevieve, il…

— Tout ira bien, coupa-t-elle d'un ton ferme. Je vais juste rentrer, téléphoner à ma mère et… faire œuvre de réconciliation.

— Avec qui… ou quoi ? demanda Nikki.

— Avec la vie… et la mort, répondit Genevieve.

Brent demanda au portier de surveiller la voiture, prit la valise de Genevieve pour l'accompagner à l'étage, entra dans son appartement avec elle, vérifia toutes les pièces, puis sourit.

— Ça va aller ? Je sais que c'est dur de découvrir qu'on peut voir dans l'au-delà.

— Oui, ça va aller. Nikki et vous n'êtes pas sur le départ, n'est-ce pas ?

— Non. Nous restons à New York encore quelques jours.

D'un ton plus grave, il ajouta :

— Il faut encore que nous complétions le dossier, si l'on veut que Jared aille au tribunal.

— C'est vrai.

Il l'embrassa sur la joue et conclut :

— Si vous avez besoin de quoi que ce soit, appelez-nous.

— Promis.

Quelques minutes plus tard, elle se prépara une tasse

de thé, puis appela Eileen. Sans lui dire qu'elle avait commencé à voir des fantômes, elle lui expliqua qu'ils pensaient tenir un solide faisceau de présomptions contre Jared Bigelow.

— Jared ! s'exclama Eileen.

Genevieve imaginait l'expression stupéfaite de sa mère.

— C'est un choc pour toi, maman ?

— Non, non, mais… est-ce que je peux sortir avec les autres Corbeaux, maintenant ?

Genevieve réfléchit, puis répondit :

— A vrai dire, il n'est pas certain qu'ils gardent Jared en prison au-delà de cette nuit.

— Raison de plus pour sortir ce soir ! Tu sais, ma chérie, je commence à étouffer.

— Ecoute, maman, je ne sais pas si…

— Je vais appeler un taxi et me faire déposer juste devant chez O'Malley's. Qu'en dis-tu ?

— Je suppose que ça devrait aller.

— Pourquoi ne viendrais-tu pas avec vous ? proposa Eileen.

— Non, merci. Je préfère rester ici.

— Comme tu veux. Mais si tu changes d'avis, tu es la bienvenue.

— Je vais y réfléchir, promit Genevieve.

Elles se dirent bonsoir, puis Genevieve raccrocha et entreprit de défaire ses bagages.

Quelques minutes plus tard, le téléphone sonna. Elle se précipita, espérant que c'était Joe.

— Allô !

— Genevieve ?

C'était une voix de femme, mais elle ne la reconnaissait pas.

— Oui ?

— Espèce d'ordure !

Stupéfaite, Genevieve regarda le récepteur, puis s'empressa de raccrocher. Presque aussitôt, le téléphone se remit à sonner. Elle ne répondit pas et attendit que le répondeur se mette en marche.

— Espèce de demeurée, pauvre conne ! Je sais très bien pourquoi tu as demandé à ton pote de s'en prendre à Jared. C'est parce que tu es jalouse de moi !

Genevieve se rendit compte que son interlocutrice avait bu. Et qu'il s'agissait de Mary Vincenzo.

Elle l'écouta vitupérer jusqu'à ce que le minuteur de la messagerie l'interrompe au milieu d'une phrase.

Quand la sonnerie retentit de nouveau, Genevieve voulut décrocher, mais le répondeur s'était déjà enclenché.

— Je vais t'arracher les cheveux et découper en morceaux ton petit cœur plein de fric ! Ah oui, tu peux flirter ouvertement, maintenant que tu sais qui est ta maman. Mais tu restes une bâtarde. Oui, une bâtarde que sa mère a rejetée dès sa naissance. Tu n'as pas le droit de vivre. Tu mérites la mort. D'ailleurs, c'est moi qui vais venir te régler ton compte. Tu vas voir !

A l'appel suivant, Genevieve décrocha.

— Ecoutez, Mary…

— Euh… ce n'est pas Mary, fit une petite voix timide. C'est Barbara Hirshorn.

— Oh ! Excusez-moi, Barbara.

— Lou et moi avons rendez-vous avec votre mère chez O'Malley's. Vous voulez nous accompagner ?

— Non, merci. Je préfère rester à la maison.

— Vous êtes sûre ? Nous pourrions passer vous chercher.

Gen hésita. Pourquoi pas, après tout ? Elle avait envie de voir sa mère et elle ignorait si Joe allait rentrer ou non.

— Bon, d'accord, dit-elle finalement. Mais ne vous donnez pas la peine de venir me chercher. Je vais prendre ma voiture. Je vous retrouve là-bas dans un petit moment.

Dès que Barbara eut raccroché, Genevieve appela Joe sur son portable. Comme elle s'y attendait, elle tomba sur sa messagerie :

« Joe, dit-elle, je vais chez O'Malley's. Essaie de me rejoindre dès que tu pourras. Si tu en as envie, naturellement. »

Ensuite, elle quitta son appartement et prit l'ascenseur pour descendre au parking.

Elle n'avait pas fait deux pas qu'elle ressentait l'impression étrange d'être suivie. Un fantôme ? Le spectre de Lori Star, qui essayait de communiquer avec elle ?

Brusquement, elle se dit qu'elle aurait préféré être n'importe où plutôt que dans le parking. Elle était fortement tentée de prendre ses jambes à son cou pour remonter chez elle.

Elle entendit un glissement feutré, puis le sifflement d'un courant d'air, presque un chuchotement.

— Tim, vous êtes là ? demanda-t-elle à voix haute.

Il était forcément dans les parages.

— Tim ?

Pas de réponse. Le courant d'air, maintenant, lui frôlait la joue, chaud et… insistant.

D'abord imperceptiblement, puis plus nettement, une forme commença à se dessiner, traçant le contour d'une entité à peine visible. Genevieve aurait pu jurer que Leslie MacIntyre se tenait devant elle et murmurait : *Rentrez, Genevieve. Remontez tout de suite. Verrouillez votre porte et appelez la police. Maintenant ! N'attendez pas !*

Sans se poser de questions, Gen fonça vers la porte, son badge magnétique à la main.

Alors, elle entendit derrière elle un bruit de pas. Des pas bien réels.

Paniquée, elle fit volte-face…

Et vit Edgar Poe en train d'avancer dans sa direction.

— Restez où vous êtes ! cria-t-elle.

L'inconnu fit un faux pas, puis se redressa.

Genevieve avait l'impression d'entendre de nouveau la voix de Leslie murmurer : *Dépêchez-vous !*

En tremblant, elle tenta d'ouvrir la porte, laissa tomber son sac, se rendit compte que la porte ne voulait pas s'ouvrir car elle était coincée. A toute allure, elle ramassa son sac et y chercha la bombe paralysante dont elle ne se séparait jamais. Elle ôta le couvercle, brandit la bombe… mais c'était trop tard. Elle reçut sur la tête un coup brutal, puis entendit quelqu'un crier :

— Salope !

Elle n'avait pas le droit de s'évanouir. Sinon, elle était perdue.

Qui était donc son agresseur ? Mary Vincenzo, venue mettre ses menaces à exécution ?

Elle se rendit compte qu'elle tenait toujours la bombe

à la main. Elle réussit à la tourner en direction de l'assaillant et pressa le bouton. Un hurlement de douleur retentit mais, une fois de plus, il était trop tard. Un nouveau coup s'abattit sur son crâne et elle s'effondra sur le sol du parking.

19

En voyant Joe entrer dans le parloir, Jared se mit à grommeler :

— Et voilà le détective de choc ! O.K., vous avez gagné : je n'ai pas payé mes tickets de parking.

— Vous avez surtout tué votre père.

Jared lui jeta un regard furibond.

— Vous dites n'importe quoi !

— Non seulement vous avez tué votre père, mais vous avez aussi supprimé William Morton, et largement contribué à la mort de Bradley Hicks. J'ajoute que vous avez assassiné Lori Star et tenté de tuer Sam Latham.

— Non ! cria farouchement Jared.

L'horreur qui se peignait sur son visage semblait réelle, et sa voix avait un accent indéniablement sincère.

— J'arrive tout juste de Virginie. Je sais que vous y avez loué un costume d'Edgar Poe.

— Quoi ? balbutia Jared, l'air totalement sidéré.

— Bon, écoutez, dit Joe, je vais appeler les flics. Ils prendront votre déposition et ils vous aideront à préparer l'entretien avec le district attorney pour vous éviter la peine capitale.

— La peine… mais qu'est-ce que vous racontez ?

lança Jared. En quoi le fait d'avoir loué un costume de Poe en Virginie fait-il de moi un assassin ?

Pour une fois, il n'avait pas l'air d'un gosse de riche arrogant : il ressemblait plutôt à un gamin terrorisé.

Jouait-il la comédie ?

— Nous avons des preuves, Jared, reprit Joe, tout en sachant qu'il s'avançait en terrain glissant.

— Des preuves de quoi ?

— Que vous avez utilisé la carte de crédit de votre père pour louer un costume d'Edgar Poe avant de vous rendre chez William Morton afin de le tuer.

Joe secoua la tête avec vigueur.

— Mon père aimait beaucoup William Morton. Il le trouvait brillant.

— Est-ce pour cela que vous l'avez tué ? Parce que vous étiez jaloux de l'estime que votre père portait à Morton ?

Stupéfait, Joe vit tout à coup Jared s'effondrer en larmes.

— Ecoutez, je… j'aurais dû payer mes tickets de parking, d'accord. Mais je n'ai tué personne. Je le jure. Je n'étais même pas là quand mon père est mort. J'étais à mon travail et, en partant, j'ai acheté un hot-dog dans la rue, en bas du bureau. Vous pouvez demander au commerçant.

— Pourquoi n'aviez-vous encore jamais parlé de ce vendeur de hot-dogs ? demanda Joe.

— Je… je n'y avais pas pensé.

— Et le dimanche où Lori Star a été tuée ?

— J'étais chez moi.

— Evidemment !

— C'est vrai ! lança Jared en rougissant. J'avais pris des stupéfiants, je l'avoue. Mais j'étais chez moi. D'ailleurs…

Son visage s'éclaira et il ajouta :

— D'ailleurs, quelqu'un m'a vu !

— Qui donc ?

— Un laveur de carreaux. Je suis certain qu'il se souviendra de moi. Je venais de me verser à boire quand je l'ai vu derrière la vitre. J'ai fait le clown en faisant mine de lui verser un verre à lui aussi.

— Mais pourquoi n'avez-vous rien dit de tout cela à la police, bon sang ?

Jared secoua la tête.

— Parce que… je suis Jared Bigelow. Je n'ai pas à me justifier… Je suis Jared Bigelow, répéta-t-il d'une petite voix défaite.

Joe se détourna, écœuré. Merde, cet imbécile l'avait convaincu ! Ses alibis seraient faciles à vérifier…

Mais alors, si ce n'était pas Jared…

C'était forcément quelqu'un de son entourage. De l'entourage de Thorne.

Cela ne laissait que deux noms.

D'abord, Mary Vincenzo. Mais aurait-elle eu la force d'étrangler William Morton et Lori Star ?

Ensuite… le majordome.

A moins qu'il n'y ait deux tueurs. Un homme et une femme, travaillant de concert.

L'un ayant suffisamment de force pour étrangler les victimes, l'autre capable de se glisser dans un hôpital, déguisée en infirmière, sans que personne la remarque.

Brusquement, Joe se rappela un détail qui l'avait

frappé, quelques jours plus tôt, puis qu'il avait oublié dans le tourbillon des événements.

Joe.

Il tressaillit. Quelqu'un l'appelait par son nom, et ce n'était pas Jared Bigelow.

C'était une voix qu'il connaissait.

Il leva les yeux.

Matt, ou en tout cas une image de Matt, se tenait devant lui. Matt, son cousin, son meilleur ami.

Joe, elle a besoin de toi. Pour l'amour du ciel, vas-y! Vite!

La peur submergea Joe. Si Jared n'était pas coupable, ça voulait dire que le tueur était encore en liberté. Et si Matt insistait tant…

Elle a besoin de toi, répéta-t-il.

Tout en courant vers la sortie, Joe appela Genevieve. Mais elle ne répondit ni à son fixe ni à son portable. Il appela Eileen en se demandant pourquoi on ne trouvait jamais de taxi dans cette fichue ville quand on en avait le plus grand besoin.

— Joe ! s'écria Eileen, ravie. Vous venez nous rejoindre ?

Il sentit son cœur bondir dans sa poitrine.

— Geneviève est avec vous ?

— Non, mais elle va sans doute venir plus tard.

— Qui est là ?

Eileen cita plusieurs noms, sans mentionner celui qu'il attendait. Il comprit alors qu'il avait enfin résolu l'énigme. Il tenait enfin la signification du détail qu'il s'était rappelé quelques jours plus tôt.

Pour ne pas paniquer Eileen, il se borna à répondre :

— Demandez à Genevieve de m'appeler dès qu'elle arrive, d'accord ? Et restez chez O'Malley's.

Il raccrocha. Où aller ? Où le tueur l'avait-il piégée ?

Le plus probable, c'était…

Il n'était plus très loin.

Il se mit à courir comme un fou.

Genevieve émergea lentement. Elle avait très mal à la tête, et aussi aux bras.

En essayant de les bouger, elle s'aperçut qu'ils étaient attachés à… des chaînes. Elle était enchaînée !

Elle cligna des yeux, et perçut une odeur bizarre. Ça sentait… le ciment.

On était en train de l'emmurer !

Elle s'efforça de lutter contre la panique, en se disant qu'elle avait été maintenue prisonnière par un maniaque pendant des semaines et qu'elle avait survécu grâce à son intelligence.

Sauf que là…

Elle entendit le raclement d'une truelle sur le ciment, puis le bruit sourd d'une brique qu'on posait.

Fallait-il hurler ?

Une fois la dernière brique posée, combien de temps lui resterait-il ?

— Elle s'est réveillée ! dit soudain une voix de femme.

Ce n'était pas Mary Vincenzo.

C'était une voix que Genevieve connaissait, pourtant. Mais la tonalité était différente, bien plus assurée qu'en temps normal.

— C'est vrai, elle est réveillée. Vous allez vous joindre à nous, n'est-ce pas, Genevieve ?

Une voix d'homme. Une voix connue, elle aussi.

Genevieve lutta de nouveau contre la panique qui l'envahissait. Elle devait jouer la montre, gagner du temps.

Du temps… mais dans quel but ?

Pour permettre aux secours d'arriver ? Mais lesquels ? Joe était au commissariat, fermement convaincu que tous les indices conduisaient à Jared Bigelow.

— Bennet, quelle surprise ! dit-elle d'un ton ferme.

— Bennet ? Allons, allons… vous connaissez mon prénom, mademoiselle Genevieve. Pourquoi ne pas l'utiliser ?

Elle redressa le menton. Le mur de brique n'était pas encore arrivé à la hauteur de sa tête.

— Eh bien, Albee, j'avoue que je ne comprends pas, dit-elle. Ou peut-être que je comprends trop bien, au contraire. Vous êtes furieux que Jared hérite de la fortune Bigelow, alors que c'est vous qui avez supporté « Thorny » pendant toutes ces années.

Un rire féminin jaillit. La tête de Barbara Hirshorn apparut à côté de celle d'Albee.

— Vous dites n'importe quoi ! fit Barbara.

Elle était toujours déguisée en Edgar Poe, avec une perruque noire et un costume masculin du XIXe siècle, mais comme elle avait perdu la moustache, on la reconnaissait facilement.

— Ce n'est pas ça du tout, enchaîna-t-elle.

— Admettons, dit Genevieve en fronçant les sourcils. Alors, expliquez-moi. Comment vous y êtes-vous pris ? Et pourquoi ?

— Vous ne comprenez vraiment rien ! lança Barbara.

— Pourtant, elle est allée à Richmond et à Baltimore ! fit remarquer Bennet.

Comment diable savait-il où ils étaient allés ? Genevieve n'eut pas à poser la question : Barbara lui fournit la réponse.

D'abord, elle pouffa comme si elle était l'être le plus intelligent de la Création.

— C'est ta mère qui m'a dit où tu étais, bien sûr ! Qui donc se méfierait de la pauvre, de l'insignifiante petite Barbara ?

Albee Bennet s'était momentanément arrêté de poser des briques pour la couver d'un regard empreint de fierté et de satisfaction.

— Nous sommes très intelligents, Barbara et moi, déclara-t-il, le sourire aux lèvres.

— Excusez-moi, dit Genevieve, mais je ne comprends toujours pas.

— Ah non ? Vraiment pas ?

— Non.

Il sourit de nouveau et glissa un bras autour des épaules de Barbara.

— Eh bien, la méthode pour se débarrasser de Thorne, c'était une idée de Barbara.

— En empoisonnant le vin, dit crânement Barbara. Oui, c'était mon idée.

Genevieve se rappela les paroles d'Eileen : le poison était généralement une arme de femme.

— C'était très, très malin, souligna Bennet.

— N'exagérons pas ! dit Barbara en rosissant.

— Il fallait qu'il meure. Par simple justice. Comme les deux autres m'as-tu-vu, expliqua Bennet. Et, de cette manière, il était absolument impossible de prouver ma culpabilité.

— Pourtant, il doit y avoir une façon de la démontrer. On ne l'a pas encore trouvée, voilà tout, répliqua Genevieve en luttant pour adopter un ton assuré.

— Le vrai génie, c'est Bennet ! lança Barbara. Il connaît parfaitement l'œuvre d'Edgar Poe, et il est capable d'*incarner* Poe bien plus efficacement que moi. Quand Thorne l'a enfin compris, il s'est mis à en discuter avec lui. Et tout ce que Bennet lui disait, il le mettait dans son livre. Thorne a exploité Bennet, mon brillant Bennet ! Thorne était un monstre. Il méritait de mourir.

— Et Lori Star ? demanda Genevieve. Et Sam Latham ? Ce brave homme, marié, avec deux enfants ?

— Ah, Sam…, soupira Bennet. Il ne fallait pas laisser croire que l'on visait seulement Thorne… J'étais sur l'autoroute quand, par hasard, j'ai vu passer Sam devant moi. Je me suis rendu compte qu'il serait très facile de provoquer un accident fatal. J'ai appuyé à fond sur le champignon pour le rattraper. Malheureusement, il s'en est tiré.

— Mais quelqu'un d'autre est mort. Vous avez tué un innocent, rappela Genevieve. Un inconnu qui n'avait peut-être même jamais entendu parler d'Edgar Poe.

Barbara se mit à rire comme une démente.

— S'il ne connaissait pas Poe, il méritait de mourir ! déclara-t-elle.

— Quant à Lori Star, c'est moi qui m'en suis chargé, dit Bennet. L'enfance de l'art. Elle ne rêvait que de gloire et de fortune. J'ai loué le bateau avant d'enfiler mon déguisement. D'abord je l'ai assommée, puis je l'ai fait embarquer et je l'ai étranglée. Une bien jolie promenade, finalement, vous ne trouvez pas ?

Genevieve eut l'impression que des milliers d'insectes couraient sur sa peau.

— Attendez ! dit-elle à Barbara. Vous êtes censée passer la soirée chez O'Malley's. Vous ne croyez pas que les gens vont s'étonner de votre absence ?

— Etes-vous vraiment aussi stupide que vous en avez l'air ? riposta Barbara. J'ai expliqué que j'avais la migraine et que, finalement, je préférais rester chez moi.

Elle se tourna vers son comparse et lança :

— Allons, Albee, remets-toi au travail !

— Un instant ! cria Genevieve.

— Quoi encore ? demanda Bennet avec impatience.

— Et les autres ?

— Le type de Richmond ?

— Oui.

Bennet secoua la tête.

— Vous ne voyez pas que c'était le même problème ? Il n'avait fait aucune recherche personnelle. Il ne savait rien. Tout ce qu'il a mis dans son livre, ça venait de moi. Et vous croyez qu'il aurait eu ne serait-ce qu'un mot de remerciement ? Non. Rien du tout.

— Ils vont finir par vous trouver, dit Genevieve. Tôt ou tard, ils vont additionner deux et deux.

Barbara hurla de rire.

— Sauf que je serai là pour jurer que Bennet était avec moi, le dimanche matin où Lori est morte. Et comme, l'après-midi, vous êtes venus tous les deux lui rendre visite, votre ami Joe pourra confirmer qu'il l'a vu.

— Vous avez donc tout manigancé, le dimanche matin, dit Genevieve en regardant Bennet. Je suis impressionnée.

— Je l'ai aidé, précisa fièrement Barbara. J'avais pris la voiture à Jersey pour l'attendre. Même là, d'ailleurs, la piste remontera à Jared, puisque nous avons utilisé l'une de ses cartes de crédit au moment de louer le bateau. Les Bigelow ont toujours été négligents. Ils sont si riches qu'ils ne remarquent même pas qu'il leur manque une ou deux cartes. Mais passons... Maintenant, c'est votre tour.

D'une voix perçante, elle conclut :

— Allons, Albee, au travail !

— Il y a quelqu'un ici, dit Genevieve.

Ils ouvrirent de grands yeux.

— Elle ment. Elle dit ça pour gagner du temps, affirma Barbara.

— C'est peine perdue, ma chère Barbara, dit Bennet.

— Peut-être s'agit-il de Thorne Bigelow, reprit Genevieve.

Ils se figèrent en la regardant fixement.

Elle eut un sourire suave.

— Les revenants, ça existe, vous savez ?

— Vous êtes folle ! Enfin, si ça vous fait plaisir, libre à vous de revenir sous forme de fantôme, dit Barbara.

Albee s'était remis à étaler du ciment pour poser une autre brique, mais, brusquement, il se figea.

— Qu'est-ce que c'est ? s'écria-t-il en tendant l'oreille.

— Quoi donc ? demanda Barbara.

— Il y a quelqu'un là-haut.

— C'est impossible. L'alarme est mise et le verrou

est tiré, répondit Barbara. N'écoute pas ce qu'elle dit. Si elle prétend que Thorne va revenir nous hanter, c'est juste pour gagner du temps.

— Sauf que je dis la vérité, intervint Genevieve.

En se tortillant de temps à autre, elle parvenait à soulager un peu la tension de ses bras, mais la poussière du ciment qu'Albee manipulait lui envahissait les narines et lui donnait le tournis. Elle avait compris à leurs échanges qu'ils se trouvaient dans la cave de Thorne Bigelow, mais, de toute évidence, on n'y avait pas fait le ménage depuis des lustres.

Il était clair aussi qu'ils avaient construit cette espèce de niche spécialement pour elle. Quand ils auraient fini, personne ne devinerait qu'il y avait quelque chose derrière le mur.

Mon Dieu ! Elle devait absolument continuer à parler pour éviter de paniquer.

— Albee, quelque chose ne va pas, dit soudain Barbara, l'air irrité.

— Quoi donc ?

— Elle est censée nous supplier en sanglotant toutes les larmes de son corps !

— Mon attitude bouleverse vos projets ? J'en suis navrée, fit Genevieve. En fait, vous avez beau vous vanter, vous avez gâché tous vos assassinats.

— Mais qu'est-ce que c'est que ce bruit ? s'écria Bennet en suspendant son geste.

— Oh, tais-toi donc et qu'on en finisse ! rétorqua Barbara. Tu n'as plus que cinq briques à mettre.

Bennet en posa une.

Genevieve savait qu'elle devait continuer à le faire parler pour l'empêcher de poser les dernières.

Quelqu'un allait venir. Elle en était sûre. Tôt ou tard, quelqu'un finirait par apparaître. Mais quand ? Combien de temps après qu'elle aurait cessé de respirer ?

— Moi aussi, j'entends du bruit, dit soudain Barbara. Et…

Maintenant, il y avait vraiment quelqu'un dans la pièce.

Quelqu'un, ou… quelque *chose* ?

Genevieve distingua une vague silhouette translucide. Elle sentit son cœur bondir dans sa poitrine.

C'était Leslie MacIntyre. Et derrière elle… Lori Star.

Leslie s'arc-boutait pour renverser la petite pile de briques restée par terre. Lori, transperçant Bennet du regard, le frappa, mais son poing passa littéralement au travers de l'homme. Il ressentit pourtant quelque chose, car il murmura d'une voix effrayée :

— Que se passe-t-il ?

— C'est Lori, expliqua Genevieve.

Il se pétrifia, la dévorant des yeux.

— Quoi ?

— C'est le fantôme de Lori. Je ne vous mens pas. Elle est ici avec une de mes amies, Leslie MacIntyre. Vous avez sûrement entendu parler d'elle. Elle m'a sauvé la vie, un jour.

— Ne l'écoute pas, Albee : elle dit n'importe quoi ! hurla Barbara.

Genevieve secoua la tête.

— Non. Je vous dis la vérité. Elles sont là toutes les deux.

— Taisez-vous ! Pose la dernière brique, Albee ! Tout de suite !

— Barbara, je… je sens quelque chose, protesta-t-il.

— Mais non, tu te fais des idées ! Mets donc cette brique en place, imbécile !

Et puis, comme par miracle, une autre voix retentit.

Une vraie voix. Sonore, sèche, autoritaire.

— Si vous posez cette brique, je vous envoie une balle dans le crâne !

Genevieve sentit la tension qui raidissait ses muscles céder d'un coup, et elle s'affala contre le mur.

C'était Joe !

Comment avait-il fait pour la trouver ?

— L'interrupteur ! hurla Barbara.

— Non ! cria Joe.

Mais Barbara fonça vers le mur, et la seule ampoule qui éclairait la cave s'éteignit. Un coup de feu retentit dans l'ob-scurité, aussitôt suivi d'un bruit de lutte à mains nues.

Genevieve, enchaînée, se sentait totalement impuissante. Elle se tordit avec l'énergie du désespoir et, grâce à une force décuplée par l'adrénaline, elle réussit à libérer l'une de ses mains. Elle appuya sur les briques de sa prison improvisée, mais sans succès.

Puis la lumière revint.

Dans l'étroit interstice laissé en haut du mur, elle vit Joe et Albee rouler sur le sol, se battant avec férocité.

Elle tendit le bras aussi loin qu'elle put. Ses doigts se refermèrent sur une brique. Elle la jeta avec force et toucha Barbara qui s'écroula à genoux en poussant un hurlement.

Gen entendit alors un bruit mou et sinistre. Albee cria, se redressa quelques secondes, puis retomba sur Joe avec un geste qui évoquait celui d'un lutteur mais qui était, en fait, tout autre.

Albee Bennet venait de mourir, frappé d'une balle en plein cœur.

— Joe ! gémit Genevieve d'une voix haletante.

— Ça va. Il est lourd, c'est tout.

Joe repoussa le corps d'Albee et se mit debout en chancelant. Elle vit que ses vêtements étaient déchirés et qu'il saignait. Et puis, dans le lointain, elle entendit avec soulagement le hurlement des sirènes.

Joe démolit le mur de brique qu'avait érigé Albee, arracha la deuxième chaîne, puis souleva Genevieve et la serra contre lui.

Ce fut à peine s'il desserra son étreinte quand une douzaine de policiers firent irruption dans la cave.

— Comment m'as-tu retrouvée ? chuchota-t-elle.

Il plongea les yeux dans les siens.

— Grâce à un « Cœur révélateur », peut-être ? répondit-il en faisant allusion à la nouvelle de Poe : « Comme votre cœur est aussi le mien, je l'ai entendu de loin ».

Puis son sourire s'évanouit et il ajouta :

— Matt m'a prévenu. C'est lui qui m'a conduit jusqu'à toi.

Elle s'appuya contre Joe.

— Et Leslie et Lori sont venues ici, dit-elle.

Elle sourit. Couvert de poussière et échevelé comme il l'était, il lui rendit son sourire.

Épilogue

Comme je l'ai dit, ce n'est pas facile d'être un revenant.

J'ai fait des progrès, cependant.

Même si je commence tout juste à comprendre comment ça marche.

Maintenant, par exemple, je sais avec certitude que si nous sommes restés ici-bas, Matt et moi, c'était en partie pour démasquer le maniaque d'Edgar Poe. Enfin, *les maniaques.* Joe a fini par comprendre en se rappelant la vigueur des applaudissements d'Albee Bennet, après l'intervention de Barbara Hirshorn, à l'enterrement de Thorne Bigelow. Ça montrait qu'Albee en pinçait pour Barbara. Sur le moment, Joe ne s'est pas rendu compte que leurs sentiments étaient profonds et réciproques. Il n'a pas mesuré jusqu'où ils étaient prêts à aller l'un pour l'autre.

Quand on tue à deux, on reste à deux ?

En tout cas, ils sont séparés, pour l'instant, même si j'imagine qu'ils se retrouveront un jour. J'étais sur place quand Albee Bennet a quitté ce bas monde, et je peux vous assurer que l'endroit où il s'est retrouvé n'est pas un havre de paix, avec des petits nuages blancs, des harpes et une douce brise. Il évoque plutôt le soufre, les coups de lame, les plaies suintantes et la chair brûlée.

Barbara Hirshorn n'est pas morte, elle. Elle est sous les verrous et je pense qu'elle va y rester un bon moment.

Quant à Lori, qui s'en était pourtant très bien sortie dans ses débuts de revenante, elle a préféré nous quitter. Il est difficile de résister à cette lumière-là. J'espère qu'elle est enfin sous le feu des projecteurs. Elle le mérite.

Sam Latham, complètement guéri, est rentré chez lui.

Certains détails ont été assez délicats à élucider. Apparemment, Barbara prenait des jours de congé quand Thorne Bigelow partait en déplacement. Elle pouvait ainsi rejoindre son amant en secret. Elle avait beau l'adorer, l'aduler, elle n'aurait jamais avoué qu'elle avait une liaison avec lui. Elle craignait bien trop la réaction des autres Corbeaux. Etre bibliothécaire est une chose. Etre une bibliothécaire qui a une liaison avec un majordome en est une autre. On l'aurait sûrement exclue.

C'est elle qui a poussé Albee à tuer William Morton. Elle l'a aidé à se déguiser et l'a emmené en voiture. La police est convaincue que c'est elle, finalement, qui a provoqué la mort de Bradley Hicks. Elle a dû arranger sans difficulté un rendez-vous dans le cimetière, et ensuite…

Sarah a eu de la chance que Barbara ne la voie pas. Sinon, on l'aurait retrouvée, elle aussi, morte dans un caveau. Dieu merci, personne ne le lui dira jamais.

Barbara avait acheté de la mort-aux-rats et elle en avait extrait l'arsenic qui a tué Thorne, après avoir bien étudié le sujet sur internet. En tant que bibliothécaire, elle avait pas mal de temps libre pour surfer.

Larry Levine a fini par écrire un livre sur les meurtres du maniaque d'Edgar Poe. Il a été publié par Brook Avery, qui a saisi l'occasion pour se lancer dans l'édition. L'ouvrage a été adapté pour la scène, et c'est Don Tracy qui va jouer le rôle d'Albee Bennet, à Broadway. Ce sera une comédie musicale.

Nat Halloway, l'exécuteur testamentaire, a réalisé un énorme travail pour mettre en ordre les papiers de Thorne Bigelow. L'Association new-yorkaise des amis d'Edgar Poe a reçu une belle somme. Jared a hérité de presque toute la fortune de son père, et il a épousé Mary. Elle continue à boire en cachette et c'est toujours une garce. Ça peut paraître ironique mais, finalement, ils sont bien assortis.

Au début, Genevieve et Joe ont pensé faire une folie et filer à Las Vegas pour convoler en dix minutes, à la manière d'Elvis Presley. Mais, au dernier moment, ils n'ont pas voulu frustrer Eileen. Ils se sont donc mariés à Saint-Patrick, et la cérémonie a été magnifique. Matt et moi étions là, bien sûr. Ils nous ont vus, je le sais.

Ils se sont installés chez Joe, à Brooklyn, mais ils cherchent un appartement plus grand. Joe a toujours très envie de vivre à Vegas.

Quant à Matt et moi… nous continuons. Nous progressons au fur et à mesure.

Ce n'est pas facile d'être un revenant, mais il y a des avantages. Nous avons tout ce qu'il nous faut, dans la vie comme dans la mort. Nous aimons et nous sommes aimés en retour. N'est-ce pas ce que tout le monde souhaite ?

BestSellers

A paraître le 1er mars

Best-Sellers n°455 • suspense

Le secret de Black Falls - Carla Neggers

De retour dans son village natal de Black Falls pour fuir un scandale qui menace sa carrière d'agent secret, Jo Harper vient chercher un peu de calme et de sérénité sous le rideau neigeux des montagnes de son enfance. Mais au lieu du havre de paix dont elle rêve, elle retrouve son village en état de choc : une adolescente a mystérieusement disparu dans la montagne. Incapable de laisser cette jeune fille seule en pleine tempête, Jo propose de participer aux recherches… pour découvrir qu'il lui faudra s'associer à Elijah Cameron, l'homme qui lui a brisé le cœur quinze ans auparavant. Malgré ses douloureux souvenirs, Jo se résigne à faire équipe avec Elijah. D'autant plus que des indices la conduisent à soupçonner l'adolescente disparue de ne pas s'être seulement perdue, mais aussi et surtout de fuir un danger – un danger redoutable qui pourrait bien les placer eux aussi dans la ligne de mire d'un tueur.

Best-Sellers n°456 • suspense

L'ombre du soupçon - Laura Caldwell

Izzy McNeil n'en revient pas : la voilà présentatrice d'une nouvelle chaîne de télévision. Après des mois particulièrement difficiles, la chance semble enfin lui sourire à nouveau. Il ne lui reste plus qu'à retrouver confiance en elle et à remettre de l'ordre dans sa vie sentimentale. Mais tout cela passe d'un seul coup au second plan quand elle retrouve Jane, sa meilleure amie, sauvagement assassinée. Anéantie, Izzy doit en outre affronter les attaques d'un odieux inspecteur de police qui la soupçonne du meurtre de son amie. Comment se défendre face à ces accusations quand des coïncidences incroyables la désignent comme la coupable idéale – tandis que de sombres secrets que Jane aurait sans doute voulu emporter dans la tombe commencent à remonter à la surface ?

Best-Sellers n°457 • thriller

Au cœur du danger - Alex Kava

Des cauchemars, qui la hantent nuit après nuit… Des insomnies, de plus en plus fréquentes. Maggie O'Dell n'aurait jamais imaginé que son travail de profiler du FBI s'insinuerait de la sorte dans sa vie privée, jusqu'à troubler son sommeil. Déstabilisée mais décidée à conserver son sang froid, elle n'hésite pas un instant à se rendre en Floride pour une nouvelle enquête qui se révèle ardue. D'étranges paquets non identifiés ont en effet été repêchés par les garde-côtes, dans les eaux de Pensacola. Des paquets qui ne laissent hélas aucun doute sur le fait que des meurtres ont eu lieu. Sur place, Maggie ne tarde pas à trouver une piste, celle d'un trafic terrifiant. Mais son enquête se complique quand un terrible ouragan se déclare. Au cœur de la tourmente, elle est alors soulagée de pouvoir compter sur l'aide du médecin militaire Benjamin Platt, un homme qu'elle connaît de longue date et à qui elle accorde une confiance absolue. Car ils ne seront pas trop de deux pour exhumer la vérité… au risque d'être ensevelis avec elle.

Best-Sellers n°458 • roman

La baie des promesses - Debbie Macomber

C'est dans la petite ville de Cedar Cove qu'elle ne quitterait pour rien au monde qu'Olivia Lockhart exerce avec passion son métier de juge aux affaires familiales. Un métier qui réserve souvent bien des surprises, comme par cette belle matinée d'été, où elle a affaire à un jeune couple décidé à divorcer alors que leur amour semble encore possible. Mais des surprises, la vie en réserve aussi en dehors du tribunal. Ce journaliste, par exemple, qu'Olivia vient de rencontrer et qui lui fait une cour assidue. Et puis, il y a sa fille, Justine, qu'elle aimerait aider dans ses choix de vie ; sa mère, Charlotte, qui a toujours un nouveau projet en tête ; et sa meilleure amie Grace, qui cherche son mari mystérieusement disparu. Bref, des gens qu'elle aime et qui ont besoin de toute son affection. Des gens qui ne peuvent que se croiser et se retrouver car à Cedar Cove, on n'est jamais loin les uns des autres…

Best-Sellers n°459 • paranormal

Le piège des ténèbres - Gena Showalter

Immortelle dotée de pouvoirs maléfiques qu'elle a toujours rejetés, Gwendolyn désespère d'échapper un jour aux hommes impitoyables et cruels qui la retiennent prisonnière. Pourtant, elle nourrit encore l'espoir secret de voir son père, cet ange aux yeux d'azur et aux grandes ailes blanches dont elle conserve précieusement le portrait depuis son enfance, la libérer de ses ravisseurs – et surtout de la moitié sombre de son être. Mais au lieu de cela, c'est Sabin, un guerrier ténébreux, un prince des seigneurs de l'ombre, qui se présente à elle pour la délivrer. Et semer le trouble dans son esprit. Car comment accorder sa confiance à cet immortel qui ne songe qu'à se battre et dont la violence est légendaire ? N'est-il pas en train de lui tendre un piège encore plus redoutable que celui dans lequel elle est déjà enfermée ? Suivre Sabin, n'est-ce pas prendre le risque de renoncer à jamais au monde dont elle a toujours rêvé ?

Best-Sellers n°460 • suspense

Le silence des anges - Dinah McCall

« Dors, mon ange, dors. » L'inscription, gravée sur le pendentif, est de celles qui vous glacent le sang. Car l'enfant que l'on vient de retrouver, portant ce collier, a été assassinée…

A l'annonce de cette nouvelle, Olivia Sealy est sous le choc. Car la petite fille est morte vingt-cinq ans plus tôt – au moment même où Olivia était enlevée, séquestrée, puis libérée contre rançon. Plus troublant encore : comme Olivia, la petite fille assassinée a une légère déformation à la main… Pour la première fois de sa vie, Olivia se sent en danger, à la merci d'une vérité sur laquelle elle n'a aucune prise. Car il est possible que, vingt-cinq ans plus tôt, on l'ait confondue avec la petite morte…

Best-Sellers n°461 • historique

La duchesse scandaleuse - Nicola Cornick

Angleterre, Régence

Depuis le décès de son mari, Laura, duchesse de Cole, est déterminée à rester libre et sans attaches, excepté ce lien fort qui l'unit à Hattie, sa fille adorée. Une décision irrévocable, croit-elle, jusqu'au jour où elle apprend l'arrivée en ville de Dexter Anstruther. Dexter, le véritable père de son enfant. Le seul homme qu'elle ait jamais aimé et avec lequel elle a passé, jadis, une scandaleuse nuit d'amour… avant de se résoudre à le quitter, dans l'espoir de l'oublier. Peine perdue : trois ans plus tard, les souvenirs de Laura sont plus vivaces que jamais, tout comme l'attirance irrépressible qu'elle éprouve pour Dexter. Pourtant, cette fois, elle devra tout faire pour l'éviter. Car non seulement Dexter n'a manifestement jamais digéré l'affront qu'elle lui a fait, mais en plus, il ignore tout de sa paternité. Et s'il venait à découvrir la vérité, nul doute qu'il s'en servirait pour se venger d'elle…

Composé et édité par les
éditions Harlequin
Achevé d'imprimer en décembre 2010

BRODARD & TAUPIN

La Flèche
Dépôt légal : janvier 2011
N° d'imprimeur : 61012 — N° d'éditeur : 15483

Imprimé en France